Le milliardaire incognito

L'OBSESSION DU MILLIARDAIRE
Hudson

J. S. SCOTT

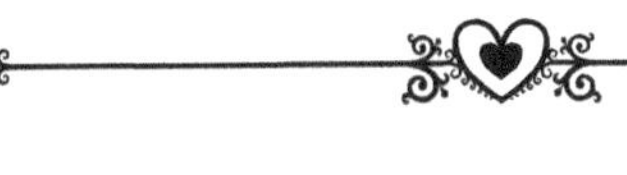

Sommaire

Prologue

Taylor

Il y a sept ans...

Tout le monde fera l'expérience du deuil à un moment de sa vie. C'est inévitable. À moins d'être un sociopathe, ou bien d'être si éloigné de la réalité que la personne concernée n'est pas capable de ressentir la moindre émotion.

Pour certains, cette épreuve survient de façon prématurée, avec la perte d'un parent, ou peut-être après le décès d'un grand-père ou d'une grand-mère adorée.

Pour d'autres, cela se produit au cours de leur vie d'adulte, lorsqu'il est possible de comprendre ce qu'est la mort et d'avoir pleinement conscience que la personne disparue ne sera plus jamais là.

Du moins pas dans cette vie.

Je n'étais pas sûre d'être prête à traverser *cette* épreuve maintenant.

Le vieil homme que je regardais actuellement dans un lit d'hôpital était tout pour moi.

Je n'avais pas de frères et de sœurs sur qui m'appuyer ni aucune autre famille pour comprendre ce que je ressentais.

Il n'y avait que moi et Mac Tanaka, la seule figure parentale ou familiale de mon existence.

Et lorsqu'il sera parti, alors je serai complètement et totalement seule au monde à l'âge de vingt et un ans.

Un sentiment de panique commençait à me submerger tandis que j'étais assise à côté du lit d'hôpital de Mac, à me demander ce que j'allais bien devenir *sans* lui.

Il était ma figure paternelle, mon enseignant, mon ami ainsi que la personne à qui je me confiais chaque fois que j'avais un problème. Mac me donnait toujours des conseils judicieux et pondérés. J'ai toujours pu compter sur lui.

Il m'a toujours encouragée à protéger mon indépendance et ma liberté de penser.

Mac m'a toujours dit que je ne vivrais qu'une petite partie de ma vie avec lui puisqu'il avait déjà soixante-dix ans lorsqu'il avait entrepris la tâche difficile d'élever une fillette de onze ans.

Aujourd'hui, dix ans plus tard, je me sentais démunie d'avoir eu si peu de temps en sa compagnie.

Mais je devais me montrer forte pour *lui* maintenant. Mac avait toujours su se montrer fort pour moi.

— Je constate que ta matière grise est en plein travail. Tu réfléchis beaucoup trop, Tay, dit-il d'une voix faible au souffle court. Tu es prête à affronter le monde. Tu ne le sais tout simplement pas encore. Il est grand temps que tu commences à vivre ta propre vie plutôt que de prendre soin de moi.

Mac s'exprimait sans le moindre accent. Même si ses parents étaient nés au Japon, cet homme était aussi américain qu'un hamburger.

Sa sagesse et sa philosophie lui venaient de son héritage japonais, mais il était on ne peut plus fier d'être américain, et amoureux de la culture américaine.

Je pense que c'est quelque chose qui m'a toujours fascinée chez lui.

— Prendre soin de toi ne m'a jamais dérangé, protestai-je.

Il me sourit faiblement, son visage pâle et blême. Sa peau était presque de la même couleur que les draps de son lit.

— Peut-être pas, acquiesça-t-il. Mais ça fait trop longtemps que tu remets tes études à plus tard.

Cela ne me dérangeait pas non plus. J'avais toujours voulu aller à Stanford pour me préparer à une carrière dans la géologie. Cependant, quand le cancer de Mac a été diagnostiqué il y a trois ans, je n'avais pas hésité à remettre ce projet à plus tard.

Mac n'avait personne d'autre que moi.

Je n'ai jamais regretté cette décision. Au début de sa maladie, il était encore très autonome, mais depuis un an environ, il avait vraiment besoin de moi.

— Je finirai bien par aller à Stanford, lui assurai-je. Contente-toi de te reposer, Mac.

En voyant ses paupières se fermer, je posai instinctivement mes doigts sur le collier que Mac m'avait offert, puis je fermai les yeux.

Je n'avais plus quitté ce pendentif depuis le jour de mon seizième anniversaire, lorsqu'il me l'avait offert.

Celui-ci représentait un dragon féroce avec une longue queue ornée d'une perle.

Mac m'avait dit de le toucher chaque fois que je me sentais nerveuse, ce qui me permettrait de me souvenir que j'étais douce et bienveillante, mais aussi incroyablement forte et puissante.

Généralement, cela fonctionnait très bien, mais je commençais à me dire que je n'étais peut-être pas aussi courageuse que Mac le croyait.

Respire, Tay. Respire.

Je pouvais encore entendre la voix jeune, puissante et encourageante de Mac lorsqu'il m'apprenait à trouver la sérénité en moi, même lorsque tout mon univers semblait être plongé dans le chaos.

Je pris une grande inspiration que j'expirai ensuite lentement.

Suivie d'une autre.

Puis d'une autre.

Je peux y arriver. Je peux rester forte pour Mac. Je lui dois cela et bien plus encore.

En rouvrant les yeux, je serrai délicatement sa main froide dans la mienne en me disant que ce n'était pas encore le moment de pleurer sa perte. Mac était encore avec moi et j'avais la ferme intention de profiter de chaque seconde passée avec lui.

Il avait toujours été mon point d'appui, il était donc temps que je sois le sien.

C'est précisément ce que je fis les jours qui suivirent, jusqu'à ce que, une nuit, Mac s'en aille paisiblement pendant que je dormais, recroquevillée sur un fauteuil situé près de son lit.

Je n'étais plus son rock ni son boulet.

Pendant longtemps, je n'ai été qu'une masse de minuscules cailloux, éparpillés dans toutes les directions, avant de trouver la force d'avancer.

Hudson

Aujourd'hui...

—Nous devons intervenir immédiatement. Trois de nos géologues ont été capturés *il y a neuf jours* alors qu'ils effectuaient une courte mission d'exploration qui aurait dû se dérouler sans encombres, dis-je aux trois autres personnes assises autour de la grande table de conférence dans les locaux du siège social de *Montgomery Mining*.

— Je ne comprends pas pourquoi nous n'étions au courant de rien jusqu'à *aujourd'hui*, mais cela n'a pas d'importance pour le moment, ajoutai-je. Notre priorité est de secourir nos deux autres employés qui se trouvent actuellement à Lania, et le temps presse.

Généralement, je ne perdais pas mon sang-froid car je savais que cela ne menait à rien, mais je commençais désormais à manquer de patience.

Néanmoins, je n'avais pas le droit de perdre mon calme. En effet, l'une des trois membres de l'équipe capturée par les guérilleros était actuellement assise à l'autre extrémité de la grande table de conférence, l'air très affaiblie.

En réalité, Harlow Lewis semblait à peine en état de rester en position assise.

J'avais déjà licencié les employés ayant omis de nous contacter, mes frères et moi, après avoir été informés de la situation.

Accompagné de mes deux frères, j'étais parti à Seattle pendant neuf jours pour assister aux festivités du mariage de mon cousin Mason. C'était la *première fois* que nous nous absentions si longtemps de notre siège social de San Diego depuis que nous avions sauvé l'entreprise de la faillite. Mais il ne s'agissait que de neuf jours d'absence et nous ne pensions pas que cela pourrait avoir de conséquences.

Ce raisonnement optimiste et confortable fut totalement anéanti lorsque mon frère Jax et moi étions revenus au bureau ce matin.

Des catastrophes pouvaient survenir très rapidement, même dans une entreprise gargantuesque comme la nôtre, qui fonctionnait habituellement comme une machine bien huilée.

À mon retour, la situation était cauchemardesque.

— Nous avons bel et bien dit à notre personnel de direction que nous serions indisponibles pendant neuf jours, songea Jax à haute voix depuis son fauteuil situé à côté du mien.

— Je n'ai *jamais* dit à nos cadres supérieurs de *ne pas* nous contacter si trois de nos employés étaient pris en otage dans une situation désastreuse, bon sang. Il s'agit assurément d'une *urgence*, auquel cas je leur ai bien dit de nous *appeler*. Ce n'est pas un petit problème, c'est une crise majeure, et nous aurions dû être impliqués dès les premières heures de négociations. Nous sommes les propriétaires de l'entreprise.

J'inspirai alors profondément pour essayer de contenir mes nerfs. J'avais passé les quinze dernières minutes à écouter Harlow Lewis raconter son histoire entre deux sanglots angoissés, le tout en sachant très bien que nous n'en serions pas là si nous avions été mis au courant dès le début.

Le processus de négociation entamé par le FBI était beaucoup trop lent.

Neuf jours. C'est une éternité dans une situation pareille. Les guérilleros ne sont pas connus pour leur attitude humaniste vis-à-vis des otages.

Apparemment, le personnel de direction, avec l'aide du FBI, était parvenu à négocier la libération de Harlow en notre absence. Mais nous comptions encore un homme porté disparu ainsi qu'une stagiaire en captivité, qui était sous la supervision de Harlow.

Et merde ! Comment diable trois de nos géologues avaient-ils pu être capturés par des rebelles à Lania ? Cela n'avait aucun sens.

Premièrement, maintenant que le pays autrefois déchiré par la guerre était en paix et qu'une nouvelle génération de dirigeants était à la tête du pays, Lania était en passe de devenir une destination touristique très prisée en Méditerranée.

Deuxièmement, il ne *devrait* plus y avoir de rebelles. Cela faisait deux ans qu'il n'y avait pas eu le moindre incident à Lania, et avant cela, il n'y avait eu que quelques protestations sans gravité.

Troisièmement, pourquoi étais-je actuellement si furieux que ces deux premiers points me paraissaient ridicules ?

S'il y avait une *quelconque* activité rebelle dans la région, alors nous aurions dû le savoir.

En regardant mon petit frère, Jax, je compris qu'il ressentait actuellement la même chose que moi, bien que son visage ne laissait transparaitre aucune émotion. Cependant, je connaissais mon frère mieux que quiconque et il ne pouvait pas me cacher ce qui se passait vraiment dans sa tête.

Mon plus jeune frère, Cooper, avait décidé de rester à Seattle pendant quelques semaines pour retrouver ses anciens amis de la fac. Mais s'il était avec nous, je savais qu'il partagerait notre indignation et notre inquiétude.

Bon sang ! Cela n'aurait jamais dû arriver.

Malheureusement, tout cela était bel et bien en train de se produire, c'est pourquoi j'avais contacté la troisième personne dans la pièce.

Je me tournai vers Marshall, le directeur du groupe de sauvetage simplement connu sous le nom de *Dernier Espoir*, afin d'évaluer son point de vue sur la situation.

Jax et moi l'avions appelé immédiatement après avoir pris connaissance de l'enlèvement dont nos employés étaient victimes. Comme d'habitude, il était arrivé en quelques heures seulement avec toutes les informations nécessaires à l'élaboration d'une tentative de sauvetage.

Contrairement à Jax, cet ancien commandant était absolument illisible. Son calme inébranlable ainsi que ses aptitudes en tant qu'ancien Navy Seal étaient légendaires. Ainsi, ce n'était pas si surprenant que je ne parvienne pas à savoir ce que pensait cet homme, même si mes frères et moi avions travaillés avec lui pendant des années pour former l'équipe de *Dernier Espoir*.

Marshall était une énigme pour tous les membres de *Dernier Espoir*. Tout ce que nous savions de lui, c'est qu'il avait été blessé lors d'une mission lorsqu'il était encore militaire, le contraignant alors à prendre sa retraite plus tôt que prévu.

Jax, Cooper et moi avions rejoint l'équipe de Marshall peu de temps après avoir quitté les forces spéciales et l'armée pour prendre la tête de *Montgomery Mining*. À l'époque, nous souhaitions aider Marshall à développer *Dernier Espoir*, et nous y étions parvenus.

Au début, nous partions en missions de sauvetage nous-même, mais aujourd'hui, Marshall pouvait s'appuyer sur une grande équipe de volontaires. Des hommes jeunes, fraichement sortis des forces spéciales.

Nos visages étant publiquement connus depuis notre départ de l'armée, nous avions cessé de partir en mission sur le terrain. La presse s'intéressait principalement à Jax. De mon côté, j'essayais de me faire discret, tout comme Cooper, mais nous ne pouvions pas toujours éviter d'être pris en photo. Depuis notre retour dans la vie civile, et surtout après avoir redressé *Montgomery Mining*, tout le monde voulait une photo des frères Montgomery, milliardaires et célibataires.

Pour nous, il était donc devenu trop risqué d'être en première ligne.

Aujourd'hui, nous étions beaucoup plus utiles en travaillant sur la planification stratégique.

Marshall haussa un sourcil.

— De toute évidence, le gouvernement fédéral se montre prudent sur cette affaire maintenant que nous sommes leurs alliés et que tout le monde s'est réconcilié au cours des deux dernières années. Ils ne veulent pas mettre en péril nos relations diplomatiques avec Lania. Les rebelles sont donc considérés comme des terroristes. Et vous connaissez certainement la position du gouvernement américain en matière de négociation avec les terroristes. Ils ont envoyé le FBI pour aider aux négociations, mais c'est Montgomery Mining qui a fini par payer la rançon pour la libération de Harlow. Toute tentative de sauvetage pour Taylor devra rester secrète. Et nous ne pourrons compter sur aucune aide extérieure.

Merde ! Oui, j'étais bien au courant de tout cela. Nous n'intervenions que dans des situations pour lesquelles notre gouvernement ne souhaitait pas ou ne pouvait pas agir. Cependant, nos interventions étaient beaucoup plus faciles quand nous n'étions pas obligés de marcher sur un parterre d'œufs politiques.

Je me tournai à nouveau vers notre seule otage libérée. Elle nous avait déjà raconté son histoire, mais comme on pouvait s'y attendre de la part de quiconque ayant vécu une expérience si traumatique, son récit était un peu décousu. Je devais donc m'assurer de bien comprendre la situation, surtout que cela ne faisait que quelques heures que j'en avais été informé. Le fait que cette femme se soit présentée au siège social de *Montgomery Mining* afin de demander de l'aide pour sa stagiaire et son compagnon fut, jusqu'à présent, notre seul coup de chance dans cette affaire.

— Docteur Lewis, vous avez été libérée il y a deux jours ? demandai-je en mobilisant toute mon énergie pour m'exprimer calmement.

La jolie blonde semblait avoir traversé l'enfer de bout en bout et devrait assurément être dans un hôpital plutôt qu'ici, dans le centre-ville de San Diego. Mais si quelqu'un à qui je tenais était en danger de mort, et si mon ami était encore tenu en otage, alors je ferais tout ce qui était en mon pouvoir pour les aider.

Lewis se racla nerveusement la gorge.

— S'il vous plaît, vous pouvez tous m'appeler Harlow. Et oui, j'ai été libérée il y a deux jours. Il leur a fallu une journée pour me rapatrier aux États-Unis, et une fois de retour, les médecins ont voulu me réhydrater, faire un million d'examens et commencer la rééducation avant de me laisser sortir de l'hôpital.

Je n'ai pu obtenir aucune information sur Taylor et Mark de la part du personnel médical puisque je ne suis pas vraiment associée aux frères Montgomery. J'ai fini par quitter l'hôpital ce matin contre l'avis des médecins parce que je tenais à vous voir. Tout le monde pense que Mark est mort, et Taylor était sous ma responsabilité pour l'été en tant que stagiaire. Taylor est aussi mon amie et je sais qu'elle est toujours en captivité. Je ne comprends pas pourquoi elle n'a pas été libérée avec moi, expliqua-t-elle.

Sa voix était faible et les traits de son visage tirés par la fatigue et l'anxiété.

— Taylor n'a jamais cessé de se montrer courageuse face aux rebelles, mais elle ne va pas tenir bien longtemps dans ces conditions. Nous étions toutes les deux très affaiblies quand je suis partie. Et après deux jours supplémentaires dans cette cellule chaude et étouffante, sans eau et sans nourriture, je ne suis même pas sûre qu'elle soit encore en vie.

Harlow avait l'air très fragilisée, ce qui me bouleversait bien plus que je ne voulais l'admettre. Même si nous ne nous étions encore jamais rencontrés avant aujourd'hui, je me sentais responsable de chaque personne qui travaillait pour *Montgomery Mining,* et elle avait participé à cette exploration pour *nous.* Les trois otages s'étaient retrouvés dans cette situation en travaillant pour notre entreprise.

— Je suis désolé que cela soit arrivé, dis-je maladroitement. Mes frères et moi aurions dû être informés immédiatement, et pas neuf jours après les faits. Notre personnel de direction a fait le nécessaire pour te libérer, Harlow, et je ferai personnellement tout mon possible pour secourir les deux autres.

J'échangeai alors un regard anxieux avec Jax et Marshall, car nous savions précisément pourquoi *seule* Harlow avait été libérée. Nous avions reçu la demande de rançon pour Taylor ce matin même, ainsi qu'une courte vidéo censée nous prouver qu'elle était encore en vie.

Pour l'instant, nous n'avions toujours aucune nouvelle de Mark, le compagnon de Harlow et ingénieur qui devait retrouver les deux femmes à Lania. Jusqu'à sa libération il y a deux jours, Harlow était détenue avec Taylor, mais Mark était totalement porté disparu.

Bien évidemment, je n'hésiterais pas un seul instant à payer la rançon pour faire libérer ma stagiaire, Taylor Delaney, si je savais que cela lui rendrait sa liberté.

Mais ce n'était pas le cas.

Je connaissais suffisamment bien le mode opératoire des rebelles pour savoir que les derniers otages ne survivaient jamais à ce genre de situation.

Harlow avait eu de la chance. Sa libération donnait une impression de transaction simple et efficace de leur part, mais je connaissais bien cette stratégie.

— Je veux juste qu'ils reviennent, répondit Harlow. Je ne sais pas ce qui est arrivé à Mark, et Taylor ne va pas tenir bien longtemps. Nous n'étions pas nourries du tout, et le peu que nous pouvions boire provenait de l'eau de pluie, et il ne pleut pas souvent. Nous parvenions à peine à passer une partie de notre bras à l'extérieur de notre cellule pour récupérer autant d'eau de pluie que possible. J'ai regardé la météo. Ils n'ont pas eu une goutte de pluie depuis que je suis partie.

Merde ! Si Harlow était gravement déshydratée après sa libération, alors Taylor n'avait aucune chance de s'en sortir.

— À part le manque d'eau et de nourriture, comment étais-tu traitée là-bas ? Est-ce que tu peux me donner plus d'informations sur l'endroit où vous étiez détenues avec Taylor? demandai-je avec autant de bienveillance que possible.

— Il faisait très chaud, répondit-elle d'un ton sombre. Nous étions enfermés dans une pièce avec une porte en métal. Une pièce très mal aérée. Il y avait quelques brèches près du plafond, là où nous récupérions l'eau de pluie. Mais les murs étaient en béton. Il n'y avait aucun objet que nous aurions pu utiliser comme outils pour essayer de sortir de là. Crois-moi, nous avons essayé. La chaleur était étouffante et je pense que nos gardes voulaient nous affaiblir. Si tu veux savoir s'ils nous ont fait du mal physiquement, alors la réponse est non. Ils se contentaient de nous crier dessus, au pire de nous bousculer.

La situation avait bien changé depuis sa libération, il y a quarante-huit heures de cela, mais je n'avais pas l'intention de révéler une chose pareille à cette pauvre femme désemparée. Taylor avait bel et bien été violentée, et à en juger par la courte vidéo qui nous était parvenue, elle n'était certainement pas en état de récupérer de l'eau, même s'il pleuvait.

— Et il n'y a pas eu d'agression sexuelle ? demanda Jax juste avant de se racler la gorge.

Peu importe combien de fois nous avions eu à poser ce genre de question, ce n'était jamais facile.

— Non. Ou peut-être que oui. Je ne sais pas trop, répondit Harlow en changeant nerveusement de position. Chaque nuit, le chef des rebelles venait chercher Taylor. Il venait la chercher juste après la tombée de la nuit. Son absence semblait durer une éternité, mais elle ne partait qu'une heure environ avant qu'il ne la jette à nouveau dans notre cachot. Elle me jurait qu'il ne lui faisait pas de mal et que le chef parlait notre langue, alors elle essayait de le convaincre de nous libérer. Elle refusait de me dire quoi que ce soit d'autre, et pour être tout à fait honnête, je n'étais pas en capacité d'examiner la situation. J'étais tellement inquiète pour Mark que je me contentais de croire Taylor. Ou peut-être que je voulais la croire. Maintenant que j'ai les idées plus claires, je ne peux pas affirmer que Taylor n'a pas été victime d'agressions sexuelles. Même si elle essayait de se montrer convaincante, j'ai du mal à croire qu'elle s'absentait tous les soirs simplement pour bavarder avec nos ravisseurs.

À cet instant précis, le couvercle que j'essayais de garder sur mes émotions s'ouvrit.

Ordures ! Mes tripes se tordirent en imaginant ce que ces vermines faisaient subir à ma stagiaire. Et quel genre de femme peut vivre ce genre de choses, puis revenir auprès de Harlow et lui mentir afin de ne pas inquiéter son ami et mentor ?

Cela nécessitait assurément une sacrée dose de courage.

— C'est possible. Je doute fortement qu'ils négociaient une libération, lâcha Jax sans ambages, sans édulcorer sa réponse. Peux-tu nous dire autre chose qui pourrait nous aider à localiser le lieu de détention de Taylor ? ajouta-t-il.

Avant que Harlow ne puisse répondre, Marshall prit la parole.

— Je crois que je sais où elle se trouve.

J'envisageais déjà de prendre part à la mission de sauvetage avant d'avoir entendu Harlow, mais maintenant, j'avais la ferme intention de partir sur le terrain. Les rebelles s'amusaient avec deux personnes qui étaient sous notre protection en tant qu'employés de *Montgomery Mining*. Je me devais donc de participer à cette mission. Je ne pouvais pas me contenter de fournir les ressources et la stratégie.

Pas cette fois !

Cette fois, j'étais déterminé à intervenir *moi-même*.

Les chances que Taylor soit encore en vie étaient minces.

Il y avait encore moins d'espoir pour Mark puisque nous n'avions jamais reçu de demande de rançon pour lui.

Taylor avait récemment été sévèrement battue. Avec Jax, nous supposions qu'elle avait essayé de s'échapper sans y parvenir. La stratégie consistant à tabasser les évadés afin qu'ils ne puissent pas recommencer était malheureusement assez classique dans ce genre de situation.

— Juste par curiosité, pourquoi l'une de nos stagiaires était-elle en mission d'exploration ? C'est plutôt inhabituel, dit Jax.

Le visage de Harlow se décomposa instantanément sous le poids d'une culpabilité écrasante.

— C'est de ma faute. C'était une mauvaise décision de ma part. J'ai rencontré Taylor il y a un an alors qu'elle commençait la dernière année de son cursus à Stanford, où je donnais une conférence. Nous sommes restées en contact. Elle est brillante, alors j'ai sauté sur l'occasion d'être son mentor quand elle a obtenu un stage dans votre entreprise. Quand elle a appris que je partais en mission d'exploration, elle voulait vraiment venir. Je me suis dit qu'elle serait un bon atout pour l'équipe. Mais en réalité, sa présence n'était pas indispensable. Mark et moi aurions pu gérer ce ratissage initial nous-mêmes.

Je secouai la tête.

— Nous ne rejetons aucunement la faute sur toi, Harlow. Selon tous les rapports préalables, la zone était parfaitement sécurisée. Vous auriez tous dû y être en sécurité.

— Même si vous ne rejetez pas la faute sur moi, je m'en veux terriblement. J'ai déjà donné ma démission, mais ce n'est pas suffisant. Je veux faire tout ce que je peux pour ramener Mark et Taylor à la maison, dit-elle.

— Pourquoi diable as-tu donné ta démission ? grommela Jax. Tu n'as aucune responsabilité dans ce qui s'est passé.

— Nous discuterons de cette démission plus tard, dis-je en laçant un regard noir à Jax. Concentrons-nous d'abord sur la mission de sauvetage de nos deux employés qui sont encore à Lania.

Même si je ne souhaitais pas que Harlow quitte notre entreprise, nous devions impérativement cibler notre attention sur cette mission.

J'expliquai alors rapidement à Harlow ce qu'était *Dernier Espoir* avant de l'informer que nous prévoyions d'intervenir. Même si je n'aimais pas trop parler de notre groupe d'intervention à qui que ce soit, Harlow méritait de savoir que nous n'abandonnerions pas son amie ainsi que son compagnon.

Je veillai néanmoins à ne pas trop entrer dans les détails puisque, officiellement, nous n'existions pas aux yeux du gouvernement. Bon, d'accord, ils étaient en réalité bien au courant de notre existence, et le FBI collaborait parfois même avec nous. Mais officiellement, ils ignoraient tout de nos opérations.

Lorsque j'eus fini, Marshall sortit une grande enveloppe qu'il glissa vers moi en disant :

— Voici le dossier concernant Taylor Delaney. C'est donc une jeune femme de vingt-huit ans qui vient de terminer ses études en géologie environnementale. Elle a choisi de faire un stage d'été chez Montgomery Mining en attendant de trouver un poste à temps plein.

— Elle loge chez moi en attendant de trouver du travail, ajouta Harlow.

Après avoir ouvert l'enveloppe, je fus pris au dépourvu par une photo que j'avais extraite du contenu.

Taylor Delaney était une magnifique rousse dotée des plus beaux yeux verts que j'avais jamais vus. Elle était tellement blessée dans la courte vidéo qui nous avait été envoyée que je parvenais à peine à la reconnaître.

Mon estomac se noua mais j'essayai de ne pas le montrer.

Cependant, j'aurais bien du mal à *ne pas* être indigné. Taylor était mon employée. Nos stagiaires ne gagnaient pas beaucoup d'argent, mais ils touchaient néanmoins un salaire pour le travail qu'ils effectuaient au sein de notre entreprise. Je me sentais donc entièrement responsable de tout ce qui était arrivé à Taylor, Mark et Harlow.

Je regardai longuement la photo afin de mémoriser ses traits, puis je la remis dans l'enveloppe avant de la tendre à Jax.

J'aurais tout le temps nécessaire d'examiner le reste du dossier lors de notre vol pour Lania.

— Victime numéro deux, annonça Marshall en envoyant une autre enveloppe dans ma direction. Mark Lansdale, l'un de vos ingénieurs miniers. Âgé de trente-cinq ans, il travaille pour Montgomery Mining depuis près de six ans. D'après vos données, Mark est un employé exemplaire.

Je lui répondis par un hochement de tête.

— C'est un mec bien. J'ai déjà fait sa rencontre sur plusieurs de nos sites.

— Il en avait assez de partir en déplacement, marmonna Harlow. Il songeait à commencer une activité de consultant pour rester ici, mais il ne voulait pas quitter Montgomery Mining parce qu'il adore votre entreprise.

— Vous formez un couple, n'est-ce pas ? demanda Jax.

— Oui, répondit-elle avec un haussement d'épaules. C'est compliqué. Il n'est pas souvent ici. Nous avions hâte de faire cette mission ensemble.

Même si je connaissais déjà Mark, je pris un instant pour regarder sa photo récente, puis je fis passer le dossier à Jax.

— Je suis prêt, dis-je fermement à Marshall. Je vais prendre la tête de cette mission.

— Je viens aussi, commenta immédiatement Jax. Cette situation est tellement critique que je ne veux rien laisser au hasard.

Mon frère me donna un coup de coude.

— Quelles sont les chances qu'ils soient encore en vie ? demanda Jax à voix basse afin que Harlow ne l'entende pas.

— Quasi nulles pour Taylor, répondis-je d'un ton tout aussi bas. Elle est manifestement violentée, et si elle est encore enfermée dans un endroit chaud, sans air, sans eau et sans nourriture, alors il faudrait un miracle pour qu'elle survive. Malheureusement, les chances sont encore plus minces pour Mark. Tu sais bien qu'ils tuent généralement les hommes et se servent des femmes pour les demandes de rançon.

— Mais nous devons essayer, déclara Jax avec détermination. Nous savons tous les deux que payer la rançon ne suffira pas. Ces ordures ont relâché Harlow en espérant que cela nous pousserait à donner beaucoup plus d'argent pour Taylor. Si elle est encore en vie, alors négocier et payer sa rançon reviendrait à signer son arrêt de mort.

— Je sais, répondis-je sèchement.

Je savais qu'il n'existait pas meilleur duo que mon frère et moi pour récupérer Taylor... si elle était encore en vie.

Je me levai, impatient de passer à l'action.

— Je vais commencer les préparatifs. J'aimerais être en vol dans une heure. Marshall, est-ce que tu peux me donner les coordonnées ?

L'homme, bien plus âgé que moi, s'avança comme si son léger boitement ne le dérangeait pas du tout. Je compris alors qu'il souhaitait échanger quelques mots avec moi en privé.

— Est-ce que tu as besoin de renfort ? demanda-t-il.

Je secouai la tête.

— Nous serons plus rapides et plus efficaces si nous sommes deux. Nous devons intervenir aussi rapidement et discrètement que possible.

— Je suis d'accord, répondit Marshall en me tendant une petite enveloppe qui contenait certainement la localisation de Taylor ainsi que d'autres informations importantes.

— Il n'y a qu'elle, Hudson. J'ai reçu un message pendant la réunion indiquant que le corps de Mark a été retrouvé par les autorités locales pendant qu'ils cherchaient Taylor. Il a probablement été pris en embuscade, comme Harlow et Taylor. Sa dépouille va être rapatriée aux États-Unis. Je suis désolé que nous n'ayons pas pu le sauver, mais je suis soulagé de savoir que toi et Jax partez vous-même à la recherche de Taylor. Bonne chance, Hudson, dit-il d'une voix ferme en me donnant une tape dans le dos.

— Si tu sais où se trouve Taylor, alors pourquoi ne pas contacter les autorités locales à Lania ? lui demandai-je.

Marshall haussa un sourcil.

— Ils cherchent l'emplacement exact depuis neuf jours. Je l'ai trouvé en moins d'une heure. Lania ne cesse de s'améliorer, mais leur police et leur armée sont totalement incompétentes. Crois-tu vraiment qu'ils réussiraient à sortir Taylor de là vivante?

— Certainement pas. Alors mettons-nous au travail, grondai-je.

Je jetai un coup d'œil en direction de Harlow.

Elle avait l'air complètement anéantie. Ce n'était assurément pas le bon moment pour lui annoncer la mort de son compagnon.

— Est-ce que tu peux ramener Harlow à l'hôpital ? Elle n'a pas l'air bien, dis-je à Marshall.

— Je m'en occupe, répondit-il.

Sachant que Marshall était un homme de confiance en toute circonstance, je me tournai vers Jax pour lui faire signe.

Il se leva et me suivis hors de la salle de conférence.

Chapitre 2

Hudson

Penses-tu que nous aurions dû dire à Harlow que son compagnon est mort ? demanda Jax tout en finissant de nettoyer et d'inspecter son arme.

Je levai les yeux du dossier de Taylor que j'étudiais actuellement à bord de mon jet privé.

— Elle ne semblait pas en état d'entendre une chose pareille. Je pense qu'elle doit d'abord se reposer un peu avant d'en être informée.

Jax s'appuya contre le dossier du fauteuil confortable dans la cabine de mon avion.

Nous nous étions tous les deux habillés confortablement après avoir décollé dans le but de dormir un peu pendant le long vol qui nous attendait.

Jax haussa les épaules.

— Tu as probablement raison. Cela dit, même si je n'ai jamais été dans une relation sérieuse, je pense que je voudrais connaître la vérité. Je me sens un peu coupable de ne pas lui avoir dit.

Je regardai mon petit frère avec étonnement.

— Depuis quand es-tu capable de ressentir de la culpabilité ? Et si tu daignais revoir une femme plus d'une fois, alors tu pourrais peut-être espérer avoir une relation sérieuse.

Jax avait la réputation d'être cet homme d'affaires milliardaire que l'on n'apercevait jamais deux fois avec la même femme, et la presse s'amusait beaucoup de ses facéties de coureur de jupons.

— Sérieusement ? dit-il sèchement. Au moins, je fréquente des femmes, contrairement à toi qu'on ne voit jamais en compagnie d'une femelle.

Je me contentai d'ignorer ce commentaire. Ce n'était pas comme si je n'avais *jamais* eu de petite amie. Cela faisait simplement longtemps que j'étais seul, et j'avais pratiquement renoncé à essayer de trouver une femme qui tenait sincèrement à moi, et non à mon statut de Montgomery.

Apparemment, Jax était toujours prêt à tenter sa chance.

En réalité, je ne voyais pas vraiment mon frère comme un coureur de jupons, mais je commençais à penser qu'il avait une très grande tolérance au sentiment de déception.

— Marshall l'annoncera à Harlow, lui assurai-je.

Il hocha la tête.

— Je sais. Je ne sais pas pourquoi, mais j'ai le sentiment que j'aurais dû le faire moi-même cette fois. Peut-être parce que ce sont tous les deux nos employés. Toute cette affaire est désastreuse. Il y a quelques jours, nous regardions Mason se faire castrer à Seattle, et maintenant, j'ai l'impression que nous venons d'entrer dans un univers parallèle.

— Mason ne s'est pas fait castrer. Il s'est marié et il est heureux avec Laura. Et il a de bonnes raisons de l'être. Laura est une femme extraordinaire.

Jax, Cooper ainsi que ma sœur, Riley, venaient de rencontrer le cousin dont ils ignoraient alors l'existence. Je connaissais Mason depuis un moment, mais tant que mon cousin n'avait pas dit à ses propres frères et sœurs qu'il n'était en réalité que leur demi-frère, l'enfant biologique de mon oncle, j'avais gardé son existence pour moi.

Mes frères et Riley avaient non seulement accepté Mason comme leur cousin, mais ils avaient également traité les frères et sœurs de

Mason comme des membres de leur propre famille, même s'ils ne partageaient pas le même sang.

— Je ne comprends pas pourquoi Mason était si pressé de se marier, observa Jax. Je l'aime beaucoup, mais lui et ses frères se comportent comme s'ils ne pourraient pas survivre sans parler à leur femme au moins une fois par heure.

— C'est le cas, dis-je. Ils sont tous follement amoureux de leur épouse.

Jax fronça les sourcils.

— Ouais. Je crois que c'est précisément ce qui m'échappe.

— Ça t'échappe parce que notre famille était totalement dysfonctionnelle, expliquai-je. Au cas où tu ne l'aurais pas remarqué, notre sœur est elle aussi follement amoureuse de son mari.

La plus jeune de la famille, notre petite sœur Riley, vivait un mariage heureux dans une petite ville située non loin de San Diego. Elle avait épousé un promoteur immobilier milliardaire. Tous deux étaient fous l'un de l'autre.

Cependant, je comprenais les interrogations de Jax. Ce n'était pas facile de comprendre quelque chose que nous n'avions jamais vu ni vécu.

Notre père était un sociopathe, et Riley nous a récemment avoué qu'il a abusé d'elle sexuellement lorsqu'elle était enfant. J'aimerais que cette vermine soit encore en vie rien que pour le tuer moi-même.

Notre mère ne se souciait que des apparences et de son statut social. Elle savait ce que notre père faisait subir à Riley, mais elle l'a gardé pour elle afin de protéger le prestige de la famille Montgomery.

Mes parents sont restés ensembles alors qu'ils se détestaient.

Mon père est mort quand moi et mes frères étions militaires. J'étais alors dans la Delta Force, Jax était un Navy Seal, et notre plus jeune frère, Cooper, venait d'intégrer l'armée dans l'espoir de devenir un Ranger.

À l'époque, nous avions tous assisté à l'enterrement de notre père pour soutenir Riley et notre mère, mais je doute qu'un seul d'entre nous ait pleuré la mort de ce salaud.

Même si, à l'époque, nous ignorions encore tout de ce que mon père a fait subir à Riley, ou que ma mère avait cherché à le dissimuler, nous n'étions pas vraiment proches de nos parents. Nous ne l'avons jamais été.

Mes frères et moi étions retournés à notre devoir militaire après l'enterrement, et pendant des années, nous avons entièrement délégué la gestion de *Montgomery Mining*. Il nous a fallu plusieurs années pour découvrir que l'entreprise n'était pas dirigée comme elle aurait dû l'être.

Les uns après les autres, mes frères et moi avons alors pris la décision difficile de quitter l'armée à la fin de nos contrats afin de sauver *Montgomery Mining* de la banqueroute.

Cela n'a pas été facile, mais nous avons tout mis en œuvre pour redresser l'entreprise. Non seulement nous y sommes parvenus, mais notre organisation occupe aujourd'hui la place de leader mondial en matière d'exploitation minière. L'entreprise est plus grande et plus puissante qu'elle ne l'était sous la direction de mon père.

Notre mère était toujours vivante, mais nous avions coupé les ponts après avoir appris ce que Riley a subi durant son enfance. Nous ne supportions même plus d'être dans la même pièce qu'elle.

— Je pense que Riley s'est *persuadée* qu'elle est amoureuse de Seth, songea Jax. Non pas que ce soit une mauvaise chose. Seth est un mec bien. Mais je ne crois pas en l'amour. Nous faisons simplement le choix de l'amour, consciemment ou pas. Cette histoire d'âme sœur est une pure création de notre esprit. Je n'ai jamais rencontré une femme qui m'a fait perdre les pédales. Je pense que c'est impossible.

— Ne jamais dire jamais, le prévins-je. Tu aurais dû voir Mason avec Laura. Il était dans un sale état. S'il avait pu l'épouser immédiatement après l'avoir rencontrée, alors il l'aurait fait.

À bien des égards, j'étais d'accord avec Jax. Mais après avoir vu le pragmatique Mason Lawson totalement anéanti par sa brève séparation avec Laura, je n'étais pas entièrement convaincu que l'amour soit un choix que l'on puisse faire ou ne pas faire.

Comme je n'avais encore jamais été dans cette position, j'avais du mal à le savoir.

Certes, j'avais connu quelques amourettes quand j'étais plus jeune, mais je me suis vite lassé de ce petit jeu en comprenant que les femmes que je fréquentais s'intéressaient davantage à mon argent qu'à moi.

— Ouais, eh bien, je ne suis pas Mason, répondit Jax. En ce qui me concerne, je pense qu'un amour si intense est irrationnel.

— Est-ce vraiment important ? demandai-je. Mason et Riley sont tous les deux heureux de leur sort, et je suis content de les voir heureux.

— Non, ça n'a probablement pas d'importance, déclara Jax. Je préfère que ce soit eux que moi. J'espère juste que Cooper et toi ne perdrez jamais la tête pour quelqu'un, comme l'ont fait Riley et Mason.

— Ce n'est encore jamais arrivé, et compte tenu que je viens d'avoir trente-quatre ans, je doute que cela se produise un jour. J'aime à penser que je suis devenu plus sage en vieillissant, plaisantai-je.

— Moi aussi, répondit Jax d'un ton amusé.

Dans la fratrie, nous étions tous très proches en âge. Comme si mes parents avaient un jour décidé d'avoir une progéniture, et boom ! Boom ! Boom ! Boom ! Juste pour se débarrasser de cette tâche. Jax n'avait que dix mois de moins que moi.

— Alors il est peut-être temps que tu commences à sortir avec une femme plus d'une fois ? suggérai-je.

Jax m'adressa un sourire.

— Pour décevoir tous les journalistes qui nous suivent partout ? Non. Ils finiraient par mourir d'ennui.

Fort heureusement, la plupart de ces journalistes trouvaient Jax beaucoup plus intéressant que moi. Je n'étais donc pas autant harcelé que lui, et ils avaient également renoncé à la possibilité que Cooper fasse quelque chose de scandaleux.

— Est-ce que tu es prêt pour cette mission, vieil homme ? demanda Jax après quelques instants de silence.

Tout comme mes frères, je veillais à entretenir une excellente condition physique. Je savais donc que Jax ne faisait que me taquiner.

Mais je savais aussi qu'il souhaitait sincèrement savoir si j'étais prêt à m'élancer dans l'inconnu.

— Je suis prêt, et tellement en colère que j'ai hâte d'y être.

— Moi aussi, dit Jax d'un ton solennel. J'espère qu'elle est toujours en vie. Harlow sera complètement anéantie si nous perdons aussi Taylor.

Je haussai un sourcil.

— Tu aimes bien Harlow, devinai-je.

— Comment pourrais-je faire autrement ? répondit-il sans hésiter. Elle a beau avoir traversé l'enfer, elle s'inquiète pour son compagnon ainsi que pour sa stagiaire. Elle a beaucoup de courage. Nous devons la garder dans l'entreprise, et je prévois de faire tout mon possible pour la convaincre de rester avec nous.

— Je suis d'accord. Mais tu sembles être préoccupé à un niveau plus.. personnel. Connaissais-tu Harlow avant cet incident ?

— Pas vraiment, hésita-t-il. Je l'ai croisée plusieurs fois au laboratoire, mais rien de plus. Après tout, elle est sacrément sexy. Comment aurais-je pu *ne pas* la remarquer ? Et je suppose que j'admire sa ténacité. Je me sens aussi probablement coupable qu'elle ait été blessée pendant qu'elle travaillait pour nous. Nous les avons tous les trois mis en danger.

Je regardai Jax d'un air interrogateur. Ce qu'il venait de dire là ne lui ressemblait pas. Jax avait un grand cœur, mais celui-ci était généralement barricadé derrière son cynisme. Comme je me sentais suffisamment coupable pour nous deux, je dis :

— Ce n'est la faute de personne, Jax. Je me sens coupable aussi, mais ne te laisse pas dévorer par ce sentiment. Lania est considéré comme un pays en paix depuis quelques années maintenant. Si ça n'avait pas été le cas, alors notre entreprise ne s'y serait jamais intéressée. Nous ne mettons jamais intentionnellement nos employés dans des situations dangereuses.

Je ne savais pas trop qui j'essayais de convaincre; lui ou moi. Nos équipes n'ont jamais été victimes d'un tel incident, alors j'étais moi aussi accablé par le remords.

Certes, notre métier ne se faisait pas sans risque, mais nous ne faisions jamais passer l'argent avant la sécurité de nos troupes. Tout peut arriver sur ce genre de chantier, mais nous réduisions le facteur risque au minimum.

— Comment diable les rebelles ont-ils pu se réorganiser à Lania ? grogna Jax. Bon Dieu ! Je ne pensais pas un jour repartir pour ce type de mission. Il y a dix ans, mon équipe était beaucoup trop souvent à Lania. Je déteste ce foutu pays. Les prises d'otages ne se terminent jamais bien sur ce territoire. Les rebelles n'ont jamais hésité à couper la tête de quiconque pouvant représenter un danger pour leur mode de vie, et ils détestent les occidentaux.

— Je sais, répondis-je. J'ai perdu de nombreux amis dans ce pays. Le groupe auquel nous avons affaire a du se cacher dans une zone reculée pendant des années, ou alors il s'agit de prisonniers évadés qui n'ont pas été assez intelligents pour se faire discret. Marshall est allé à Lania assez récemment. Selon lui, il n'y avait pas le moindre signe de violence ou d'instabilité politique. Les promoteurs immobiliers commencent même à se disputer des terres pour y construire des stations balnéaires de luxe. Mais Lania est un territoire insulaire assez vaste. Certaines régions sont totalement isolées. Je ne serais donc pas étonné que ces rebelles soient parvenus à échapper à l'attention des autorités pendant toutes ces années.

— Quelle est la position du prince sur tout cela ? questionna Jax.

— Selon Marshall, il a déployé toutes les forces à sa disposition pour chercher les rebelles et leurs otages.

Les lèvres de Jax se courbèrent en un sourire désenchanté.

— Alors Marshall sait où ils se trouvent, mais pas le prince ?

— Est-ce que ça te surprend ? demandai-je d'un ton amusé.

Jax secoua la tête.

— Non. J'ai parfois l'impression que Marshall préfère que les choses restent ainsi. Il a davantage confiance en nous qu'en certains gouvernements étrangers.

Pour le moment, j'étais content qu'il ait gardé cette information pour lui.

— Il se trouve que moi aussi, informai-je mon frère. Toute cette affaire est devenue personnelle pour moi. Je préfère donc que personne n'interfère avec notre intervention.

— Nous allons sortir Taylor de là, Hudson, dit Jax d'une voix solennelle comme s'il s'agissait d'une promesse. Même si elle n'est plus en vie, nous allons la ramener à la maison, ajouta-t-il.

Je refusais d'imaginer les beaux yeux verts de Taylor complètement dénués de vie.

— Elle est vivante. Jusqu'à preuve du contraire, elle est vivante. Essayons de dormir un peu pour être aussi alertes que possible à notre arrivée. Mon avion, mon lit.

Je me levai pour me diriger vers la seule chambre à bord de l'appareil.

— Je n'aurai aucune difficulté à dormir ici. C'est confortable, dit Jax. Y a-t-il quelque chose dans le dossier concernant Taylor dont je devrais être au courant ?

Mon estomac se noua.

Ce dossier ne contenait pas seulement son profil d'employée. Marshall y avait inclus autant d'informations que possible à son sujet.

Taylor Delaney n'avait pas eu une vie facile. Lire ces informations était presque déplacé compte tenu que cela ne ferait aucune différence dans cette mission de sauvetage.

Pour une raison qui m'échappait, je n'avais pas envie de partager tout ce que j'avais lu à son sujet avec qui que ce soit. Pas même avec Jax.

— Rien de significatif, dis-je simplement. Elle a travaillé dur pour faire ses études à Stanford, alors je ne vais pas la laisser rater le fruit de son travail maintenant qu'elle en a fini avec la partie difficile.

— Je suis d'accord, déclara Jax avant de bâiller. Bonne nuit.

— Repose-toi, lui conseillai-je avant de me diriger vers la chambre.

Une fois dans ma cabine privée, je m'allongeai immédiatement sur le lit, mais sans néanmoins parvenir à dormir aussi bien que je l'aurais souhaité.

Mes rêves étaient hantés par cette photo d'une Taylor heureuse, par ses grands yeux verts ainsi que par son sourire espiègle, le tout semblant me supplier de ne pas la laisser mourir à Lania.

Dans mon agitation, j'espérais surtout qu'elle pourrait tenir jusqu'à notre arrivée...

Taylor

Je devais faire tellement peur à voir que le chef des rebelles ne viendrait certainement plus me chercher. Voilà le seul avantage d'être à moitié morte.

Il ne venait plus me chercher depuis que j'avais essayé de m'enfuir. Ils m'avaient frappée si violemment que *personne* ne voudrait voir mon visage ou mon corps actuellement.

C'est arrivé...hier ? Il y a deux jours ? Mince ! J'avais totalement perdu la notion du temps. Tout ce que je savais avec certitude, c'est que je n'avais pas bu une seule goutte d'eau depuis ma tentative d'évasion.

J'avais eu un bref éclair de panique en reprenant connaissance quelques instants plus tôt.

Il m'avait fallu une minute pour me souvenir que plus personne ne viendrait me chercher.

— Mais quel jour sommes-nous ? balbutiai-je dans un murmure rauque tant ma bouche et ma gorge étaient sèches.

La dernière fois que je me suis évanouie, le jour venait de se lever.

Était-ce le même jour ? Le lendemain ? Ou une semaine plus tard ?

Je n'en avais aucune idée.

J'avais repris connaissance, mais je savais pertinemment que la mort me guettait.

Mon cœur battait anormalement vite, et même si j'étais éveillée, je me sentais totalement désorientée.

Étant sévèrement déshydratée, je n'avais de cesse d'alterner entre perte de connaissance et éveil partiel, trop faible pour bouger ne serait-ce qu'un muscle.

Je ne pouvais donc pas me raconter d'histoire : j'étais sur le point de mourir.

Chaque fois que je sentais ce grand trou noir s'ouvrir pour m'engloutir, juste avant de perdre connaissance, je me demandais si je rouvrirais un jour les yeux.

À vrai dire, j'en arrivais au stade où *j'espérais* presque ne jamais me réveiller.

J'avais envie de bouger, mais tous les muscles de mon corps étaient pris de crampes et je n'avais pas la force de me redresser ni même de me mettre sur le côté.

Je n'avais plus du tout d'appétit, mais j'étais assoiffée.

J'étais plutôt contente de ne pas m'être fait pipi dessus, mais j'étais aussi un peu effrayée de constater que je n'avais aucune envie d'uriner. À cet instant précis, j'aurais aimé ne pas être passionnée de sciences. En effet, je savais beaucoup trop de choses sur le corps humain. La situation serait peut-être plus facile si j'étais ignorante. Si je ne savais pas ce qui se passe lorsque les reins cessent de fonctionner.

Sans eau, plus rien ne fonctionnait dans le corps humain.

Je grimaçai en essayant de bouger mes jambes pour trouver une position plus confortable. Non seulement mes jambes ne bougèrent pas d'un centimètre, mais cette petite tentative généra une douleur insoutenable.

Les rebelles m'avaient donné de nombreux coups de pieds aux jambes et aux bras, probablement pour m'empêcher d'aller *où que ce soit*. De surcroit, mes extrémités étaient solidement attachées. Le simple fait de bouger un seul de mes membres était donc une pure torture.

Je n'étais pas du genre à pleurer facilement, mais si je pouvais hurler et pleurer de douleur actuellement, alors cela me soulagerait probablement un peu.

Malheureusement, mes conduits lacrymaux étaient secs et ma voix était trop faible.

Je devais donc me contenter de fermer les yeux en espérant perdre à nouveau connaissance.

Bientôt.

Très bientôt.

Parce que je ne pouvais certainement pas endurer cela beaucoup plus longtemps.

De minuscules points de lumières apparurent dans mon champ de vision tandis que je me préparais à sombrer dans un nouvel abîme.

Peut-être la dernière ?

Et puis, je l'entendis – cet horrible bruit métallique qui se faisait entendre chaque fois que les gardes enlevaient les barres qui maintenaient la porte fermée de l'extérieur. Ce bruit terrifiant, j'avais appris à le craindre.

Parce que cela signifiait qu'ils venaient dans ma prison pour moi. Et leurs intentions n'étaient jamais bonnes.

Mes yeux s'ouvrirent. Je ne savais pas si j'imaginais juste ce son ou si quelqu'un s'apprêtait bel et bien à entrer.

Sauf que... le bruit était beaucoup plus subtil cette fois, pas aussi fort que lorsque mes bourreaux arrachaient précipitamment les barricades en acier de mon cachot.

Je refermai les yeux parce que ces odieux petits points lumineux n'arrêtaient pas de danser devant moi. À ce stade, j'étais convaincu qu'il s'agissait d'hallucinations... encore une fois.

Je croyais avoir un moment de lucidité, mais ce n'était pas le cas.

Je continuais encore à voir et à entendre des choses qui n'étaient pas réelles.

À un moment donné au cours de ma captivité, j'ai même cru que Mac était là, avec moi, me suppliant de ne pas abandonner. De continuer à lutter jusqu'à ce que je sois secourue.

De toute évidence, mon esprit me jouait donc des tours.

Tout comme maintenant.

Ce bruit ne provenait pas des gardes essayant d'ouvrir la porte.

Ni du chef des rebelles.

Ce n'était rien.

Juste mon cerveau fatigué qui me jouait des tours.

Personne ne viendra.

Jamais.

Je ne me souvenais même plus de la dernière fois que mes ravisseurs étaient venu vérifier si j'étais encore en vie. Mais j'aurais facilement pu manquer leur visite compte tenu de mon état.

Je dois faire face à la réalité. Je ne vais pas m'en sortir vivante.

Comme je n'étais pas en capacité d'assurer ma survie, j'allais mourir ici, où je resterai jusqu'à ce que quelqu'un retrouve un jour mon squelette.

Une forme d'acceptation réticente me submergea alors que l'obscurité m'enveloppait à nouveau pour éteindre mon cerveau confus. Jusqu'à ce que...

— Taylor, est-ce que tu m'entends ? Je vais te sortir d'ici.

Cette voix basse et ferme retentit près de mon oreille, même si je parvins à peine à l'entendre.

J'essayai d'ignorer cette nouvelle hallucination auditive, sachant qu'il s'agissait simplement d'une chose que je *voulais* entendre.

Néanmoins, j'eus beaucoup plus de mal à ignorer la main qui se glissa délicatement derrière ma nuque. Mes hallucinations ne m'avaient encore jamais...touchée. Je voulus chasser cette nouvelle sensation, sans néanmoins y parvenir.

Cette fois, c'était bien trop réel.

— Elle est vivante, dit la voix grave.

— Elle respire et je sens son pouls, commenta une seconde voix masculine d'un ton ferme et dénué d'émotions.

— Taylor, serre ma main si tu m'entends, dit la première voix. Tu as besoin de boire, mais je ne veux pas que tu t'étouffes. J'ai besoin de savoir que tu es avec moi.

De l'eau ? Oh mon Dieu, oui. Je ferais n'importe quoi pour avoir un peu d'eau.

Fantôme ou pas, je serrai la main de cette présence inconnue de toutes mes forces. J'avais besoin d'eau et je me fichais de savoir qui me la donnerait.

— C'est bien, dit-il avec approbation. Nous allons prendre soin de toi, mais nous devons d'abord quitter cette zone.

Allons-y, Jax.

— Je suis prêt. C'est une foutue fournaise ici.

J'eus envie de crier en sentant mon corps se soulever comme si je ne pesais rien du tout avant d'être appuyée contre une surface massive et solide, très probablement le torse de l'inconnu.

— Je surveille nos arrières, déclara l'inconnu numéro deux.

Je compris que nous étions en mouvement et je sentis la différence de température sitôt que l'homme qui me portait dans ses bras fut à l'extérieur.

Je savourai l'air frais et pris la plus grande inspiration possible.

Même si tout cela n'était que le fruit de mon imagination, alors j'avais tout de même l'intention de m'en délecter.

— Taylor, je m'appelle Hudson. Moi et mon frère, Jax, allons t'emmener dans un endroit sûr, murmura mon sauveur près de mon oreille. Tu vas t'en sortir. Nous allons nous arrêter pour te donner de l'eau dès que nous serons assez loin de ce satané camp. J'espère que tu m'entends encore, Taylor.

La réalité de ce qui se passait frappa faiblement mon esprit désorienté.

Cet homme n'est pas un guérillero !

Cet inconnu ne faisait pas partie des rebelles.

Ces deux hommes étaient là... pour moi. Pour me secourir.

Ils ne s'exprimaient pas avec un accent étranger.

Ils étaient donc bel et bien mes sauveurs, et non mes ennemis.

Je voulus ouvrir les yeux, mais en vain.

— Je..., soufflai-je sans parvenir à articuler.

J'essayai à nouveau, cette fois en mobilisant le peu de force qu'il me restait encore :

— Je t'entends. Peux pas parler.

— C'est bien, murmura-t-il d'une voix rassurante. Je me sentirais sacrément idiot de parler seul.

Si j'avais pu sourire, je l'aurais fait. J'étais un peu sidérée par le calme et l'assurance de mon sauveur, mais j'étais également très reconnaissante de son attitude qui me procurait un sentiment de sécurité.

Je ne comprenais pas comment il parvenait à se déplacer avec autant de vitesse tout en portant mon corps inerte, blessé et épuisé.

Je ne pouvais pas du tout l'aider.

Je ne pouvais rien faire.

Pourtant, je mourrais d'envie de l'aider maintenant que je savais qu'il s'agissait de mon libérateur et non de mon bourreau.

Un sentiment de soulagement s'empara de moi en comprenant enfin que j'allais peut-être...rentrer chez moi.

Que j'allais vivre.

Que je n'allais pas mourir dans une région reculée de Lania et devenir un tas d'ossements.

J'allais vraiment m'en sortir.

— Harlow ? soufflai-je.

Apparemment, il entendit mon faible murmure.

— Elle est saine et sauve, de retour aux États-Unis. Vous êtes toutes les deux sauvées, Taylor, je te le promets. Tu as besoin de soins médicaux, mais ça ne saurait tarder. Au moins, tu n'es plus enfermée dans une geôle étouffante.

Il était loin de se douter à quel point j'étais reconnaissante de cela. Je me sentais déjà mieux. C'était l'été, et il ne faisait pas vraiment frais la nuit à Lania, mais au moins je n'avais plus l'impression de rôtir.

J'étais encore dans un état second jusqu'à ce qu'il s'arrête enfin. Je le sentis alors me déposer délicatement au sol, et si j'avais pu, j'aurais sangloté de soulagement quand Hudson coupa les liens qui retenaient encore mes membres.

Tous les muscles de mon corps tremblaient de douleur, mais j'étais enfin libre.

— Tu dois boire un peu, Taylor. Je ne peux pas me contenter de verser de l'eau dans ta gorge, dit Hudson avant de sentir un objet contre mes lèvres desséchées. Tu dois essayer de déglutir, ajouta-t-il.

Mes lèvres étaient sèches et fissurées, et même si j'avais très envie de boire cette eau, j'avais du mal à ne pas tressaillir lorsque quelque chose touchait cette zone douloureuse.

Mes yeux s'ouvrirent enfin, mais je ne vis que l'obscurité. Hudson n'était qu'une ombre. Il tenait une gourde inclinée près de mes lèvres.

J'étais tellement en colère contre moi-même que je voulais crier parce que je ne parvenais tout simplement pas à faire fonctionner ma bouche et ma gorge.

J'avais l'impression de mourir de soif au beau milieu d'un ruisseau d'eau fraîche.

L'eau était juste là, prête à être consommée, mais j'étais dans l'incapacité de la boire.

Hudson écarta brusquement la gourde. J'eus envie de protester mais je sentis bientôt un chiffon dégoulinant contre mes lèvres desséchées.

L'humidité apaisa la peau meurtrie de mes lèvres tandis que je prenais une minuscule partie du tissu mouillé dans ma bouche.

Hudson pressa le textile plusieurs fois jusqu'à ce que je commence enfin à avaler maladroitement un peu d'eau.

Lorsqu'il positionna à nouveau le goulot de la gourde à mes lèvres, je parvins enfin à boire.

— Hé, ralentis un peu sinon tu vas être malade, dit-il.

Mais une fois lancée, je ne voulais plus m'arrêter, même si je savais que je ne devais pas engloutir trop d'eau après en avoir été privée pendant si longtemps.

Malheureusement, mon instinct de survie était aux commandes, et Hudson fut contraint d'ôter la gourde de mes lèvres.

Je fus d'abord furieuse qu'il me prive de ce précieux liquide euphorisant. Mais après cette colère initiale, je fus reconnaissante qu'il l'ait fait parce que mon estomac se mit à gronder.

Je n'avais certainement pas envie de vomir sur le gars qui venait de me sauver la vie.

Je serais bien incapable d'expliquer la sensation qui me traversait actuellement le corps. Comme si l'eau que je venais de boire commençait déjà à hydrater mes cellules. On pourrait imaginer qu'il puisse s'agir d'une sensation agréable, mais ce n'était pas le cas.

Hudson me souleva à nouveau dans ses bras en disant :

— Nous devons continuer à avancer. Le chemin est encore long jusqu'à la côte.

J'étais à peu près sûre que nous avions déjà parcouru plusieurs kilomètres depuis le camp des rebelles. Où trouvait-il la force de continuer à avancer, encombré du poids de mon corps ?

Hudson était évidemment dans une forme physique exceptionnelle, mais combien de temps pourrait-il encore tenir avant de s'effondrer d'épuisement ?

J'approchai mes lèvres de son oreille.

— Je veux...marcher, dis-je. J'étais incapable de prononcer un mot supplémentaire.

Je l'entendis rire.

— C'est hors de question, Taylor, dit-il d'un ton amusé. Tu ne peux pas bouger tes membres et tu es toujours gravement déshydratée.

Bon sang ! Hudson avait raison. Mais je n'aimais pas le fait qu'il soit obligé de me trimballer comme un énorme sac de farine.

Je me sentais impuissante et j'avais horreur de cela.

— Tu vas devoir te contenter d'accepter mon aide pour l'instant, ajouta-t-il comme s'il pouvait lire dans mes pensées.

Un soupir m'échappa et j'appuyai ma tête contre son épaule. Avais-je vraiment le choix ?

Je sentis à nouveau l'obscurité de l'inconscience s'emparer de moi, et cette fois, je n'essayai pas de lutter.

Pour une raison qui m'échappait encore, je me sentais en sécurité avec Hudson. Et avant même de pouvoir y réfléchir plus longtemps, je sombrai dans le noir.

Hudson

Nous étions enfin sur la côte à l'aube.

Taylor n'avait pas dit un mot depuis notre arrêt pour la faire boire, et je commençais à m'inquiéter.

Je pouvais sentir sa respiration contre ma peau. Je savais donc qu'elle était encore vivante, mais le fait qu'elle ne me réponde plus ne me plaisait pas du tout.

Jax et moi étions restés totalement silencieux pendant notre avancée dans la forêt ces dernières heures. La seule fois où nous avions communiqué, c'est lorsque mon frère m'a proposé de porter Taylor. Ma réponse fut alors négative.

Elle était déjà bien assez désorientée, je ne voulais pas qu'elle se réveille dans les bras d'un *autre* mec.

Et honnêtement, elle était très légère et bien trop mince. Taylor n'était donc pas un fardeau pour moi, et Jax portait déjà nos deux sacs sur *son* dos.

Je hâtai le pas en entendant le bruit de la mer, puis je m'arrêtai à la lisière de la zone boisée pour observer le rivage.

Jax s'arrêta à côté de moi.

— On dirait bien que Marshall a fait son travail, comme d'habitude.

En effet, il y avait un homme qui agitait les bras tout en courant dans notre direction.

— Nous avons installé la tente, les gars. Venez par ici, cria-t-il.

Marshall nous avait promis qu'un médecin serait présent au point de rendez-vous. Je supposai donc que le gars qui courait vers nous, vêtu d'un pantalon ainsi que d'un t-shirt noir, était ce médecin.

De qui d'autre pourrait-il bien s'agir ?

— Je m'en occupe. Dites-moi simplement où vous voulez que je l'emmène, dis-je avec raideur lorsqu'il arriva à notre niveau et essaya de prendre Taylor de mes bras.

Il hocha vivement la tête et nous guida jusqu'à une tente qui avait été montée vingt ou trente mètre derrière la lisière, à l'intérieur de la zone boisée.

Lania était peut-être un territoire allié, mais je n'avais pas l'intention de confier Taylor à un inconnu alors que je venais à peine de la sortir d'une situation difficile.

Cette femme était sous ma responsabilité, et ce, jusqu'à ce qu'elle retrouve son autonomie, et je ne la quitterais pas des yeux tant que je ne la savais pas totalement en sécurité.

— Déposez-la sur cette civière afin que le médecin puisse l'examiner, dit notre guide.

La petite structure de fortune n'était pas équipée de porte, je pus donc entrer à grands pas avant de déposer Taylor sur ce qui ressemblait à un brancard militaire habillé d'un drap d'hôpital. Un homme d'âge moyen se tenait sous la tente, attendant manifestement l'arrivée de sa patiente.

— Vous n'êtes donc pas le docteur ? demandai-je en me tournant vers l'homme qui était venu à notre rencontre quelques instants plus tôt.

— Malheureusement, non, répondit-il depuis l'entrée de la tente. Je tenais à être présent pour votre arrivée. Je suis très affecté de savoir qu'elle a été blessée pendant son séjour à Lania. J'ai approuvé cette exploration personnellement. Je pensais que votre équipe serait parfaitement en sécurité ici.

Je m'écartai afin de permettre au docteur de faire son travail, mais je gardai un œil sur Taylor depuis l'extérieur de la tente, tout comme Jax à côté de moi.

Je portai enfin mon attention sur l'homme qui nous avait amenés ici. Il ressemblait à un britannique, mais jean et t-shirt mis à part, il ressemblait énormément à...

— Et à qui avons-nous l'honneur ? demandai-je.

Lania étant composée d'une diversité de personnes de différentes origines, il était parfois difficile de savoir si quelqu'un était originaire de Lania sur la seule base de son apparence physique.

Cependant, il existait bel et bien une langue locale, et son accent n'avait rien de local.

Il m'adressa un sourire.

— Je suis le prince héritier Niklaos, mais s'il vous plaît, appelez-moi Nick. Je ne suis pas vraiment attaché aux titres officiels.

D'accord, il était donc à la tête du pays, comme je m'en doutais. J'avais déjà vu quelques photos de lui.

— Peut-être aurait-il été judicieux de la secourir avant qu'elle ne soit à moitié morte, lâchai-je sèchement.

— J'aurais bien voulu y parvenir, mais c'est un grand territoire. Nous essayons de localiser le camp des rebelles depuis que nous avons eu vent de cet enlèvement. Malheureusement, nous devons toujours agir à l'ancienne et ratisser de très grandes zones. Nous ne sommes pas encore équipés du matériel militaire avancé que vous avez aux États-Unis.

Marshall m'a contacté il y a quelques heures pour me dire de vous retrouver ici afin que vous puissiez me donner les coordonnées du camp des rebelles. Nous allons nous occuper d'eux maintenant que le dernier otage a été secouru. Je n'ai jamais renoncé à secourir vos employés. Nous n'avons tout simplement pas réussi à les trouver assez tôt, expliqua Nick. Ça me rend malade de la voir dans cet état et, de surcroit, de renvoyer un corps sans vie aux États-Unis.

Il semblait sincèrement affecté par toute cette affaire. Je décidai donc de contenir ma colère.

— Si vous êtes d'ici, alors pourquoi avez-vous un accent britannique ? demanda Jax avec prudence.

Nick nous expliqua alors qu'il avait fait ses études au Royaume-Uni, où il a passé la majeure partie de sa vie jusqu'à ce que son père ne soit plus en capacité de gouverner Lania.

Son père était toujours en vie, mais atteint de démence, alors Nick était retourné à Lania pour reprendre les rênes.

— Mon père a fait une promesse à ma mère avant qu'elle ne décède, dit-il. J'étais encore un enfant. Elle ne voulait pas que je grandisse dans un pays déchiré par une révolution. Alors j'ai été envoyé dans un internat au Royaume-Uni, puis j'y suis resté pour toute la durée de mes études supérieures.

Nick semblait jeune, probablement quelques années plus jeune que moi, et il dirigeait déjà toute une nation depuis plusieurs années.

— Qu'est-ce que ça fait d'être de retour à Lania après une si longue absence ? demandai-je.

Nick soupira.

— C'est étouffant, avoua-t-il. Je me bats constamment contre mes conseillers ainsi que contre le conseil royal. Ils avaient l'habitude de travailler avec mon père. La plupart d'entre eux me voient encore comme un prince immature. Mon père voulait la démocratie, mais le progrès ne l'intéressait pas. Ses conseillers approuvaient cette approche. Il y a beaucoup trop de coutumes qui doivent être reléguées au passé et beaucoup trop de progrès à introduire, mais c'est plus facile à dire qu'à faire.

— Vous y arriverez, l'encourageai-je. Il est peut-être temps d'embaucher de nouveaux conseillers, suggérai-je.

De toute évidence, Nick avait à cœur de moderniser le pays. Peut-être n'avait-il pas encore une équipe d'élite ou la puissance militaire dont nous disposions aux États-Unis, mais je devais reconnaître qu'il était parvenu à rendre la paix à son pays après la guerre.

Nick me sourit.

— Je travaille dur pour essayer de faire bouger les choses. Lania finira par devenir une puissance mondiale.

Je lui donnai ensuite la position géographique des rebelles avant de lui dire tout ce que nous savions des ravisseurs de Taylor, soit pas grand-chose.

Après avoir fini de le briefer, il demanda :

— Quand elle se sentira mieux, est-ce que je peux compter sur vous pour faire savoir à Taylor combien je suis désolé que tout cela soit arrivé ? J'ai déjà parlé au docteur Lewis, et une fois que la famille de Mark aura été informée de son décès, je les contacterai également.

— Oui, vous pouvez compter sur nous, acquiesçai-je distraitement tout en gardant un œil sur le docteur et Taylor.

Après un examen approfondi, elle était déjà sous perfusions en intraveineuse. Il s'affairait maintenant à désinfecter les coupures sur son visage.

Enfin, il se leva de son tabouret et nous rejoignit à l'extérieur.

— Il sera nécessaire de la garder sous surveillance pendant son rapatriement, dit-il en sortant un mouchoir de sa poche qu'il utilisa pour essuyer la sueur qui perlait sur son front ainsi que sur son crâne chauve.

— Je ne peux pas faire grand-chose de plus dans ces conditions, ajouta-t-il. Certaines de ses plaies sont infectées, alors je l'ai mise sous antibiotiques. Elle aura besoin d'attention dès votre arrivée aux États-Unis. La musculature de Taylor est atrophiée et très raide du fait qu'elle soit restée attachée dans la même position pendant si longtemps, mais tout devrait rentrer dans l'ordre avec un peu de rééducation. Comme on pouvait s'y attendre, elle est gravement déshydratée, ce qui affecte toutes les fonctions de son corps. Elle est maintenant sous perfusion, mais il faudra remplacer les poches sitôt qu'elles seront vides.

— Compris, dit Jax. Est-ce que vous avez des poches supplémentaires à nous donner ?

Entre nous deux, Jax était le plus qualifié dans le domaine médical, alors je le laissai gérer cette question.

— Y a-t-il autre chose que nous devrions savoir ? demandai-je néanmoins.

— Elle aura besoin de radiographies et d'un bilan sanguin complet pour veiller à ce que tout fonctionne correctement. Attendez-vous à ce qu'elle soit désorientée et extrêmement faible pendant quelques heures. Je n'ai décelé aucune fracture, mais je n'ai pu faire qu'un examen superficiel. Selon moi, son état de déshydratation constitue le problème principal.

— Taylor ne me répondait plus à notre arrivée. Est-il normal qu'elle soit inconsciente ? demandai-je avec un froncement de sourcils.

Le docteur hocha la tête.

— Son organisme est en insuffisance. Elle s'est réveillée brièvement pendant mon examen médical. Je crois qu'elle n'a pas trop aimé l'intraveineuse. Elle n'est pas vraiment inconsciente. Elle ressent encore ses douleurs physiques, mais il vaut mieux la laisser dormir jusqu'à ce qu'elle s'hydrate un peu. Je lui ai également donné un antalgique et un anxiolytique pour que son réveil soit moins douloureux.

— Je comprends qu'elle se soit réveillée à cause de cette intraveineuse et de l'auscultation, marmonnai-je. Je n'apprécierais probablement pas non plus qu'on m'enfonce une aiguille dans le bras.

— Comme elle ne s'est réveillée que pendant quelques secondes, je n'ai pas pu évaluer son état cognitif, mais il est certains qu'elle va avoir besoin de temps pour récupérer. Elle n'a été détenue que pendant une courte période, mais les rebelles ont été incroyablement violents avec elle.

Je répondis par un hochement de tête. Mon estomac se noua en imaginant tout ce que Taylor avait subi.

— Je sais. Je vais veiller à ce qu'elle bénéficie de tous les soins nécessaires.

Lorsque le docteur eut fini de nous donner ses instructions pour le retour, je chargeai Taylor à bord du bateau qui nous attendait en veillant à ce qu'elle soit bien installée dans la cabine.

— Faites attention à vous, dit Nick avant que le capitaine ne mette le bateau en mouvement. Tenez-moi au courant à votre arrivée, ajouta-t-il en criant pour être entendu.

Je lui répondis par un signe de la main avant d'entrer dans la cabine.

— Il se montre sympathique mais je ne lui fais pas confiance, grommela Jax en ajustant la poche de la perfusion.

— Ça n'a pas d'importance, dis-je d'un ton bourru. Au moins, nous allons ramener Taylor au bercail.

— Je ne sais pas si c'est *elle* qui sent si mauvais, ou si c'est *nous*, remarqua Jax en passant sa main dans ses cheveux.

Nous avions parcouru de nombreux kilomètres en portant beaucoup de poids.

— Probablement un peu des deux, répondis-je en remarquant que mon frère avait l'air très fatigué. Les vêtements que Cooper a conçus sont parfaits, mais je transpire à grosses gouttes, ajoutai-je.

Comme nous ne faisions plus partie de l'armée, Cooper avait développé des vêtements techniques pour *Dernier Espoir*, et Marshall les avait distribués à tous ses membres.

Pour cette mission, nous avions choisi la tenue noire, et bien que très confortable, les manches longues nous tenaient beaucoup trop chaud.

Jax haussa les épaules.

— Cooper a dû faire certains compromis pour assurer notre sécurité. Les manches longues sont nécessaires pour protéger nos bras et pour rester camouflés. Ça ne peut pas être pire que les tenues militaires.

Je secouai la tête.

— En effet. C'est en réalité bien plus léger et respirant. Je suis juste d'humeur râleuse.

Jax m'adressa un sourire.

— Alors râle. Tu l'as bien mérité après cette expédition.

Nous nous étions débarrassé de nos cagoules noires après nous être éloigné du camp des rebelles, mais nous avions gardé nos lunettes de vision nocturne. Cependant, les nuits d'été n'avaient rien de fraiches à Lania.

J'étais donc à peu près sûr que la puanteur qui emplissait désormais la cabine du bateau provenait de nous tous.

— Puisque nous allons monter à bord de mon avion, je passe à la douche en premier, informai-je mon frère. Taylor a besoin de se laver aussi.

— Je vais m'occuper de protéger son intraveineuse, mais je te laisse faire le reste. Sois rapide parce que j'ai très envie de prendre une douche, gronda Jax. Je ne parviendrai pas à dormir tant que je ne me serai pas débarrassé de cette puanteur.

— Je serai aussi rapide que possible, mais Taylor est prioritaire, lui rappelai-je.

Mon regard se posa sur le visage de Taylor et je sentis de nouveau ma colère monter.

J'étais furieux depuis que nous l'avions retrouvée, faible et proche de la mort.

Bande de salauds !

Nick ferait mieux de s'occuper des rebelles, sinon je reviendrais pour les tuer de mes propres mains.

Les grosses lacérations sur sa joue ainsi que sur son front semblaient infectées. Le docteur lui avait fait quelques points de suture à la hâte qui laisseraient certainement des cicatrices.

Je poussai un long soupir agacé. Ce qui était arrivé à Taylor, Harlow et Mark était une catastrophe à bien des égards.

Ils s'étaient rendus à Lania pour faire leur travail.

Ils sont géologues, et non soldats. Ils étaient à Lania afin de trouver un nouveau site pour *Montgomery Mining*.

Je me penchai en avant et pris la main de Taylor dans la mienne.

— Tu rentres à la maison, Taylor. Nous avons quitté Lania, dis-je prés de son oreille en espérant qu'elle puisse m'entendre malgré son absence de réaction.

— Et je vais veiller à ce que tout se passe bien à notre arrivée, ajoutai-je.

Pour une raison qui m'échappait encore, cette mission de sauvetage était différente de toutes les autres pour moi. Je ne parvenais pas à me distancer de la victime secourue comme je le faisais habituellement.

Cette affaire m'affectait à un niveau personnel.

C'était bel et bien personnel.

Bon sang ! Je savais que je ne respectais pas les règles de base d'une telle mission et que j'étais beaucoup trop impliqué sur le plan émotionnel.

Taylor Delaney était *ma* stagiaire. Mais pour la première fois de ma vie, je me fichais totalement de suivre les règles.

Chapitre 5

Taylor

Je me réveillai dans une grande agitation.

J'essayai de donner des coups de poing. Des coups totalement inefficaces.

J'étais dans l'obscurité et je luttais contre ce qui était enroulé autour de moi. En fin de compte, il ne s'agissait que d'une couverture.

Mais comme je ne le savais pas encore, j'essayai vivement de m'extirper de ce cocon.

— Hé, Taylor, dit une voix grave dans l'obscurité, juste avant qu'une paire de mains puissantes ne saisissent délicatement mes poignets.

— Arrête. Tu vas arracher l'intraveineuse. Tout va bien. Tu es en sécurité. Tu n'es plus à Lania. Tu es dans un avion qui te ramène chez toi.

Cette courte manifestation d'énergie me vida complètement. Je cessai alors de lutter, surtout en constatant qu'il ne s'agissait que de *lui*. Il s'agissait de la même voix qui m'avait redonné espoir quand je n'en avais plus du tout.

— Hudson ?

Ma voix était rauque et ma gorge était sèche, mais au moins, je pouvais parler.

— Oui. C'est moi. Tout va bien, Taylor. Je suis content que tu sois réveillée, même si tu as essayé de me frapper, dit-il en lâchant mes poignets.

Ma respiration était lourde rien que d'avoir agité mes bras.

— Pourquoi fait-il si noir ? Où suis-je ? Et qui es-tu ?

— Attends, me dit-il. Ne t'agite pas. Tu as une perfusion en intraveineuse dans le bras.

Je clignai des yeux lorsque la pièce s'illumina d'une douce lueur provenant d'une petite lampe de chevet.

Je comprenais qu'il ne s'agissait pas d'une lumière vive, mais c'était bien plus intense que ce à quoi j'étais habituée, alors je plissai les yeux pour essayer de prendre mes repères.

— Pour l'instant, tu es à bord de mon jet privé. Nous sommes actuellement en vol pour les États-Unis. Nous avons décollé il y a quelques heures, alors il nous reste du chemin à parcourir. Et s'il fait si sombre, c'est parce que nous étions en train de dormir. Quant à moi, je fais partie d'une organisation de secours d'otages. Mon nom complet est Hudson Montgomery. Mon frère et moi possédons Montgomery Mining.

Oh mon Dieu. C'est le grand patron. Mais que diable fait-il ici ?

Je restai bouche bée face à lui tandis que ma vision commençait à s'éclaircir. Je voyais désormais précisément à qui je m'adressais.

Doux Jésus !

Pour la première fois, je pus examiner l'homme qui m'avait sauvé la vie avant de me porter sur plusieurs kilomètres.

Hudson Montgomery était d'une beauté renversante. Ses cheveux noir charbon étaient coupés courts, mais légèrement ébouriffés par le sommeil. Sa mâchoire et son menton étaient couverts d'une barbe noire et courte. Il était vêtu d'un pantalon de survêtement noir, mais il était torse nu et arborait une belle peau tendue sur des muscles saillants. Hudson était taillé comme un athlète de haut niveau. À vrai dire, il avait le physique d'un homme qui faisait un travail physique toute la journée, même si je savais que ce n'était *pas le cas.*

Je savais précisément qui il était et ce qu'il faisait de ses journées.

Quand je parvins enfin à détacher mon regard de son torse puissant et de son abdomen ciselé, je fus happée par une paire d'yeux gris qui me coupa le souffle.

Je secouai la tête en inspirant profondément.

— Suis-je en train d'avoir une hallucination, ou es-tu vraiment Hudson Montgomery, propriétaire de Montgomery Mining?

Pourquoi diable un milliardaire sauverait-il des otages à Lania? Ça n'a pas de sens.

J'avais envie de me dire que ce n'était qu'un énième de mes rêves fous, mais je n'avais plus l'impression d'halluciner, et l'homme qui prétendait être Hudson Montgomery semblait bien trop...réel.

Je travaillais pour Montgomery Mining en tant que stagiaire. Je n'avais jamais rencontré les dirigeants de l'entreprise, mais jamais dans mes rêves les plus fous je n'aurais imaginé que l'un d'eux ressemblait à cela.

Ni même qu'ils passaient leur temps libre à sauver des otages. Selon Harlow, les frères Montgomery étaient tout le temps dans les journaux à potins. J'avais passé des années en Californie, et je n'avais certainement jamais eu le temps ni l'envie de feuilleter ces torchons à ragots.

— Est-ce que tu me reconnais ? demanda-t-il.

— Pas vraiment. Je n'ai pas reconnu ton visage, mais je ne suis qu'une stagiaire dans ton entreprise. Cependant, je sais *qui* tu es.

— Je suis tellement désolé pour ce qui s'est passé, déclara Hudson.

— Alors ton passe-temps c'est de sauver des gens ? l'interrogeai-je en me demandant si Hudson avait toute sa tête.

Ou peut-être que c'était moi qui perdait la raison. À cet instant précis, j'avais du mal à déterminer lequel d'entre nous délirait.

Il haussa les épaules.

— Je suppose qu'on peut le dire comme cela. Mes frères et moi sommes impliqués dans une organisation nommée Dernier Espoir. Nous faisions partis des forces spéciales de l'armée avant de prendre la tête de Montgomery Mining, et nous ne voulions pas arrêter de mettre notre expertise à contribution.

Mon cerveau fatigué essaya d'assimiler ce que Hudson me disait, mais sans succès. Mon esprit était trop embrumé.

— Dernier espoir ? Je suppose que ce nom correspond bien à ma situation. Où est Harlow ? murmurai-je.

— Elle a été prise en charge aux États-Unis. Elle est tirée d'affaire, Taylor.

M'avait-il déjà dit cela ? J'avais comme une impression de déjà entendu.

— Et Mark ? Est-ce que vous l'avez trouvé ? Est-il lui aussi sur le chemin du retour ?

Son visage se décomposa pour laisser place à une expression beaucoup plus sombre.

Il se leva, se dirigea vers un petit réfrigérateur d'où il sortit une bouteille d'eau.

— Je pense que nous devrions garder cette conversation pour plus tard, dit-il. Tu es encore sous intraveineuse pour te réhydrater, mais tu dois tout de même boire de l'eau, ajouta-t-il en me tendant la bouteille après avoir dévissé le bouchon.

Je pris une petite gorgée d'eau, mes yeux rivés sur son visage.

Ma bouche était encore desséchée et boire le liquide froid était l'une des meilleures sensations jamais ressentie. Je pris alors une plus grande gorgée, cette fois en prenant le temps de la savourer avant de demander :

— Il est mort, n'est-ce pas ? Je suis peut-être encore affaiblie, mais ne pas me donner de réponse est pire qu'une réponse désagréable. Et comme tu as décidé de ne rien me dire, je ne peux que supposer qu'il a perdu la vie. Inutile de prendre des pincettes, monsieur Montgomery. Je préfère connaître la vérité.

Ses yeux gris intenses examinèrent mon visage, puis il acquiesça lentement d'un hochement de tête.

— Son corps a été retrouvé. Le gouvernement de Lania le rapatrie aux États-Unis. Et s'il te plaît, appelle-moi Hudson. Je pense que nous sommes bien au-delà des formules de politesse professionnelles, Taylor.

— Oh mon Dieu. Notre enlèvement était déjà une épreuve terrassante, mais ça va être un cauchemar pour Harlow, dis-je d'une voix déjà cassée puisque je n'avais pas l'habitude de parler. Est-elle au courant ? demandai-je.

Je n'étais pas entièrement convaincue que Harlow était follement amoureuse de Mark, mais elle tenait sincèrement à lui. Elle espérait que cette expédition les rapprocherait puisque Mark était souvent absent.

Hudson poussa un long soupir avant de poser ses fesses de l'autre côté du matelas, son dos appuyé contre la tête de lit.

— À présent, je pense qu'elle est au courant. Aux dernières nouvelles, le directeur de Dernier Espoir attendait que sa mère arrive à l'hôpital avant de le lui annoncer. Est-ce que tu le connaissais bien ?

— Non, dis-je d'une voix faible. Je ne l'ai rencontré que deux fois, et en plus d'être très brèves, ces interactions ont eu lieu par visioconférences. Il avait l'air vraiment gentil. Je suis rassurée de savoir que la mère de Harlow est à ses côtés. Elles sont très proches. Elle va avoir besoin de sa mère pour traverser cette épreuve.

Je m'allongeai à nouveau après avoir posé la bouteille d'eau sur la table de chevet.

— Ne pense pas à tout ça maintenant, dit Hudson d'une voix apaisante. Tu as besoin de te reposer.

Je tournai la tête pour le regarder.

Hudson était probablement l'un des hommes les plus beaux que j'avais jamais vu, mais il ne semblait pas être dans son état normal. Je ne savais pas s'il portait habituellement la barbe, ou s'il ne s'était tout simplement pas rasé depuis un moment.

Ses beaux yeux gris étaient fatigués et les traits de son visage étaient tirés.

— Sans vouloir t'offenser, dis-je, j'ai l'impression que tu as encore plus besoin de sommeil que moi.

Il posa ses doigts sur sa mâchoire et frotta ses poils de barbes noirs.

— Est-ce que je fais *si* peur à voir ? demanda-t-il d'un air légèrement amusé.

— Oui. Je suppose que ce n'est vraiment pas la meilleure chose qu'une stagiaire puisse dire au dirigeant de l'entreprise, mais tu as l'air d'avoir parcouru des dizaines de kilomètres à travers les bois, en territoire hostile, le tout en portant une femme à moitié morte, décrivis-je. Mets-toi au lit, Hudson, et dors un peu.

Son regard se posa enfin sur le mien, et mon cœur palpita lorsqu'il m'adressa un long sourire.

Malgré sa fatigue manifeste, il était beau comme un Dieu.

— Ça ne te dérange pas ? demanda-t-il en haussant un sourcil. Dormir ici était le seul moyen que j'avais de garder un œil sur elle.

— Ça ne me dérange pas si tu as conscience que je pourrais te blesser dans le cas où je me réveillerais à nouveau d'humeur combative, plaisantai-je d'une voix faible.

Il ricana et s'allongea sur le lit, sa tête sur l'oreiller.

— Tu es encore trop faible pour l'instant. Je doute que tes coups puissent représenter un danger pour moi.

Hudson pourrait bien être surpris. Mais il avait probablement raison. Actuellement, je serais bien incapable de lui faire mal.

— J'aimerais bien que tu restes avec moi, de toute façon, avouai-je. Je...je n'ai pas envie d'être seule pour l'instant.

C'était étrange de m'entendre dire cela parce que j'avais l'habitude d'être seule.

— Je ne bouge pas d'ici, Taylor, dit-il d'une voix suave et rassurante.

Je laissai échapper un soupir.

— Dis-moi juste une chose. Comment ai-je réussi à me laver et que diable suis-je en train de porter ?

— Je t'ai emmenée sous la douche avec moi. Et tu portes un des mes t-shirts propres.

Si j'avais été en état de pousser un long grognement, alors je l'aurais fait.

— Je devais être dégoutante, observai-je.

Non seulement je ne devais pas sentir très bon après avoir passé autant de temps dans un cachot étouffant, mais j'avais aussi perdu beaucoup de poids. Sans parler du fait que mon corps était couvert de blessures.

Hudson se mit à rire tout en tendant le bras pour éteindre la lumière.

— Je n'ai pas regardé. Je te le promets. Bon, d'accord, j'étais peut-être un peu *obligé* de regarder ton corps pour te laver, mais c'est tout.

J'essayai de lutter contre la vague de panique qui s'empara de moi lorsque la cabine fut plongée dans l'obscurité.

J'avais subitement l'impression d'être de retour à Lania. Toutes les mauvaises choses que j'avais subies se mirent à tourner en boucle dans ma tête comme une vidéo.

Pire encore, je ne pus rien faire pour empêcher mes émotions de remonter à la surface.

La peur.

La douleur.

La soif.

La crainte de mourir.

Je tendis le bras et ma main se posa sur le ventre d'Hudson.

Lutte, bon sang ! Je ne peux pas paniquer chaque fois qu'il fait sombre !

La grande main d'Hudson enveloppa ma petite main, puis il glissa ses doigts entre les miens.

— Qu'est-ce qui ne va pas, Taylor ? demanda-t-il avec inquiétude.

Ce simple contact physique et humain m'aida à me sentir plus connectée à l'instant présent.

Maintenant que je savais à quoi ressemblait Hudson, son visage remplaça les horribles souvenirs dans mon esprit. Sa seule présence suffit alors à me donner la certitude que je ne retournerais plus jamais à Lania.

— Je suis désolée. Je crois que j'ai développé une sorte de...peur du noir, répondis-je en essayant de ne pas paraître aussi paniquée que je l'étais il y a quelques instants. Je me sens mieux maintenant, ajoutai-je.

— Merde ! J'aurais dû penser à ça. Je vais rallumer la lumière immédiatement.

— Non, insistai-je en serrant sa main. Je me sens mieux, sincèrement.

Avec son pouce, Hudson dessina des cercles sur le dos de ma main, ce qui m'apaisa encore davantage.

— Est-ce que tu en es sûre ? demanda-t-il.

— Certaine, répondis-je. Juste...reste avec moi.

— Je ne bouge pas d'ici, Taylor. Je te le promets.

Ma respiration devint alors plus lente et plus profonde. Pour une raison qui m'échappait un peu, je ne me sentais pas vraiment gênée qu'il soit témoin de ma détresse. Probablement parce que je sentais qu'il me comprenait parfaitement.

— Merci, marmonnai-je en fermant les yeux.

Je m'endormis juste comme cela, en m'agrippant à la main d'Hudson comme s'il représentait ma seule chance de survie.

Et à vrai dire, pour l'instant, peut-être était-ce bel et bien le cas...

Chapitre 6

Taylor

À mon réveil, je n'étais plus dans le noir.

La chambre de l'avion n'était pas vraiment inondée de lumière, mais il faisait jour et je découvris la cabine à la lumière naturelle pour la première fois.

— Tu es réveillée, dit Hudson depuis l'entrée de la chambre.

Je me redressai lentement en position assise, puis je soupirai.

Cet homme ressemblait véritablement au personnage principal d'un roman érotique, et j'étais incapable de détourner le regard.

Si je suis encore en train d'halluciner, ou de rêver, alors j'ai bien l'intention de profiter de chaque seconde de plaisir jusqu'à mon retour à la réalité.

Hudson avait une épaule appuyée contre le montant de la porte, un mug de café à la main. Ses lèvres arboraient un petit sourire, et bon Dieu, ces yeux ! Il me contemplait comme s'il cherchait à tout savoir de moi en un regard.

Il était désormais rasé de près, et je n'arrivais pas à décider si j'en étais ravie ou déçue. D'un côté, la barbe lui donnait un air sauvage qui lui allait merveilleusement bien, mais d'un autre côté, il était tout aussi beau sans cela. Sa mâchoire ainsi que toute la structure osseuse de son visage étaient parfaitement sculptées.

Mes yeux balayèrent rapidement le reste de son anatomie. Il était vêtu d'un jean bien usé ainsi que d'un t-shirt bleu marine qui étreignait tous les muscles de son buste.

Eh bien, bonjour à toi aussi, beau gosse !

Son regard s'égara longuement sur mon corps, comme s'il souhaitait s'assurer que j'étais en un seul morceau. Son sourire s'élargit sensiblement en signe d'approbation.

— Tu as l'air d'aller mieux, observa-t-il.

— Je me sens mieux, mais j'ai un petit problème.

— Tu dois faire pipi ? sourit-il.

Je répondis par un vif hochement de tête.

— Je crois que c'est à cause de l'intraveineuse.

Même si je n'étais certainement pas timide, j'étais un peu gênée de lui demander de m'aider à aller aux toilettes. Je devais bien me rendre à l'évidence, je n'y arriverais pas toute seule.

Il entra dans la chambre, posa son mug sur une petite table, puis il prit la poche à intraveineuse qui était suspendue à un petit support.

— C'est sans aucun doute à cause de la perfusion, confirma-t-il en me soulevant dans ses bras. Je suis même surpris que tu n'aies pas eu ce petit problème plus tôt. Ça fait des heures que tu es sous perfusion pour te réhydrater.

Je n'avais pas réalisé à quel point j'étais dévêtue jusqu'à ce que je m'empresse de tirer sur mon t-shirt afin de couvrir le haut de mes cuisses tandis que Hudson me soulevait. Je me sentis encore plus ridicule en sentant mes joues rougir.

Quand diable suis-je devenue le genre de femme qui rougit pour tout et n'importe quoi ?

J'avais une envie pressante d'aller aux toilettes. La façon d'y parvenir ne devrait donc pas avoir d'importance.

Normalement, cela ne me dérangerait pas, mais il y avait quelque chose chez Hudson qui me désarçonnait un peu.

J'essayais de me dire que, après tout, il avait déjà vu mon corps. Mais au moins, je n'étais pas totalement consciente quand il m'avait emmenée avec lui sous la douche. Maintenant, j'étais réveillée et parfaitement consciente de l'étrangeté de cette situation.

Je ne le connaissais pas vraiment, et pourtant, Hudson était actuellement la personne la plus importante dans ma vie parce que je n'avais que lui. Il était la seule personne à s'être dressée entre moi... et la mort.

Je ne pouvais pas vraiment le qualifier d'inconnu.

Mais je ne pouvais pas non plus le voir comme un ami.

Nous partagions une sorte d'intimité étrange parce qu'il m'avait littéralement sauvé la vie.

Je me décidai enfin à enrouler mes bras autour de son cou pour m'accrocher à lui. Je fus alors horrifiée de constater que je me sentais merveilleusement bien contre son buste. Hudson était massif, chaud et solide, ce qui était sacrément réconfortant après ce que je venais de traverser.

La balade pour passer du lit à la salle de bain attenante à la cabine fut très courte. Hudson me posa sur les toilettes avant de suspendre la poche de ma perfusion à un crochet habituellement destiné aux vêtements.

— Appelle-moi quand tu as fini, exigea-t-il. Je serai juste derrière la porte. Et inutile de te sentir gênée, je n'ai rien vu du tout cette fois non plus.

Je roulai des yeux. Le simple fait qu'il évoque mon embarras prouvait bien qu'il avait vu une trop grande partie de mes jambes dénudées, et qu'il avait certainement remarqué le rougissement de mes joues.

Je soupirai.

— Est-ce bien important ? Tu m'as déshabillée pour me mettre sous la douche. Je pense donc que tu as déjà à peu près tout vu.

Je crus l'entendre rire lorsqu'il ferma la porte.

Une fois seule, je secouai la tête. Hudson m'avait bel et bien vue intégralement nue. Pire encore, il avait personnellement lavé dix jours de crasse de mon corps et de mes cheveux.

Je grimaçai en examinant mes jambes ainsi que toutes les autres parties de mon anatomie que je n'avais pas encore vues. J'étais couverte de plaies et de bleus.

Pas étonnant que chaque muscle de mon corps me fasse souffrir !

Après avoir fini ma petite affaire, je décidai de tester mes jambes dans l'espoir de me regarder dans le miroir accroché au-dessus du lavabo. Tous les muscles protestèrent lorsque j'essayai de me lever. Je dus donc rester en position assise et me pencher vers le lavabo pour me laver les mains.

Si mon visage était en aussi piteux état que le reste de mon corps, alors peut-être était-ce préférable que je *ne puisse pas* le voir.

— J'ai fini, dis-je à travers la porte, subitement frustrée de ne pas être en capacité de me lever toute seule.

J'étais habituée à *tout* faire par moi-même. Mac m'avait toujours encouragée à être indépendante, même à un jeune âge. Je demandais rarement de l'aide pour quoi que ce soit, mais Hudson m'avait déjà sauvé la vie avant de prendre soin de moi quand je n'étais pas en mesure de le faire moi-même. Il se comportait comme s'il s'agissait d'une situation parfaitement normale. Je n'avais aucun souvenir de ce qui s'était passé après notre arrêt pour me faire boire lors de mon exfiltration, mais je devinais qu'il m'avait certainement portée sur des kilomètres avant de regagner la côte.

C'était extrêmement frustrant d'être désormais libre, mais incapable de subvenir aux plus simples de mes besoins.

J'étais encore totalement dépendante d'Hudson, mais quel autre choix s'offrait à moi ?

Ravale ta fierté ! Je ne pouvais rien faire pour changer mon état physique actuel. Ainsi, je n'avais d'autre choix que d'accepter ce que mon corps pouvait et ne pouvait pas faire pour le moment.

— Je suis vraiment désolée, balbutiai-je lorsqu'il me souleva sans effort. Mes jambes ne fonctionnent pas encore, ajoutai-je.

— Tu ne devrais même pas essayer de marcher, me prévint-il. Pas après tout ce que ton corps a subi. Tu as besoin d'examens médicaux et de traitements supplémentaires avant de faire autre chose que de rester au lit et te réhydrater. Tu marcheras quand ton corps sera prêt à le faire. Ça va prendre du temps, Taylor.

Sa voix était ferme, un ton que la plupart des gens trouveraient effrayant, mais étrangement, je savais que cela trahissait son inquiétude, et non un quelconque agacement.

En surface, Hudson Montgomery paraissait un peu intense, à la limite de l'intimidant, mais je ne parvenais pas à le voir de cette façon.

Pas après tout ce qu'il avait fait pour moi.

À vrai dire, à mes yeux, c'était presque effrayant qu'il se soucie autant de mon bien-être, même s'il pouvait parfois paraître grincheux.

— Sais-tu à quel point c'est bizarre que quelqu'un me porte pour chacun de mes déplacements ? murmurai-je avant qu'il ne me dépose sur le lit et me couvre avec le drap.

Il resta muet le temps de prendre ma bouteille d'eau presque vide, de se diriger vers le réfrigérateur pour m'en apporter une autre, accompagnée d'une autre boisson.

Il dévissa le bouchon et me tendit cette boisson non identifiée avec quelques comprimés.

— Le petit déjeuner, déclara-t-il d'une voix rauque.

Je fronçai les sourcils en regardant attentivement le flacon de complément alimentaire liquide. Je reconnaissais désormais cette boisson, et ce n'était pas bon du tout. Mac en consommait quand il est tombé malade. Il les aimait tant que, un jour, j'ai décidé d'en prendre une gorgée pour mieux comprendre ce qui lui plaisait tant.

— Ce truc est imbuvable, dis-je en faisant la grimace. C'est soi-disant aromatisé au chocolat, mais ce n'est vraiment pas très bon. Je préférerais boire un peu de café.

Je ne voyais aucun inconvénient à prendre les comprimés qu'il venait de me donner. Hudson n'avait pas risqué sa propre vie rien que pour m'empoisonner quelques heures plus tard. Cependant, je n'avais aucune envie de boire ce complément alimentaire.

Non seulement ce n'était pas bon, mais ce truc me rappelait de très mauvais souvenirs de ma dernière année avec Mac.

Hudson appuya ses fesses contre la petite commode encastrée près du lit, il prit sa tasse de café à la main, puis il me lança un regard désapprobateur.

— Bois ça et prends ces satanés médicaments, insista-t-il. Ce n'est pas moi qui décide, mais le médecin. Comme tu n'as rien mangé de solide depuis longtemps, on doit commencer par là.

Je le regardai en haussant un sourcil.

— Je suppose donc que le gros steak saignant ainsi que l'énorme portion de frites dont je rêve actuellement sont hors de question ?

Il hocha la tête, un petit sourire sur ses lèvres sensuelles.

— Pour l'instant. Mais si tu bois ton complément alimentaire et que tu prends ces médicaments, alors je te donnerai une toute petite quantité de café. Je sais que tu es affamée, Taylor, mais tu vas devoir patienter encore un peu pour la pièce de bœuf. Je te promets que tu finiras par manger le repas de tes rêves, ainsi que tout ce que tu voudras sitôt que tu auras le feu vert du médecin.

Bien évidemment, Hudson avait parfaitement raison. Mon système digestif avait besoin de redémarrer avant de pouvoir absorber une pizza entière, un steak, ou toutes les autres choses dont j'avais follement envie.

— D'accord, je vais m'en tenir à ça. Et je prendrai mon café avec un nuage de lait et sans sucre, dis-je d'un ton neutre avant de mettre les médicaments dans ma bouche et d'engloutir le tout avec le complément alimentaire.

Je devais m'en débarrasser le plus vite possible, sans quoi je risquerais de changer d'avis. Les comprimés descendirent difficilement mas je continuai à boire jusqu'à ce que la bouteille soit vide. Ma gorge était toujours douloureuse et j'avais du mal à déglutir, mais il était inutile de prolonger cet instant désagréable.

— Voilà, dis-je en lui rendant la bouteille vide. J'ai tout bu. Où est mon café ?

D'un air amusé, Hudson me débarrassa du contenant vide puis, sans dire un mot, il sortit de la chambre.

Il revint quelques instants plus tard pour me donner la plus petite tasse de café au monde. Encore plus petite qu'un expresso. À vrai dire, cela ressemblait davantage à une tasse de dînette pour enfant.

— Quand tu disais petite quantité de café, tu ne plaisantais vraiment pas, bougonnai-je.

Je positionnai néanmoins la tasse sous mon nez, je fermai les yeux et inhalai longuement le délicieux arôme du café. Des larmes de bonheur me montèrent aux yeux et menacèrent de jaillir, mais je clignai plusieurs fois des yeux pour les réprimer.

Il y a quelques jours, je pensais que je n'aurais plus jamais la chance de sentir un café fraîchement préparé.

Alors maintenant, je voulais savourer chaque seconde de cet instant privilégié.

— As-tu l'intention de le boire ou de le sniffer ? demanda Hudson d'un air encore plus amusé.

Je rouvris lentement les yeux.

— J'ai bien cru que je ne sentirais plus jamais l'odeur d'un bon café chaud. Alors je prends mon temps, l'informai-je.

— Alors ta stratégie consiste à te débarrasser au plus vite des choses désagréables, et de passer une éternité à savourer ce que tu aimes ? demanda-t-il, comme s'il cherchait à me comprendre.

Je haussai un sourcil en portant le café à ma bouche.

— La vie est bien plus agréable quand on l'aborde de cette façon, et je suis une amoureuse de café.

— Est-ce que tu veux qu'on parle de ce qui s'est passé, Taylor? demanda-t-il tandis que je commençai à me délecter de mon minuscule café.

Je pus boire trois petites gorgées, puis c'était terminé.

Mes mains tremblaient légèrement lorsque je posai la tasse sur la table de chevet avant de prendre la bouteille d'eau.

Je n'étais pas sûre de *vouloir* parler de ces dix derniers jours, mais je savais néanmoins que j'avais *besoin* d'en parler. De surcroît, après avoir risqué sa propre vie pour sauver la mienne, Hudson méritait de connaître les détails de ma captivité.

— J'ai envie d'en parler mais mon esprit est un peu embrumé. Peux-tu me rappeler comment je me suis retrouvée dans ce camp ? Mes souvenirs sont désordonnés. Je me souviens de toi, je me souviens avoir entendu le son de ta voix, et je sais que tu m'as exfiltrée du camp et que tu m'as donné de l'eau. Après cela, il y a un énorme trou noir jusqu'à mon réveil ici.

Et je me souviens aussi que tu m'as réconfortée en me tenant la main afin que je n'ai pas peur du noir.

Personne ne se douterait que Hudson était si gentil en regardant son visage renfrogné, mais je ne pourrais jamais oublier cet aspect de sa personnalité.

Hudson hocha vivement la tête.

— Il est normal, compte tenu de ton état physique, que tes souvenirs ne soient pas clairs. Tu étais très affaiblie, Taylor. Je ne sais pas si tu aurais tenu un jour de plus sans eau. Honnêtement, j'étais surpris de te trouver encore en vie quand nous sommes arrivés, mais je suis sacrément reconnaissant que tu respires encore. Jax et moi sommes arrivés à pied, puis nous t'avons exfiltrée de la même façon. Alors tu te souviens de notre arrêt pour te donner de l'eau, mais rien après ça ?

Je secouai lentement la tête.

— Je me souviens de la sensation de soif, et de la difficulté à boire ces premières gouttes d'eau. Je me souviens aussi avoir été soulagée que tu m'empêches de boire trop d'eau. Au moins, je ne t'ai pas vomi dessus. Je ne pouvais pas te voir, mais je savais que tu étais là pour moi, et tu ne sauras jamais combien je t'en suis reconnaissante. Tu m'as sauvé la vie, Hudson.

— Non, dit-il dans un grognement agacé que je n'avais encore jamais entendu chez lui. Tu étais dans cette situation à cause de moi et de mon entreprise. Alors ne me remercie pas de t'avoir sauvée d'une situation dans laquelle tu n'aurais jamais dû te trouver, Taylor, expliqua-t-il.

Je dévissai le bouchon de ma bouteille d'eau, puis j'en avalai une gorgée avant de répondre :

— Ce n'était pas de ta faute. Personne n'aurait pu prévoir une chose pareille. Et je suis reconnaissante que tu m'aies sauvée, que tu le veuilles ou non. Je suis heureuse d'être en vie, Hudson, et si tu n'étais pas venu me sortir de là, je sais que je n'aurais pas survécu.

Bon Dieu, il ne se rendait donc pas compte des risques qu'il avait pris pour moi.

— Tu es têtue, marmonna-t-il. Mais c'est probablement ce trait de caractère qui t'a maintenu en vie.

— Alors ne t'en plains pas, suggérai-je en essayant de lui adresser un sourire avant que mes lèvres craquelées ne se manifestent douloureusement.

Hudson poussa un soupir exaspéré.

— Je ne me plains certainement pas de ta ténacité qui t'a gardée en vie jusqu'à notre arrivée. Je vais donc te raconter ce qui s'est passé pendant que tu étais inconsciente, dit-il avant d'engloutir le reste de son café et de poser sa tasse. Après t'avoir donné de l'eau, Jax et moi ne nous sommes plus arrêtés. Pas avant d'avoir atteint la côte. Notre seul objectif était de mettre autant de distance que possible entre nous et les rebelles avant qu'ils ne se réveillent. Sur la côte de Lania, nous avons retrouvé un médecin, le prince Niklaos ainsi qu'un bateau. Le médecin a fait tout ce qu'il pouvait à l'intérieur d'une petite tente où une civière t'attendait. Ensuite, nous avons pris le bateau pour rejoindre une île pratiquement inhabitée mais dotée d'une piste d'atterrissage. Jax et moi avions atterri là-bas. Mes pilotes étaient prêts à décoller dès notre retour. Nous étions en l'air presque immédiatement. Nous avons fait une escale au Portugal pour faire le plein de carburant, et actuellement, nous survolons l'océan Atlantique. Nous serons au-dessus de la côte Est des États-Unis dans quelques heures, mais puisque tu es réveillée et que tes besoins vitaux sont assurés, nous continuerons notre vol directement jusqu'à San Diego. Nous préférons éviter que le grand public soit mis au courant de tout cet incident. Je connais plusieurs anciens médecins militaires qui travaillent aujourd'hui dans le meilleur hôpital de San Diego. Ils savent comment détourner l'attention des journalistes, raconta-t-il.

Hudson prit ensuite une grande inspiration avant de conclure:

— À vrai dire, tu n'as pas manqué grand-chose. Nous nous sommes simplement empressés de t'évacuer de Lania pour te rapatrier aux États-Unis.

Ma tête était sur le point d'exploser tandis que j'essayais d'assimiler son explication. Je ne voulais même pas lui demander comment il connaissait l'existence de cette soi-disant île déserte dotée d'une piste d'atterrissage assez grande pour faire décoller un jet privé moderne.

— Avez-vous dû affronter les rebelles à un moment donné ? Est-ce que toi ou ton frère avez été blessés ?

— Pas du tout, s'empressa-t-il de répondre pour éliminer mes inquiétudes. Notre but était de te sortir de là et de te ramener à la maison. Jax et moi savons précisément comment entrer et sortir de n'importe quelle zone sans nous faire repérer. Aucun de ces salauds n'a ouvert les yeux. En ce qui me concerne, j'aurais préféré une confrontation, mais ça ne faisait pas partie de notre stratégie. Nous sommes donc entrés et sortis du camp pendant qu'ils dormaient.

Hudson semblait très déçu de ne pas avoir pu éliminer les rebelles, mais j'étais soulagée.

— Penses-tu que les autorités de Lania vont les attraper ? demandai-je.

Je n'aimais pas la peur que j'entendais dans ma propre voix.

Instinctivement, je voulus poser mes doigts sur le pendentif qui était toujours autour de mon cou, mais le bijou n'était plus là.

Même si ce dernier n'avait pas une grande valeur monétaire, ces ordures me l'avaient quand même pris.

— C'est déjà fait, m'informa Hudson. Le prince Niklaos m'a envoyé un message pour m'indiquer que l'opération était terminée. Je lui ai donné les coordonnées GPS du camp des rebelles avant notre départ. Il y a immédiatement envoyé ses équipes. Ils ont tous été arrêtés, Taylor. Je te le promets. Ces moins que rien ne seront plus jamais libres.

Je poussai un soupir de soulagement.

— Dieu merci. Ils sont tous complètement fous, Hudson.

— Oui, je l'ai bien compris quand j'ai appris qu'ils avaient exécuté Mark de façon totalement gratuite, acquiesça-t-il d'une voix traînante. Est-ce que j'ai rempli toutes les zones d'ombre de ta mémoire ?

— Oui, dis-je après une seconde d'hésitation.

Hudson ne pouvait me donner aucune information sur ma captivité, dans ces moments où j'alternais entre réalité et hallucinations, avant que lui et Jax ne viennent me sauver.

— J'aurais aimé être en pleine possession de mes moyens pour rencontrer le prince Niklaos. Comment était-il ?

Je l'avais déjà vu en photo et je savais qu'il était à l'origine de la plupart des changements survenus à Lania, mais il aurait été intéressant de faire sa connaissance.

— Il nous a aidés, dit-il prudemment. Il a travaillé avec le directeur de Dernier Espoir pour dépêcher un médecin ainsi que du matériel médical sur place, mais je ne peux pas lui faire entièrement confiance après ce qui s'est passé. J'ai du mal à déterminer s'il soupçonnait ou non la présence des guérilleros à Lania, mais j'espère bien que ce n'était pas le cas lorsqu'il a autorisé mes employés à entrer dans son pays. Mes frères et moi ne vivons pas vraiment une histoire d'amour avec Lania puisque nous avons dû effectuer plusieurs missions là-bas pour secourir des otages quand nous faisions partie des forces spéciales. Mais comme tout le monde, nous pensions que le pays était totalement sécurisé. Et il essayait soi-disant de te trouver, mais selon moi, ce n'était pas suffisant. Je ne suis pas prêt de renvoyer mes employés dans ce satané pays.

Hudson me parla ensuite du retard avec lequel il avait appris la survenue de notre enlèvement, puis il m'expliqua les circonstances de la libération de Harlow.

Je regardai attentivement son visage tout en l'écoutant. Il était impossible de ne pas remarquer l'effroi dans son regard. De toute évidence, il portait sur ses larges épaules l'entière responsabilité de ce qui était arrivé. Je sentais que ce n'était pas facile de gagner la confiance de cet homme qui semblait avoir beaucoup trop vécu la laideur de ce monde.

S'il y avait quelqu'un qui pouvait comprendre cela, c'était moi, ce qui expliquait probablement pourquoi je voyais cela chez lui sans vraiment le connaître.

— Penses-tu que ce n'était qu'un incident isolé causé par le dernier groupe de rebelles à Lania ? demandai-je.

— Bon Dieu, je l'espère, répondit-il en passant sa main dans ses cheveux noirs.

— Dis-m'en davantage sur Dernier Espoir, dis-je. Comment se fait-il que personne ne connaisse vraiment votre existence ?

Maintenant que j'avais les idées un peu plus claires, je croyais tout ce qu'il m'avait dit à propos de *Dernier Espoir*. Je ne comprenais tout simplement pas pourquoi un milliardaire comme Hudson serait impliqué dans cette organisation. D'ailleurs, pourquoi diable s'était-il engagé dans l'armée en premier lieu ?

Montgomery Mining était le leader mondial en matière d'exploitation minière depuis longtemps, probablement bien avant sa naissance. Je savais que, à un moment donné, l'entreprise avait exploité à peu près tout ce qui était rentable, avant de se concentrer sur les pierres précieuses et les minéraux, le tout en ayant recours à une technologie de pointe visant à protéger l'environnement. Si son père, et peut-être les générations avant lui, était déjà outrageusement riche, Hudson n'était-il pas né avec une cuillère en or massif dans la bouche ?

J'attendis patiemment qu'il me réponde, mais à en juger par son embarras manifeste, je n'étais pas tout à fait certaine qu'il me réponde un jour.

Hudson

Je ne savais trop que dire à Taylor.

Si elle ne savait rien concernant *Dernier Espoir*, c'est parce que nous faisions le nécessaire afin que personne ne découvre notre existence.

Marshall était particulièrement doué pour couvrir nos traces, et tous les autres gars impliqués dans l'organisation avaient l'obligation d'être d'anciens membres des forces spéciales, et ce, pour plusieurs raisons.

Premièrement, parce que cela leur conférait les compétences nécessaires à nos missions.

Deuxièmement, parce qu'ils étaient forts physiquement et psychologiquement.

Troisièmement, parce qu'ils savaient garder un secret et que des vies dépendaient de leur silence.

Nous finirions bien par avoir cette *conversation* avec Taylor, en veillant à ce qu'elle comprenne l'importance de sa discrétion.

Sans l'ombre d'un doute, Marshall avait *déjà* tout dit à Harlow. Il préférait toujours se montrer transparent avec les victimes secourues afin qu'aucune information ne nous échappe. Marshall s'était probablement empressé d'en parler à Harlow après mon départ pour Lania.

Lorsque l'équipe de gardes du corps employée par Montgomery Mining est allée récupérer Harlow à Lania, il lui a demandé de ne parler de rien à personne pour des raisons de sécurité nationale bla, bla, bla.

Il était de *notre* responsabilité de veiller à ce que l'implication de *Dernier Espoir* ne soit jamais connu du grand public.

Nous ne disions que le strict minimum lors de nos interventions. Certes, nous devions en dire suffisamment aux victimes secourues pour que ces gens puissent nous faire confiance, mais pas au point de compromettre nos missions futures.

Cela faisait maintenant des années que nous marchions sur ce fil.

Et je n'avais jamais éprouvé le moindre remord à ce sujet...

Jusqu'à maintenant.

Taylor était mon employée, et après ce qu'elle venait de traverser, elle méritait d'avoir des réponses à toutes ses questions.

En réalité, elle en savait déjà beaucoup plus qu'elle ne le devrait.

Bon, alors peut-être que nous pourrions avoir cette conversation... immédiatement.

Je passai nerveusement une main dans mes cheveux avant de me lancer.

— Voici le problème, Taylor. Si tout le monde connaissait Dernier Espoir, alors nos futures missions seraient en péril, expliquai-je. Nous nous efforçons d'éviter que des informations à notre sujet sortent dans la presse afin que nous puissions continuer à secourir les futures victimes. Nous demandons à chacun des otages que nous sauvons de ne rien révéler, et jusqu'à présent, nous avons eu la chance d'obtenir leur discrétion. Généralement, ils n'ont pas assez d'informations pour attirer l'attention des journalistes de toute façon. Ils ne connaissent pas nos noms de famille ni aucune information personnelle concernant nos membres. Personne n'a encore révélé l'existence de notre groupe, et j'espère que la situation ne changera pas. Cela pourrait détruire toute l'organisation ainsi que notre travail.

Notre anonymat est l'arme la plus puissante de notre arsenal. Est-ce que tu comprends ?

Le frère de mon cousin Mason, Jett, avait lui aussi fait partie d'une organisation similaire à Dernier Espoir, mais à plus petite échelle. Il avait suffi d'une seule fuite dans la presse concernant leur accident d'hélicoptère pour démolir toute l'organisation.

Aujourd'hui, *Dernier Espoir* était le seul groupe de ce genre, et nous devions rester cachés. Dans certains cas, la vie des otages dépendait entièrement de nous. Nous ne pouvions donc pas nous permettre de révéler notre existence.

Taylor m'adressa un regard solennel.

— Bien sûr que je comprends. Je ne suis pas idiote. Je n'ai peut-être jamais été dans l'armée, mais je comprends parfaitement que Dernier Espoir doive rester un secret. Mais si tu sauves la vie de quelqu'un, quel intérêt aurait cette personne à *ne pas* garder ce secret ? demanda-t-elle. C'est une contrepartie minuscule après avoir risqué ta propre vie pour sauver la leur. Je ne dirai jamais rien à personne concernant Dernier Espoir ni sur le déroulement de mon sauvetage. Je te le promets, Hudson. Je ne ferais jamais rien qui puisse vous mettre en péril, toi, tes équipes ou des otages.

— Certaines personnes devront au moins être mises au courant de ton enlèvement et de ce que tu as vécu. La plupart des victimes que nous avons secourues précédemment restent très évasives et refusent de divulguer les détails de leur sauvetage. Le secret professionnel engage les médecins et les psychologues à ne rien révéler de ce qui leur est confié, à moins que cela nécessite un signalement à la police. Au fil du temps, nous avons appris à identifier qui prend ces obligations au sérieux.

— D'accord. Alors tu as tes propres docteurs et tes propres professionnels de santé ? demanda-t-elle. Attends ! ajouta-t-elle en levant la main. Tu n'as pas à répondre à cette question.

— Non, mais je vais tout de même te répondre, parce que c'est quelque chose que tu finiras par savoir de toute façon, lui assurai-je. Aucun de ces professionnels ne fait partie de Dernier Espoir, et nous ne pouvons pas te forcer à voir les professionnels que nous recommandons. Certains d'entre eux connaissent Dernier Espoir dans les grandes lignes. Ce sont des...sympathisants, si tu veux les appeler ainsi. D'autres sont juste inflexibles concernant la notion de secret professionnel. Si tu choisis quelqu'un que nous ne connaissons pas, c'est en quelque sorte un coup de poker, mais tu as parfaitement le droit de faire ce que tu juges être le mieux pour ton bien-être.

Taylor inclina la tête d'une manière adorable, ce qu'elle ne semblait faire que lorsque son esprit était en pleine réflexion.

— Dans ce cas, vous êtes toujours vulnérables ? Surtout toi et tes frères puisque vos visages sont connus du grand public.

— Nous le sommes depuis le début et nous le savions quand nous nous sommes lancés dans cette aventure. C'est pour cette raison que mes frères et moi avons cessé de partir sur le terrain ces dernières années, par crainte d'être reconnus. Nous travaillons principalement sur la planification stratégique et nous fournissons les ressources nécessaires à la mise en œuvre de nos missions. Nous avons eu de la chance jusqu'à présent. Quand Dernier Espoir accepte une mission de sauvetage, nous prenons tout en charge jusqu'au bout. Cela veut dire que nous ne nous contentons pas de te sauver des méchants et de te jeter dans un hôpital. La prise en charge ne s'arrête pas tant que la victime n'est pas complètement guérie, aussi bien physiquement que psychologiquement.

— C'est un avantage pour vous, non ? songea Taylor. Si la victime bénéficie d'un accompagnement continu, et s'il y a toujours un interlocuteur à qui s'adresser, alors cela limite le risque de fuite. Les victimes sont déjà entourées de gens qualifiés qui comprennent complètement ce qu'elles vivent.

Doux Jésus ! Malgré sa fatigue physique et mentale, Taylor avait une capacité d'analyse hors du commun. Elle avait parfaitement raison. C'était précisément pour cela que nous prenions les victimes en charge du début à la fin. Bien évidemment, leur bien-être ainsi que le bon déroulement de leur convalescence avaient également beaucoup d'importance pour nous, mais c'était effectivement très avantageux pour Dernier Espoir.

— C'est à peu près ça, répondis-je simplement.

— Alors si toi et tes frères n'alliez plus sur le terrain, pourquoi l'avoir fait pour moi ? demanda-t-elle d'un air pensif.

— Jax et moi savions que chaque minute comptait. Nous n'avions pas le temps de réunir une autre équipe. De plus, cette mission avait un caractère personnel pour moi parce que chacun des otages était un de *mes* employés, répondis-je.

Et il s'agissait de la réponse la plus honnête que je pouvais lui donner. Si nous avions pris le temps nécessaire pour monter une équipe, alors Taylor n'aurait probablement pas survécu.

Elle me regarda avec ses grands yeux verts, et la sincérité dans son regard me prit aux tripes lorsqu'elle dit :

— Je ne ferais jamais rien qui puisse te mettre en danger, Hudson.

Étrangement, j'avais le sentiment que Taylor préférerait mourir plutôt que de révéler la moindre information à notre sujet. Je ne comprenais pas vraiment pourquoi mon instinct m'incitait à lui faire confiance aussi rapidement, mais en général, mon instinct ne se trompait pas.

— Alors demande-moi tout ce que tu veux savoir d'autre, et je te dirai ce que je peux, dis-je en essayant de dissimuler l'agacement que j'éprouvais d'être si hypnotisé par ses beaux yeux couleur forêt.

Taylor inclina à nouveau la tête en me regardant comme si elle avait en réalité mille questions qui lui brûlaient les lèvres

— Je crois que la question la plus importante est... pourquoi ? demanda-t-elle d'un air songeur. Je n'ai pas besoin de savoir comment s'organisent les missions ni qui part sur le terrain. Ces détails n'ont aucune importance pour moi. Mais *tu es* Hudson Montgomery, milliardaire, génie, à la tête de l'une des entreprises les plus rentables au monde. Pourquoi t'être engagé dans l'armée et pourquoi fais-tu partie de Dernier Espoir aujourd'hui? Je ne parviens pas à trouver la réponse à cette question. N'étais-tu pas destiné à reprendre l'entreprise familiale ?

Très peu de gens pouvaient me prendre au dépourvu, mais Taylor venait de le faire. Je ne m'attendais certainement pas à une telle question. La plupart des gens m'interrogaient sur les autres otages sauvés, veulent savoir dans combien de pays nous intervenons, ou combien d'hommes font partie de *Dernier Espoir*.

Des questions auxquelles j'évitais soigneusement de répondre.

Mais pas... elle.

Bon Dieu ! Taylor Delaney était...surprenante. Elle l'était depuis le début de cette malheureuse aventure. Je savais qu'elle allait me retourner le cerveau. J'avais tout simplement sous-estimé à quel point.

Privée d'eau et de nourriture, Taylor s'était accrochée à la vie bien plus longtemps qu'elle n'aurait physiquement dû. Sa ténacité et son refus d'abandonner furent ses seuls outils de survie.

Comment diable pouvait-elle se réveiller aujourd'hui avec un tel sens de l'humour, une capacité d'analyse incroyablement affûtée et, de surcroît, un goût prononcé pour l'odeur du café.

Elle devait pourtant souffrir physiquement.

Elle devait être bouleversée et terrifiée.

Elle devait être en colère.

La plupart des victimes que nous avons secourues auparavant ne se préoccupaient que de leur propre bien-être, et à juste titre.

Mais Taylor n'avait que des questions *me* concernant. Des questions concernant ma vie privée.

Bon Dieu ! Elle était complètement différente de tous les otages auxquels j'avais eu affaire auparavant, et je ne savais trop comment gérer cela.

J'étais du genre à craindre l'inconnu et l'incertitude. Et Taylor faisait actuellement du hors-piste avec moi.

Cette femme me déstabilisait, ce qui ne m'arrivait jamais. *Jamais.* Je veillais toujours à tout anticiper, à toujours être préparé.

— Je l'étais. Et en même temps, je ne l'étais pas vraiment. Mon père n'avait certainement pas prévu de mourir aussi tôt, dis-je en me sentant un peu mal à l'aise de parler de moi-même. Mes frères et moi avons tous fait des études de commerce, et nous étions tous diplômés à l'âge de vingt ans, expliquai-je. Mais je ne sais pas trop comment te décrire ma famille, si ce n'est te dire que nous étions très dysfonctionnels. Mon père n'était pas un homme agréable à côtoyer, alors avec mes frères, nous avons décidé de suivre notre propre voie. Nous ne pensions pas que notre père nous quitterait aussi vite non plus. Nous avions tous pour ambition de faire un métier qui a de l'importance. Voilà pourquoi nous nous sommes engagés dans l'armée. J'ai été recruté par Delta Force, et je ne l'ai jamais regretté. Mon frère cadet, Jax, a rejoint les SEALS, et mon plus jeune frère, Cooper, était dans les Rangers.

— La chute du faucon noir, commenta-t-elle.

— Oui, c'était un peu avant mon arrivée dans l'unité, lui dis-je. Et je pense qu'ils ont pris beaucoup de libertés créatives dans la réalisation de ce film.

Taylor haussa les épaules.

— Je n'y peux rien, j'adore ces films d'action palpitants.

J'essayai de me retenir de sourire face à son attitude soudainement défensive. J'avais moi-même vu ce film plusieurs fois. J'étais simplement surpris que ce soit aussi son cas. Taylor était probablement encore à l'école primaire lorsque ce film était sorti.

— Hé, je ne te juge pas. J'ai déjà vu ce film. Dans la vraie vie, le fait d'être dans les forces spéciales est dévorant, mais j'acceptais cela parce que j'avais le sentiment d'appartenir à quelque chose de plus grand que moi.

— Alors pourquoi as-tu quitté les forces spéciales ? demanda-t-elle avec curiosité.

Je fus soulagé qu'elle ne me pose pas plus de questions à propos de Delta Force, car je ne pouvais pas lui dire grand-chose de mes années de service. Néanmoins, je n'avais pas autant de mal à lui parler de moi-même que je l'aurais imaginé.

— Après la mort de mon père, Montgomery Mining a frôlé la faillite. Mes frères et moi étions absents, la plupart du temps à l'étranger, alors il nous a fallu des années pour nous rendre compte que l'homme aux commandes était un escroc. Il avait embauché toute une équipe de cadres dont le but était de tuer l'entreprise qui était dans notre famille depuis plusieurs générations. Nous avons dû prendre une décision difficile. Mes frères et moi avons tous choisi de sauver notre héritage. Nous sommes donc revenus à San Diego pour redresser Montgomery Mining.

— Vous avez fait du bon travail, remarqua-t-elle. Je ne savais même pas que l'entreprise avait connu une période difficile.

— C'est parce que nous ne voulions pas que ça se sache. L'image de l'entreprise aurait été désastreuse si les gens avaient su que nous étions au bord de la faillite. Fort heureusement, nous avons pu renverser la vapeur. Aujourd'hui, Montgomery Mining est plus rentable qu'à l'époque de mon père.

Taylor poussa un soupir et dit avec un émerveillement qui me serra le cœur :

— C'est une entreprise extraordinaire. C'est le métier de mes rêves. Honnêtement, n'importe quel étudiant fraîchement diplômé rêve d'y travailler. Vous avez fait des progrès considérables en matière de protection de l'environnement dans le processus d'exploitation minière, et vous y êtes parvenus grâce à vos propres technologies, vos propres recherches et votre propre ingéniosité. Le laboratoire de l'entreprise est époustouflant. Je me sens privilégiée d'avoir pu y travailler avec Harlow.

Je ne pus m'empêcher de grimacer.

— Harlow a démissionné, mais je veux la convaincre de rester avec nous.

Taylor écarquilla les yeux.

— Elle a démissionné ? Oh mon Dieu, non. Elle ne peut pas partir. Je sais qu'elle est certainement bouleversée, mais ce qui est arrivé n'est pas de sa faute, et elle a beaucoup de recherches importantes en cours dans votre laboratoire.

— Elle ne s'en ira pas, lui assurai-je en regrettant d'en avoir parlé à Taylor.

Je ne voulais pas la contrarier en ce moment.

— Je vais la convaincre de rester, ajoutai-je. Ou mieux encore, je vais demander à Jax de la convaincre. Il est bien plus charmeur que moi. Nous allons la garder dans l'entreprise. Rien de tout cela n'est de sa faute.

Mon frère avait un don avec les femmes, ce qui expliquait probablement pourquoi il était toujours en leur compagnie. Je n'étais malheureusement pas doté de ce talent.

— Ce n'est pas de ta faute non plus. Ce n'est la faute de personne, Hudson, dit-elle doucement. Ce n'est pas comme si nous avions délibérément été envoyés en territoire hostile. Nous sommes des géologues. Nous aurions dû être en sécurité. Nous étions sur place pour prélever des échantillons, et non pour faire la guerre. Il se trouve simplement que nous étions au mauvais endroit, au mauvais moment. Les déséquilibrés sont partout. Cela aurait donc pu se produire n'importe où dans le monde. Personne n'aurait pu prédire ce qui s'est passé.

Bon sang ! J'étais sidéré que Taylor essaie de *me* réconforter après ce *qu'elle* avait traversé.

— Une enquête approfondie sera menée afin de déterminer précisément les responsabilités, l'informai-je. Et s'il arrive quelque chose à un de mes employés pendant son temps de travail, alors c'est entièrement de ma faute !

— Ah oui ? lâcha-t-elle sèchement. Je ne savais pas que vous aviez autant de pouvoir, monsieur Montgomery. Je sais que vous êtes outrageusement riche et incroyablement intelligent, mais je ne savais pas que vous étiez capable de prédire la survenue d'un incident comme celui-ci, dit-elle d'une voix emplie de sarcasme.

Je la foudroyai du regard. Était-elle vraiment en train de... se moquer de moi ?

Aucune femme n'avait jamais été aussi joueuse et sarcastique à mon égard.

À vrai dire, personne ne l'avait jamais été, hommes et femmes confondus.

Dans mon univers, mes employés s'adressaient à moi simplement par « Oui, monsieur Montgomery. » Ou, « Je m'en occupe tout de suite, monsieur Montgomery. »

Les femmes que j'avais fréquentées au cours de ma vie ne prenaient jamais de risques avec moi. Elles ne s'intéressaient qu'à mon argent, à mon nom ainsi qu'au pouvoir que cela représentait. La seule idée de changer leur nom de famille en Montgomery les faisait rêver. Elles ne s'étaient certainement *jamais* moquées de moi, même si je n'avais aucune intention de les épouser. Aucune de mes relations passées n'était allée aussi loin.

J'étais du genre à passer tout mon temps au travail, dans mon entreprise. Sauf quand j'étais en compagnie de ma famille ou de mes amis les plus proches, et je n'avais pas beaucoup d'amis en qui je pouvais avoir entièrement confiance.

Mes associés d'affaires m'accordaient leur respect et leur approbation.

Et j'aimais bien qu'il en soit ainsi.

Je haussai un sourcil sans ôter mon regard de Taylor.

— Est-ce que tu te moques de moi ?

— Probablement, avoua-t-elle. Ça te surprend ?

— Un peu, répondis-je avec mécontentement.

— Je crois que tu as besoin de quelqu'un pour le faire de temps en temps, m'informa-t-elle. Je comprends que tu as eu beaucoup de responsabilités toute ta vie, et que tu sais y faire face, mais je pense que tu dois t'accorder un peu de répit. Tu m'as sauvé la vie après que l'impensable se soit produit, sans vraiment songer au risque que tu encourais. Je trouve ça extraordinaire, et pourtant, tu veux à tout prix porter la responsabilité de ce qui s'est passé, alors que c'était inévitable. Personne n'a *ce* genre de pouvoir, monsieur Montgomery. Pas même toi. Tu as beau être riche et intelligent, tu n'es qu'un homme. Tu ne peux pas empêcher ce genre d'incident aléatoire.

— Je n'ai pas la certitude que cet incident est aléatoire, grognai-je.

Je me sentais un peu mal à l'aise, mais j'étais aussi fasciné par le fait que Taylor ne me voit pas simplement comme le dirigeant de Montgomery Mining. Ce n'était pas le cas de la plupart des gens, et je ne savais trop que faire de cela.

— Peut-être que nous avons raté quelque chose ? Peut-être que Lania n'est pas aussi sûr que nous le pensions ? Et s'il y avait encore d'autres rebelles là-bas ? Peut-être que le prince Nick ne veut pas que le reste du monde le sache.

— Tu ne serais pas un peu paranoïaque ? demanda-t-elle avec une fausse innocence.

— Je suis prudent, grondai-je. Je suis obligé de l'être.

— J'abandonne, dit-elle, cette fois d'un ton tout à fait sincère. Mon intention n'était pas de t'agacer. Je ne me le permettrais jamais après tout ce que tu as fait pour moi. Je suppose que je voulais juste...t'aider. Je voulais que tu comprennes qu'il n'est pas toujours possible d'avoir un contrôle total sur tout ce qui se passe dans ton univers.

Et juste comme ça, je me sentis idiot.

Je perçus ce qui semblait être du chagrin dans ses beaux yeux verts et mon cœur fut alors serré par le regret.

Elle cherchait à...m'aider ?

Taylor avait traversé l'enfer, et honnêtement, ça se voyait.

Son joli visage était marqué par des ecchymoses ainsi que des lacérations, et sa voix était rauque et faible. Taylor avait une petite ossature, son corps était donc transformé par le poids qu'elle avait perdu. Sans parler du fait qu'elle était trop affaiblie pour se tenir sur ses jambes. J'étais furieux qu'elle se soit retrouvée dans cet état alors qu'elle travaillait pour *moi*. Après tout, mes frères et moi représentions *Montgomery Mining*. Je ne me cachais pas derrière le nom de l'entreprise quand il s'agissait de prendre mes responsabilités. Aucun de nous ne le faisait.

Cependant, je ne voulais certainement pas blesser cette femme intrépide et cela me bouleversait profondément.

— Arrête de m'appeler monsieur Montgomery, grommelai-je. Je t'ai vu toute nue, bon sang. Je n'ai pas l'habitude que quelqu'un me taquine ou cherche à m'aider, avouai-je avec honnêteté avant de changer rapidement de sujet. Taylor, est-ce que tu veux me raconter ta captivité et ce qui t'a amenée à subir de telles blessures ? Harlow dit qu'elle n'a pas été violentée. Alors que s'est-il passé après son départ ?

Je voulais savoir.

Je souhaitais aider Taylor de toutes les manières possibles, et cette fois, ce désir ne venait pas d'un sentiment d'obligation ou d'une responsabilité quelconque.

Le besoin de protéger cette femme me dévorait de l'intérieur, même si je ne comprenais pas vraiment pourquoi.

Je n'étais certainement pas le psychologue dont elle avait besoin, et je n'avais assurément pas le charme de Jax, mais pour l'instant, j'étais la seule personne à ses côtés.

Taylor

Sans l'ombre d'un doute, Hudson Montgomery n'était pas à l'aise pour parler de lui-même et préférait manifestement poser les questions.

Je pris une petite gorgée d'eau, toujours abasourdie par l'aveu d'Hudson concernant le fait qu'il n'était pas habitué à ce que quelqu'un le taquine ou cherche à l'aider.

Selon moi, Hudson méritait bien plus que ce qu'il recevait.

Ne savait-il pas que la plupart des milliardaires déléguaient leur pouvoir exécutif à d'autres personnes ?

Ne comprenait-il pas que la plupart des hommes aussi riches que lui ne risquaient pas leur vie pour qui que ce soit, et encore moins pour une petite stagiaire sans importance ?

La plupart des ultra-riches ne s'engageaient pas dans l'armée. Et je suis à peu près sûre que très peu de gens, riches ou non, prendraient le risque d'intégrer un groupe d'intervention comme *Dernier Espoir*.

Hudson Montgomery était probablement l'homme le plus intrigant que j'avais jamais rencontré, mais il ne se voyait *pas* ainsi.

Bon, d'accord, il était devenu un peu grincheux quand j'ai essayé de lui faire comprendre qu'il endossait la responsabilité de quelque chose qui n'était pas de sa faute. Je suppose qu'il avait du mal à accepter que, parfois, des tragédies surviennent sans cause, sans logique apparente ni explication évidente.

J'avais le sentiment que Hudson était rassuré de croire qu'il pouvait contrôler tout ce qui se passait et qu'il pouvait résoudre n'importe quel problème.

Bon sang, il m'avait sauvé la vie alors que je n'avais plus aucun d'espoir. Cela ne lui suffisait-il donc pas ?

Avec sa fortune, il pourrait couler des jours heureux sous les tropiques à bord d'un yacht au lieu d'aider ses semblables en difficulté.

Curieusement, j'étais à peu près sûre que le secret qui entourait *Dernier Espoir* lui convenait parfaitement à titre personnel. Il souhaitait se faire discret et ne voulait recevoir les remerciements de personne. Hudson ne voulait aucune reconnaissance de quelque manière que ce soit.

— J'ai essayé de m'échapper au milieu de la nuit, peu après le départ de Harlow, dis-je pour répondre enfin à sa question. Apparemment, les rebelles prennent cela très au sérieux. Après m'avoir rattrapée, ils m'ont frappée à tour de rôle jusqu'à ce que je ne puisse plus bouger. J'ai tenté ma chance quand l'un des gardes est venu faire sa ronde. Malheureusement, mes mains étaient liées et j'étais trop faible pour courir. J'étais incapable de me défendre. Avec le recul, je me rends compte que ce plan était suicidaire, mais c'était ma seule option à ce moment-là.

— Ne le prend pas mal, mais comment aurais-tu pu te défendre contre ces types, même si tu avais été en parfaite santé ? demanda-t-il d'un air perplexe.

Je roulai des yeux. Ce n'était pas la première fois que quelqu'un se moquait de moi quand je prétendais être capable de mettre à terre un ou deux hommes faisant deux fois ma corpulence.

— Je fais du Tai Chi de façon intensive depuis que j'ai treize ans. J'ai même donné des cours pendant que je faisais mes études à Stanford.

Le cerveau d'Hudson semblait tourner à plein régime avant qu'il ne demande :

— Tai Chi. N'est-ce pas un peu comme de la méditation en mouvement ? Ça ressemble à une danse très lente.

Bon, ce n'était pas la première fois que quelqu'un me disait cela non plus.

— En effet, mais pas seulement. C'est une forme d'art martial, et je n'ai pas été formée au type de Tai Chi le plus doux. C'est une discipline qui est récemment devenue populaire pour la relaxation et la méditation. Mon premier professeur pratiquait le style Chen du Tai Chi, et il se battait comme un lion. Quoi qu'il en soit, ça ne m'a servi à rien dans ma tentative d'évasion. Alors ils m'ont frappée, puis ils m'ont à nouveau enfermée dans mon cachot. Ils m'ont attaché les jambes si fort que mon sang ne circulait plus. De toute façon, je n'étais pas en état de faire une nouvelle tentative. Je dirais même que j'ai utilisé le peu d'énergie qu'il me restait dans cette tentative ratée. Après que les rebelles se soient servis de moi comme d'un sac de frappe, mon état physique n'a cessé de se détériorer.

— J'aurais fait la même chose, Taylor, commenta-t-il gravement. J'aurais préféré tenter ma chance plutôt que de rester là à attendre la mort. Tu ne savais pas si quelqu'un viendrait te secourir, et les rebelles ne sont pas connus pour garder leur dernier otage en vie. C'est aussi pour cela que nous n'avons pas payé ta rançon quand ils l'ont exigée. Ils ont libéré Harlow pour essayer d'obtenir plus d'argent. Mais l'histoire nous a montré que le dernier otage est toujours exécuté après paiement de la rançon, et tout ce processus leur laisse assez de temps pour fuir et changer de position géographique.

Ma tête se mit à tourner tandis que j'essayais de comprendre ce qu'il m'expliquait.

— Alors j'étais vouée à la mort de toute façon ? Ils m'auraient tuée même si vous aviez payé la rançon ?

Hudson hocha lentement la tête, comme s'il était réticent à l'idée de me dire la vérité.

— C'est ce qu'ils font habituellement, alors nous ne voulions pas prendre ce risque. Jax et moi avons déterminé que nous avions davantage de chance de te sortir de là vivante si nous intervenions nous-mêmes sur le terrain. Si nous avions eu la certitude qu'ils te libèrent, alors nous aurions payé la rançon sans hésiter, mais nous ne voulions pas te condamner à mort.

D'une main désormais tremblante, je posai ma bouteille d'eau sur la table de chevet.

Je savais pourtant bien que mes chances de survie étaient minces à ce moment-là, mais j'étais pétrifiée de terreur d'apprendre que ces salauds m'auraient exécutée si Hudson avait payé ma rançon.

La gravité de ce qui m'était arrivé commençait à me frapper. *Violemment.* Jusqu'à présent, j'avais réussi à compartimenter mes émotions, mais ces compartiments commençaient à s'affaiblir.

— Je savais que j'étais en train de mourir, lui dis-je d'une voix monotone. Après ma tentative d'évasion, mes instants de lucidité étaient rares. J'ai perdu une grande partie de mes capacités cognitives et j'ai commencé à avoir des hallucinations. Je n'étais pas toujours consciente de ce qui se passait exactement. Mais pendant ces brefs moments de clarté, je savais que je n'allais pas m'en sortir, et chaque fois que je sentais l'obscurité m'envelopper pour m'engloutir avant de perdre connaissance, je me demandais si c'était la dernière fois. J'étais complètement impuissante et je détestais vraiment cela.

Hudson s'assit au pied du lit, plus près de moi mais pas trop près non plus, comme s'il craignait de me faire peur.

— Je ne vais même pas essayer de te dire que je sais ce que tu as ressenti, dit-il gravement. Parce que je n'ai jamais été dans cette situation. J'ai déjà flirté avec la mort, mais j'ai toujours été en capacité de me défendre, expliqua-t-il.

Hudson s'interrompit un instant avant de demander timidement :

— Est-ce qu'ils t'ont fait du mal avant ta tentative d'évasion ? Harlow m'a dit que le chef des rebelles venait te chercher tous les soirs. Est-ce qu'il t'a fait du mal ?

Oh bon sang !

Hudson était donc au courant.

Qu'importe la douceur avec laquelle il me posait cette question, il connaissait manifestement la vérité. Je pouvais l'entendre dans le ton de sa voix et le sentir dans la tension qui emplissait l'air tout autour de nous.

— Promets-moi de ne jamais dire la vérité à Harlow. Permets-moi d'abord cela et je répondrai à ta question, insistai-je.

Il me regarda droit dans les yeux et mon souffle se coupa face à la tristesse dans la profondeur de son regard magnifique.

— Je ne lui dirai jamais. Tu as accepté de garder nos secrets. Je ne parlerai jamais à qui que ce soit de ce que tu souhaites me dire. Tu as passé une sorte d'accord avec le chef des rebelles, n'est-ce pas ?

— Oui, murmurai-je. Je lui ai demandé de garantir l'intégrité physique de Harlow en échange de mon corps consentant. Ça me semblait être la seule chose logique à faire puisqu'il allait me violer de toute façon. Il avait une sorte de fascination étrange pour mes cheveux roux. En me soumettant, il avait sûrement l'impression de vaincre une sorte de démon. Alors j'ai décidé de tirer quelque chose de toute cette bizarrerie. Quel aurait été l'intérêt de lutter ? Je n'en aurais tiré que la souffrance de voir mon amie et mentor subir la même chose que moi. Et c'était horrible parce que tout en moi voulait se défendre et lui arracher les yeux, mais une fois que c'était fini, je pouvais au moins retourner dans notre prison pour retrouver Harlow dénuée de blessures. Elle était déjà morte d'inquiétude à propos de Mark, affaiblie par l'absence d'eau et de nourriture, et je ne sais pas comment son organisme aurait réagi à des agressions sexuelles. Je savais néanmoins que cette ordure ne pouvait pas me briser. J'étais déterminée à tenir bon. Chaque soir, je devais donc le laisser profiter de mon corps, mais je laissais mon esprit s'évader ailleurs.

— Je comprends ce que tu veux dire. Tu essayais de te détacher mentalement de la situation, commenta-t-il d'une voix rauque. Je regrette de ne pas avoir tué cette vermine lorsque Jax et moi avons infiltré ce camp. Si j'avais su tout cela, alors je n'aurais pas hésité à le faire.

Cela faisait très longtemps que personne n'avait manifesté un tel désir de me défendre, alors ses paroles me touchèrent droit au cœur.

— Tu m'as sauvé la vie, dis-je doucement. C'est plus que suffisant. J'ai même l'impression que c'est un miracle d'être assise ici à te parler.

J'ai le sentiment que je vais me réveiller à Lania pour me rendre compte que tout cela n'est qu'une énorme hallucination.

— C'est bien réel, Taylor. Je trouve néanmoins que c'est un véritable miracle que tu sois aussi calme et lucide après tout cela.

— Je ne suis pas sûre d'être complètement saine d'esprit. Je pense que j'étais tellement concentrée sur ma survie que je ne pouvais pas me permettre de penser à autre chose. Maintenant que j'ai le temps de réfléchir, je vais peut-être commencer à m'effondrer, répondis-je d'une voix tremblante.

Hudson me regarda attentivement.

— Tu ressens toujours de la peur ?

— Un peu, avouai-je.

Bon, d'accord, peut-être même *beaucoup*. Mon esprit était accablé d'images et de brefs souvenirs des horribles choses qui m'étaient arrivées.

Le fait d'en parler n'était peut-être pas une si bonne idée, mais je devais bien affronter toutes ces choses. Prétendre que tout cela n'a jamais existé m'empêcherait de tourner la page.

Quand j'étais perdue et en colère, Mac me disait toujours que le seul moyen de dépasser ces émotions négatives consistait à les reconnaître et à les laisser derrière moi.

— Avoir peur est tout à fait normal, Taylor. La plupart des gens qui survivent à une prise d'otage vont beaucoup plus mal que toi, même s'ils n'ont pas subi d'agressions sexuelles, déclara Hudson. Les bribes de souvenirs de ce qui s'est passé vont probablement te suivre pendant un certain temps, ainsi que la peur, mais tout finira par s'apaiser. Est-ce que..., commença-t-il à dire avant de s'interrompre. Il prit alors un instant pour réfléchir avant de reprendre :

— Existe-t-il un risque que tu sois enceinte ?

Je n'étais pas du genre à reculer face à une discussion médicale. Surtout avec un homme comme Hudson, qui semblait avoir déjà tout vu dans sa vie.

Ainsi, je secouai fermement la tête.

— J'en doute fortement puisque j'ai un stérilet hormonal depuis l'âge de vingt-deux ans. J'avais des règles très douloureuses. J'ai tout essayé pour me débarrasser des douleurs, mais le stérilet est ce qui a le mieux fonctionné. Je savais que j'étais protégée contre une éventuelle grossesse non désirée. C'est aussi pour cela que je me suis offert au chef des rebelles pour protéger Harlow, dis-je avant de frémir. Évidemment, ce stérilet ne me protège pas de toutes les infections sexuellement transmissibles, mais tomber enceinte est le cadet de mes soucis.

En effet, j'étais préoccupée par le VIH, les hépatites et toutes les autres maladies que j'aurais pu contracter par contact sexuel. Si mes différents dépistages s'avéraient positifs, alors je serais bien obligée de faire face à la réalité.

Si je m'autorisais à trop y penser, alors je me sentais complètement dépassée.

Hudson parut soulagé.

— Nous nous occuperons de tout ça une fois arrivés à San Diego. Il va falloir attendre un peu pour obtenir les résultats de l'autopsie qui va être effectuée sur le chef des rebelles, mais tout sera fait. Le docteur a dit à Jax qu'il avait déjà commencé à t'administrer un traitement post-exposition. Mieux vaut prévenir que guérir. Je ne suis pas médecin, mais je crois qu'il s'agit d'une sorte de traitement antirétroviral qui permet de prévenir une infection par le VIH. Tout va s'arranger. Nous allons te remettre sur pieds, Taylor. Je te le promets. Je ne laisserai plus jamais personne te faire du mal. N'hésite surtout pas à me parler quand tu en ressens le besoin. Nous allons traverser cela ensemble.

La férocité et la détermination absolue dans le ton de sa voix me firent chavirer.

Une grosse larme solitaire glissa le long de ma joue.

Puis une autre.

Et une autre.

Bientôt, comme si un barrage venait de céder dans mes conduits lacrymaux, ces quelques gouttes se transformèrent en une rivière de larmes.

Je me sentais un peu ridicule, mais malgré mes efforts pour me contenir, je savais que cette rivière ne cesserait pas de couler tant qu'elle ne serait pas à sec.

— Pourquoi suis-je en train de pleurer ? demandai-je d'un ton désespéré. Je suis vivante. Je devrais me réjouir.

Malheureusement, il ne s'agissait pas de larmes de joie. Ces larmes traduisaient ma souffrance, ma peur ainsi qu'un chagrin incroyablement douloureux.

Je pleurais pour Harlow.

Je pleurais pour Mark.

Et je pleurais pour moi-même.

Mark n'était plus de ce monde et je savais que Harlow et moi ne serions plus jamais les mêmes après cette terrible expérience.

Hudson se leva, me souleva dans ses bras comme si mon corps ne pesait rien du tout, puis il se rassit, son dos appuyé contre la tête de lit. Il tira ensuite les couvertures sur moi et me serra contre lui.

— Pleure autant que tu veux, Taylor. Tu en as besoin. Si ça peut t'aider à te sentir un peu mieux, alors je me fiche que tu pleures jusqu'à notre arrivée à San Diego, dit-il.

— Je...je ne pleure jamais, sanglotai en glissant mes bras autour de son cou.

Dieu que ce contact physique était bon.

Son odeur était enivrante et apaisante.

Hudson enroula ses bras puissants autour de mon corps, puis il m'incita à poser la tête sur son épaule moelleuse.

— Cette fois, tu vas devoir faire une exception, suggéra-t-il.

Il n'y avait pas le moindre soupçon de jugement dans le ton de sa voix, même si je savais que cet homme était gouverné par la raison.

J'étais bouleversée, et comme s'il s'agissait de la chose la plus normale du monde, Hudson s'est empressé de me bercer dans ses bras réconfortants.

Je me sentais acceptée.

Je me sentais protégée.

Je me sentais à l'abri, blottie contre son corps chaud et sculpté.

Je me sentais enfin...en sécurité.

Hudson était là pour moi tandis que je continuais à sangloter toutes les émotions qui menaçaient de me consumer.

Hudson

—Je me fous que ce soit pratique ou non, dis-je à Jax avec agacement. Je suis milliardaire. Ce n'est pas si difficile à mettre en place. Taylor déteste les hôpitaux, et après ce qu'elle a traversé, je ne vais pas lui demander de rester ici une seconde de plus que nécessaire. Nous avons bien mis en place un traitement à domicile pour Harlow à Carlsbad avec sa mère, alors Taylor rentre à la maison avec moi. Un point c'est tout.

Je grimaçai en prenant une gorgée du mauvais café de l'hôpital.

Nous avions atterri à San Diego la veille, et Taylor avait fait tous les examens nécessaires pour s'assurer qu'il n'y avait aucune blessure sous-jacente que le médecin n'aurait pas décelées lors de son examen à Lania.

Maintenant que tous les examens étaient terminés, et que tout était dans l'ordre, j'avais la ferme intention de la ramener à la maison. *Chez moi.*

Taylor pouvait bénéficier de tous les soins requis chez moi.

Je ne manquais certainement pas de place pour elle. Je possédais une très grande maison à Del Mar, en bord de mer. C'était l'endroit idéal pour sa convalescence.

Harlow avait déjà quitté l'hôpital avec sa mère dans la matinée.

J'aurais pu récupérer les clés du domicile de Harlow pour que Taylor puisse y loger, mais elle serait alors seule.

C'était hors de question.

Elle pouvait à peine se tenir debout, et ne pouvait donc assurément pas s'occuper d'elle-même.

J'avais pris ma décision depuis qu'elle avait sangloté sur mes genoux. Je lui avais promis de ne plus laisser rien ni personne lui faire du mal, et je souhaitais honorer cette promesse. J'allais rester près d'elle jusqu'à ce qu'elle soit complètement remise de toute cette épreuve, aussi bien émotionnellement que physiquement.

Bon Dieu ! Je ne voulais plus jamais la voir pleurer et souffrir comme cela.

Je lançai un regard noir à Jax, qui était assis en face de moi à la cafétéria de l'hôpital. Il secoua la tête.

— Euh, ne le prends pas mal, frérot, mais tu fais peur à voir. Est-ce que tu es ici depuis que nous avons atterri ?

Je passai une main dans mes cheveux hirsutes. Jax avait probablement raison. J'avais besoin de me raser, de prendre une douche et de dormir.

— Bien sûr que oui. Où voulais-tu que je sois ? Tu veux que je la laisse seule après tout ce qu'elle a traversé ?

— Il y a environ une douzaine de personnes que Marshall aurait pu mobiliser pour venir ici la nuit dernière. Des gens qui ne revenaient pas d'une mission de sauvetage à l'autre bout du monde, souligna Jax. Et ce n'est pas cette histoire de soin à domicile qui m'inquiète. Nous avons l'habitude de mettre ce genre de chose en place. Avec la présence de la famille. Des soignants et–

— Taylor n'a pas de famille, l'interrompis-je brusquement.

Le fait que personne ne se soucie de Taylor me mettait en colère. Prendre soin d'elle ne me dérangeait pas, mais elle devrait avoir… quelqu'un.

— Je suis son employeur, alors je vais prendre la relève.

La nuit précédente, après notre arrivée à San Diego, Jax était resté à l'hôpital jusqu'à ce que Taylor soit installée dans une chambre, puis il est parti se reposer un peu.

Il était revenu il y avait environ quinze minutes, après quoi il m'avait traîné à la cafétéria pour prendre un café pendant que Taylor était au service radiologie pour un tout dernier examen.

— Elle va avoir besoin de rééducation et d'autres traitements, déclara Jax d'une voix calme. En plus de cela, quelqu'un va devoir l'aider à se déplacer pendant un certain temps. En attendant qu'elle soit rétablie, elle a donc besoin d'une infirmière ou d'une aide à domicile. Bon sang, Hudson, as-tu l'intention de transformer ta maison à plusieurs millions de dollars en hôpital? Je sais que Taylor est désormais sans domicile parce que Harlow est à Carlsbad, et qu'elle a également quitté son appartement de Stanford afin de venir travailler pour nous ici, à San Diego. Mais l'hôpital est prêt à la garder dans un service de rééducation jusqu'à son rétablissement. Ou alors, nous pouvons lui trouver une structure de soin adaptée où il y aura tout l'équipement nécessaire ainsi qu'une équipe médicale présente jour et nuit…

— C'est hors de question, grognai-je.

Dans un instant de faiblesse, Taylor m'avait dit avoir développé une phobie des hôpitaux après y avoir passé beaucoup trop de temps à regarder quelqu'un qu'elle aimait mourir.

Elle n'avait donc certainement pas besoin de passer sa convalescence dans un foutu établissement médicalisé pour que des inconnus s'occupent d'elle.

Elle avait besoin d'un lieu où se reposer. Où se détendre. Où se calmer. Où quelqu'un qu'elle connaissait pourrait prendre soin d'elle.

Pour l'instant, cette personne n'était autre que *moi*.

Marshall m'avait déjà proposé de tout mettre en place et de mobiliser une infirmière à domicile ainsi qu'un membre de *Dernier Espoir* pour veiller sur elle.

Cela ne me convenait pas du tout. Taylor avait besoin de…moi.

Et j'avais bien l'intention d'être là pour elle.

Cela la rendrait folle d'être surveillée et observée par un parfait inconnu. Et je la comprenais. Cela me mettrait également très mal à l'aise. Pour une raison qui m'échappait encore, je savais ce dont Taylor avait besoin, et pour l'instant, elle avait besoin de respirer.

— Alors tu as vraiment l'intention de prendre soin d'elle ? demanda Jax avec scepticisme.

— J'ai quelqu'un à domicile.

— Oui, une femme de ménage qui vient une fois par semaine, me rappela Jax.

— Taylor sera bientôt sur pieds, soutins-je d'un ton défensif.

Selon les médecins, Taylor sera en mesure de marcher une fois qu'elle sera bien nourrie et que son organisme retrouvera son équilibre grâce à une hydratation intensive. Oui, elle aura également besoin de rééducation. Mais je pouvais tout à fait embaucher quelqu'un pour cela, et mon assistante avait déjà tout organisé pour que Taylor bénéficie d'une psychothérapie à mon domicile.

Pour moi, tout était en place. Taylor avait juste besoin de temps...

— Tu n'arriveras jamais à t'absenter de l'entreprise aussi longtemps, souligna Jax. Tu sais comment tu es, Hudson. Toute ta vie est articulée autour de ton travail. Cooper et moi pouvons nous occuper de tout, mais je sais que tu seras impatient de venir sur place pour voir comment les choses se passent.

Non. Certainement pas. Mon obsession de veiller sur Taylor prenait le dessus sur tout le reste de ma vie, y compris sur *Montgomery Mining*.

— Je peux travailler depuis chez moi. Je ferai ma part, l'informai-je.

— Je ne suis pas inquiet à ce sujet, répondit Jax. Tu as toujours fait *bien plus* que ta part. Tu étais le premier à revenir à San Diego quand l'entreprise était en difficulté, et tu avais déjà la situation bien en main au moment où Cooper et moi sommes arrivés. Ce qui m'inquiète, c'est que tu prends tout cela un peu trop...à cœur.

Je le foudroyai du regard en haussant un sourcil.

— Elle travaille pour nous, Jax. Taylor est notre employée.

Jax me rendit un regard inflexible.

— Pourquoi ai-je le sentiment que ton comportement n'est pas seulement motivé par le fait que Taylor est notre employée ? Moi aussi je veux m'assurer qu'elle soit prise en charge, mais je sais aussi qu'il y a des gens beaucoup plus qualifiés que moi pour faire ce travail.

Jax avait parfois beau se comporter comme un enfoiré, son intuition était généralement très affûtée.

— Bon, d'accord, dis-je avec réticence. J'ai peut-être simplement *envie* de l'aider.

— Pourquoi ? demanda-t-il calmement. Taylor n'est pas la première personne que nous sauvons, Hudson, et nous savons tous les deux que c'est une erreur d'être trop impliqué émotionnellement dans l'une de nos missions. C'est comme cela que nous perdons notre objectivité et notre lucidité.

Fort heureusement, nous étions seuls dans notre coin de la cafétéria lorsque je donnai un grand coup de poing sur la surface de notre table dans un geste de frustration totale.

— Elle me plaît, bon Dieu. Je sais que je ne devrais pas être aussi impliqué, mais je ne peux pas m'en empêcher parce que Taylor est *différente*. À mes yeux, elle n'est pas seulement une rescapée supplémentaire. Elle souffre. J'ai de l'affection pour elle. Taylor est probablement la femme la plus courageuse et la plus intelligente que j'ai jamais connue. Je veux être présent pour elle. Rien que pour elle. Ce n'est pas comme si c'était la première fois que je m'impliquais personnellement dans une mission, et j'ai effectué beaucoup trop de missions pour pouvoir les compter. Je ne pourrais pas expliquer pourquoi elle est si différente. Mais elle l'est.

Doux Jésus ! J'avais pourtant passé beaucoup de temps à essayer de me convaincre que Taylor était une rescapée comme une autre et que je n'avais pas besoin de m'occuper personnellement d'elle. Malheureusement, je n'étais vraiment pas convaincu par ce petit discours interne.

Jax écarquilla les yeux.

— Non. Elle te plaît. Tout simplement. Bon sang ! Elle te *plaît* vraiment. Cela n'a rien à voir avec son statut d'employée, et ce n'est pas motivé par un sentiment de culpabilité. Tu as juste un gros faible pour elle.

— J'ai déjà admis que c'était le cas, dis-je avec agacement. Pourquoi en fais-tu tout un plat ?

— Elle te plaît, ricana Jax.

— Ça suffit, dis-je en sentant mon agacement se transformer en colère.

— Merde, Hudson, lâcha Jax d'une voix traînante. Je n'aurais jamais pensé te voir un jour agir comme Seth le fait avec Riley. Pourquoi ne m'as-tu pas simplement dit que tu avais un faible pour Taylor ?

— Parce que ce n'est pas le cas, dis-je d'un ton catégorique. Bon, nier cela n'était peut-être pas très convaincant. Probablement parce que je n'essayais pas seulement de convaincre Jax, mais aussi moi-même.

Il m'adressa un sourire amusé.

— Tu mens comme un arracheur de dents, frérot. Tu espères que, une fois Taylor rétablie, votre relation se transformera en quelque chose de plus qu'une simple admiration mutuelle.

— Elle est affaiblie et fragilisée, grognai-je. Crois-tu vraiment que je fantasme à l'idée de lui arracher ses vêtements et de la prendre sauvagement jusqu'à ce que nous soyons tous les deux complètement satisfaits ?

Jax secoua la tête.

— Non. Je pense que c'est encore pire que cela. Je pense que tu vas d'abord commencer par tomber amoureux d'elle, et *ensuite* tu auras envie de la prendre sauvagement, dit-il d'un ton parfaitement sérieux.

— Ne sois pas ridicule, me moquai-je.

Il haussa les épaules.

— Tu ne pourras pas dire que je ne t'avais pas prévenu. C'est parfaitement visible.

— Qu'est-ce qui est visible ? demandai-je.

— Ce regard protecteur. Le même regard que je vois chez Seth quand il pense que quelque chose pourrait arriver à Riley. Pareil pour Mason ainsi que ses frères. Je reconnais ce regard sur ton visage parce que je l'ai déjà vu sur le leur. Ils ont tous ce regard étrange qui semble indiquer qu'ils seraient prêts à déplacer des montagnes pour le bonheur de leur femme. Et je vois la même chose dans tes yeux en ce moment même, et pour te dire la vérité, ça me fait peur.

— Je ne songe pas à déplacer des montagnes, grommelai-je.

—Pas pour l'instant, répondit-il. Mais je pense que tu n'hésiterais pas à le faire si Taylor te suppliait avec ses grands yeux verts.

J'avais déjà vu ce regard vulnérable sur le visage de Taylor lorsqu'elle m'a avoué détester les hôpitaux.

Non pas qu'elle essayait de me manipuler de quelque manière que ce soit.

Mais *bon sang* ! Je ressentais un besoin irrépressible de la débarrasser de cette inquiétude.

Même si cela signifie déplacer une foutue montagne d'un pays à un autre.

— Je veux la protéger. Elle est vulnérable pour l'instant, confessai-je. Ça m'aura passé quand elle ira mieux.

— Je me demande combien de fois Seth s'est dit la même chose, songea Jax.

— Je ne suis pas Seth, insistai-je.

— Mais après tout, ce n'est pas vraiment un problème, déclara Jax. Ça fait longtemps que tu ne t'es pas intéressé à une femme, Hudson. Tu travailles beaucoup trop. Pourquoi ne pas laisser les choses se dérouler naturellement ? Taylor ne semble pas être le genre de femme qui s'intéresserait à ton argent en priorité, et elle n'est pas comme la plupart des femmes avec lesquelles nous avons grandi dans notre cercle obsédé par le statut social.

— En effet, répondis-je simplement. Elle n'est pas du tout intimidée par moi, par mon nom ou par mon argent.

— Eh bien, ça doit être douloureux, me lança Jax. Mais sérieusement, n'est-ce pas agréable de parler à quelqu'un qui n'a aucune arrière-pensée pour une fois dans ta vie ?

À vrai dire, quand Taylor me traitait comme un homme ordinaire, c'était effectivement très agréable.

— Je ne sais pas trop. Ça fait longtemps, marmonnai-je.

— Détends-toi. Aide-la dans sa convalescence et tu verras bien ce qui se passe. Je comprends mieux tes motivations maintenant. Je m'occupe de tout au bureau. Il est grand temps que tu prennes des vacances.

Je lui adressai un regard perplexe.

— Alors tu as fini de m'en dissuader ?

— Oui, répondit-il. J'étais juste inquiet à l'idée que tu sois motivé par une sorte de culpabilité. Je ne voulais pas que tu te reproches cet incident, même si Taylor est un de nos employés. Tu te reproches déjà beaucoup trop de choses. Mais maintenant que je connais ta véritable motivation, je suis rassuré. Tu aurais bien besoin d'une femme dans ta vie. Une femme qui n'a pas peur de toi. Et Dieu sait que tu as vraiment besoin de t'envoyer en l'air.

Une fois de plus, je foudroyai Jax du regard.

— Je t'ai dit que je ne suis pas…

Jax leva une main et m'interrompit :

— Hé, tu ne peux pas m'en vouloir d'avoir de l'espoir pour toi. Je suis obligé de travailler avec toi tous les jours.

— En parlant de travail, nous devons vraiment joindre les familles de Mark, et contacter Harlow, lui dis-je d'un ton sombre.

— Je m'en suis déjà occupé, m'informa-t-il. Les parents de Mark sont décédés depuis des années, mais j'ai contacté son frère ce matin. Inutile de préciser qu'il est dévasté. Il m'a expliqué qu'il ne voyait pas souvent Mark mais qu'ils se parlaient régulièrement au téléphone. Bien évidemment, nous allons couvrir les frais des funérailles et indemniser la famille, en plus de l'assurance-vie de Mark. L'argent ne lui rendra pas la vie, mais je veux que sa famille soit à l'abri du besoin.

J'acquiesçai par un hochement de tête.

— Je suis complètement d'accord. Et Harlow ?

— Elle a insisté pour donner sa démission à Montgomery Mining, mais je n'abandonne pas. Je pense qu'elle a besoin de temps, dit-il d'une voix emplie de remords.

— Donne-lui tout le temps dont elle aura besoin, lui suggérai-je. Non seulement elle doit se remettre de ce traumatisme, mais elle doit aussi faire le deuil de quelqu'un à qui elle tenait.

— J'ai prévu d'attendre qu'elle revienne à San Diego pour lui parler. Quoi qu'il arrive, je n'ai pas l'intention de la laisser tomber. Les projets sur lesquels elle travaillait au laboratoire sont importants pour elle ainsi que pour l'entreprise. Je pense qu'elle en prendra conscience une fois qu'elle se sentira un peu mieux, expliqua Jax. Elle est très intelligente.

— Alors tu ne devrais pas avoir de problème à la comprendre, dis-je.

Mes frères et moi avions été envoyés dans un pensionnat pour surdoués quand nous étions plus jeunes. À l'âge de quinze ans, nous suivions déjà des cours d'université.

Je ne saurais trop dire s'il s'agissait d'une bonne ou d'une mauvaise chose.

Certes, avoir un cerveau rapide comme l'éclair constitue un super pouvoir pour un homme d'affaires, mais cela nous a probablement volé notre enfance et poussés à grandir trop vite.

Je n'avais aucun souvenir agréable de mon enfance. Néanmoins, je ne savais pas si cela venait du fait que ma famille était alors très dysfonctionnelle, ou bien du fait que j'avais passé le plus clair de mon enfance dans un internat où le seul objectif était l'excellence scolaire.

Je me levai, impatient de regagner la chambre de Taylor avant elle.

— Devons-nous parler d'autre chose ?

Jax se leva et me regarda avec inquiétude.

— Juste une chose, répondit-il.

— Je t'écoute, dis-je.

— Fais attention à ne pas y laisser des plumes. Les choses intéressantes de la vie constituent généralement un risque, mais ne donne ton cœur à personne tant que tu n'es pas sûr de pouvoir faire entièrement confiance à la personne concernée.

Je restai muet un instant avant de répondre :

— Ça n'ira pas aussi loin. Ne t'inquiète pas, dis-je en lui tapant dans le dos avant de sortir de la cafétéria.

J'étais proche de toute ma fratrie, mais il était rare que Jax se montre aussi sérieux.

Dans ces moments-là, je prenais vraiment conscience de la chance que j'avais de l'avoir à mes côtés.

Chapitre 10

Hudson

Il est hors de question que tu prennes une douche toute seule, dis-je en essayant de paraître ferme mais bienveillant. Malheureusement, les mots quittèrent ma bouche avant que je ne puisse ajuster le ton de ma voix.

Est-elle devenue folle ?

Cela faisait à peine quelques heures que nous avions quitté l'hôpital.

J'avais tenu ma promesse en lui servant un steak saignant ainsi qu'une portion de pomme de terre au four.

Mon assistante était allée récupérer la commande dans le meilleur steak house de San Diego afin que ce soit encore chaud lors de notre arrivée chez moi.

À l'hôpital, les médecins avaient déjà commencé à introduire des aliments solides dans son alimentation. Je n'avais donc pas besoin de continuer à la priver de nourriture.

Dieu merci !

Je me rendais compte que j'étais complètement incapable de *ne pas* donner à Taylor absolument tout ce qu'elle voulait quand elle me regardait avec ses grands yeux verts.

Mais une douche...toute seule....

Certainement pas.

Elle risquerait de se blesser. Taylor tenait à peine debout.

Après le dîner, elle avait l'air tellement fatiguée que je l'avais portée jusqu'à l'étage pour lui montrer sa chambre ainsi que la salle de bain attenante, le tout avant de la mettre au lit.

Elle s'était alors empressée de se redresser en position assise, prête à se lever pour utiliser l'énorme douche de la salle de bain.

Taylor leva les yeux vers moi tandis que je me tenais juste devant elle. Comme si lui bloquer la vue sur l'entrée de la salle devait suffir à lui faire oublier cette idée folle !

— J'ai besoin de....me sentir propre, dit-elle d'une voix rauque et tremblante qui trahissait son état d'épuisement actuel. Je n'ai pas pu me doucher à l'hôpital. Je peux au moins gérer ça.

Taylor ne parvint pas à dissimuler les tremblements de son corps, et je savais que même toute l'eau chaude du monde ne suffirait pas à la débarrasser des souvenirs qui la hantaient actuellement.

— Non, dis-je d'un ton plus doux. Sois raisonnable, Taylor.

— Je le suis, m'assura-t-elle. Il y a un énorme rebord où m'asseoir dans la douche, Hudson. Je peux prendre ma douche assise. Je ne me suis pas lavée depuis que tu as toi-même nettoyé les premières couches de saleté quand nous sommes montés à bord de ton jet. Je prends une douche par jour habituellement, parfois même deux si je fais ma séance de sport en fin de journée. Je crois que j'ai aussi envie de faire quelque chose de normal, tout simplement.

Mon cœur se serra dans ma poitrine en la regardant se frotter les bras pour se réchauffer, comme si elle était glacée jusqu'à l'os.

Tout son univers lui était étranger.

L'hôpital.

Ma maison.

La blouse d'hôpital qu'elle portait encore.

Son incapacité à se déplacer seule.

Son esprit qui revenait sans cesse à tout ce qu'elle avait traversé.

J'avais une routine millimétrée ainsi qu'un emploi du temps chargé, toute la journée, tous les jours.

Je comprenais donc à quel point la situation était déstabilisante pour elle.

Je n'avais simplement jamais rien vécu d'aussi traumatisant qu'elle.

En résumé : elle avait l'impression d'avoir complètement perdu le contrôle de sa vie et elle avait besoin que je lui rende une partie de ce pouvoir.

Je ne voulais pas la voir comme cela, impuissante, accablée par le sentiment de ne pas être en mesure de prendre la moindre décision dans sa propre vie.

J'avais passé assez de temps à l'observer pour savoir qu'elle était habituellement très organisée et concentrée.

Et pour l'instant, tout ce qu'elle savait d'elle-même était...ébranlé.

— Je vais t'aider, cédai-je. Tu ne vas pas jusqu'à la douche en marchant. Je vais t'aider à te mettre en position sous la douche, puis je t'aiderai à revenir au lit. Et je ne te laisse pas seule. Je vais attendre dans la salle de bain jusqu'à ce que tu aies fini.

Si elle perdait l'équilibre et tombait, alors je serais là pour la rattraper avant qu'elle ne s'écroule.

Son visage se décomposa.

— Je ne veux pas que mon séjour chez toi te donne davantage de travail. Je peux me débrouiller. Je suis sûre que je peux arriver à...

— Hors de question, l'interrompis-je.

— Alors c'est à ta manière ou rien du tout ? demanda-t-elle calmement. Tu as peur que je me blesse ?

— Précisément, répliquai-je. J'aimerais que tu puisses faire tout ce qui te plaît. J'aimerais sincèrement que tu puisses t'occuper de toi-même sans avoir besoin de moi, mais ce n'est pas raisonnable pour l'instant, Taylor. Tu as besoin d'aide maintenant, ça ne va pas durer éternellement.

Elle baissa les yeux et resta silencieuse un instant avant de dire :

— Tu as raison. Je peux me passer d'une douche pour l'instant. Si j'étais à ta place, je dirais probablement la même chose, mais ces draps sont si propres, remarqua-t-elle en glissant sa main sur le drap immaculé assorti à la décoration de la chambre.

La mélancolie dans le ton de sa voix me brisait le cœur.

— Tu peux prendre une douche. Tu vas juste devoir supporter que je t'aide pendant tout le processus.

Taylor poussa un petit cri de surprise lorsque je la soulevai dans mes bras pour la porter jusqu'à la salle de bain.

Son intraveineuse avait été retirée juste avant qu'elle ne quitte l'hôpital. Tant qu'elle buvait la quantité d'eau quotidienne requise, alors elle n'avait plus besoin d'être hydratée par intraveineuse.

— Je viens de dire que je pouvais me débrouiller sans toi, fulmina-t-elle tandis que je la déposais sur le grand rebord en marbre de la douche. Tu m'as déjà bien assez portée au cours des deux derniers jours, ajouta-t-elle.

Du bout des doigts, je l'incitai à relever le menton afin qu'elle me regarde.

— Taylor, m'as-tu déjà entendu m'en plaindre ?

— Non. Je ne pense pas que tu sois du genre à te plaindre de quoi que ce soit, murmura-t-elle. Cela ne m'empêche pas de voir tout ce que tu fais pour m'aider. Mais je te le dis ici et maintenant, quand je me sentirai mieux, tu pourras me demander tout ce que tu veux et je le ferai. J'exaucerai au moins trois de tes vœux et rien ne sera interdit, Hudson. Je doute pouvoir faire un jour quelque chose qui puisse te sauver la vie, comme tu l'as fait pour moi, mais si tu as besoin de quelque chose, alors je serai la femme de la situation. Promets-le-moi.

Ses yeux exprimaient tant de ferveur que je dus détourner le regard.

— J'ai les moyens de payer quelqu'un pour faire à peu près tout ce que je veux. Je pense que tu peux atteindre le robinet de douche. Jette ta blouse d'hôpital quand tu es prête. Je reste dans la salle de bain. Si tu as besoin de moi, je suis là.

— Eh bien, merci d'ignorer ce que je viens de dire, bougonna-t-elle en croisant ses bras meurtris sur sa poitrine. Promets-le-moi, Hudson, répéta-t-elle.

— Bon, d'accord ! dis-je avec un soupçon d'impatience.

Je n'étais pas en colère contre elle. Je n'étais tout simplement pas habitué à ce que quelqu'un me propose de me rendre un service gratuitement, et encore moins trois services.

— Je te le promets.

Cette promesse avait-elle une quelconque valeur si je n'avais pas l'intention de lui demander quoi que ce soit ?

— Merci, murmura-t-elle doucement.

— Pour quoi ? demandai-je.

— Pour tout, répondit-elle avec une sincérité manifeste.

— Je t'ai déjà dit de ne pas me remercier, dis-je d'un ton bourru en fermant la porte de la douche.

— Et je t'ai déjà dit que j'avais l'intention de le faire de toute façon, me rappela-t-elle avant de jeter sa blouse d'hôpital par-dessus la porte de la cabine de douche.

Je l'attrapai au vol avant de la mettre dans le panier à linge.

J'avais déjà remarqué que mon assistante avait laissé une pile de pyjamas et de sous-vêtements féminins neufs sur le tabouret de la salle de bain, comme je l'avais demandé.

Je ne connaissais pas la taille précise de Taylor, mais après avoir dit à mon assistante qu'elle était un peu plus petite et un peu plus mince que Riley, elle s'était occupée de tout, privilégiant vraisemblablement des tailles S et quelques tailles M.

Ça devrait convenir.

En entendant l'eau de la douche se mettre à couler, je décidai de m'asseoir, sans néanmoins baisser ma garde au cas où Taylor plongerait tête la première sur le sol carrelé de la cabine de douche.

Les portes de la cabine étaient en verre, mais celles-ci étaient ornées de gravures qui m'empêchaient de voir Taylor avec clarté, mais je la voyais néanmoins suffisamment bien pour savoir si elle était encore debout.

J'entendis un petit gémissement, mais je compris qu'il ne s'agissait pas d'un signal de détresse. C'était un gémissement teinté de plaisir.

— Cette douche est merveilleuse, dit Taylor en haussant la voix pour être entendue malgré le bruit de l'eau. J'ai hâte de pouvoir me lever pour allumer tous les jets d'eau. J'espère que ce n'est pas trop grave si j'utilise l'éponge qui est ici.

— Non, tu peux y aller. Elle est neuve, lui dis-je.

— Pareil pour le shampoing et le gel douche ? demanda-t-elle avec hésitation. Je ne t'ai jamais demandé si tu avais une compagne ou quelqu'un avec qui tu partages ta vie. Il n'y a que des produits Chanel là-dedans. Je ne savais même pas qu'ils faisaient des trucs pour la douche et pour le corps.

— Il n'y a personne d'autre, dis-je nonchalamment. Tout ce qui se trouve dans cette cabine de douche est pour toi. Le service de ménage s'est occupé de préparer la chambre.

— Oh mon Dieu. Ça sent tellement bon les agrumes et le lys. Tu n'imagines pas à quel point ça fait du bien de se laver avec quelque chose qui sent aussi bon.

Taylor semblait si heureuse que j'étais désormais content que nous ayons trouvé un compromis pour qu'elle puisse prendre cette douche, et j'avais bien l'intention de donner une grosse prime à la femme de ménage pour avoir rempli la salle de bain de produits qui plaisaient manifestement à une femme.

Bon, d'accord, peut-être que certaines personnes ne seraient pas aussi euphoriques à propos d'un shampoing et d'un gel douche, mais cela apportait assurément beaucoup de joie à Taylor.

Elle poussa un autre gémissement lorsque je vis sa silhouette s'incliner en avant, probablement pour se laver les cheveux.

— Oh mon Dieu, souffla-t-elle.

Doux Jésus ! Si un gel douche, un shampoing et de l'eau chaude lui faisaient cet effet, je ne pouvais qu'imaginer...

Non ! Je ne pouvais pas laisser mon esprit s'égarer sur ce terrain-là.

Bon, d'accord, peut-être m'y étais-je déjà *brièvement* égaré. J'avais vu la photo d'une Taylor en parfaite santé, alors ça n'avait pas été difficile à imaginer...

Ça suffit ! Je devais impérativement contenir ce flot de pensées.

— Est-ce que tout va bien ? demandai-je.

— Merveilleusement bien, répondit-elle d'une voix légèrement haletante. J'ai presque fini. Est-ce que je peux prendre encore une minute ou deux ?

— Aussi longtemps que tu veux, dis-je.

Quelques minutes s'écoulèrent.

Puis cinq minutes.

Au bout de dix minutes sans un seul mot prononcé et presque aucun mouvement dans la douche, je demandai enfin :

— Taylor, tout va bien là-dedans ?

Face à son absence de réponse, je me levai précipitamment pour aller ouvrir la porte de la cabine de douche.

Ses yeux étaient fermés et elle avait un léger sourire aux lèvres.

Je ne pus moi aussi m'empêcher de sourire en fermant le robinet d'eau. Je soulevai ensuite le corps nu de Taylor dans mes bras pour la porter jusqu'au tabouret de la salle de bain où je pourrais la sécher.

Elle était complètement somnolente, probablement si épuisée qu'elle n'arrivait même plus à garder les yeux ouverts.

Taylor poussa un faible gémissement de protestation tandis que je l'aidais à enfiler une culotte propre ainsi qu'un pyjama neuf, mais elle se détendit rapidement et je pus alors la porter jusqu'au lit.

Je pouvais sentir un doux parfum d'orange et de fleurs sur sa peau ainsi que dans ses cheveux que je venais de brosser et de démêler. Une fois Taylor allongée, je la couvris soigneusement avec les draps.

— S'il te plaît, ne pars pas, souffla-t-elle lorsque je me redressai.

Ses yeux étaient fermés, mais son corps était agité.

Que diable suis-je censé faire ?

Taylor était manifestement au beau milieu d'un rêve et ne s'adressait donc pas directement à moi, mais je me sentais tout de même coupable à l'idée de la laisser seule.

Contente-toi de sortir de la chambre. Elle est parfaitement en sécurité ici.

En me dirigeant vers la porte de la chambre, j'entendis un autre gémissement.

Merde ! J'appuyai sur l'interrupteur pour éteindre la lumière, puis je revins vers le lit.

J'avais laissé la lumière allumée dans la salle de bain afin que Taylor ne se réveille pas dans le noir complet.

Je ne peux pas faire ça. Jax avait raison. Je ne devrais pas m'attacher à une victime sauvée, même s'il s'agissait de mon employée.

Je pouvais distinguer son visage grâce à la lumière provenant de la salle de bain, et en la voyant tressaillir comme si elle était terrifiée par ce dont elle rêvait actuellement, je perdis ma petite bataille intérieure.

Personne n'avait besoin de savoir, pas même elle. Je partirai avant qu'elle ne se réveille.

Ainsi, je m'allongeai du côté libre du lit, puis j'approchai mon corps du sien. J'enroulai mes bras autour de sa taille et plaquai mon buste contre son dos avant de murmurer :

— Tout va bien, Taylor. Je suis là. Tu peux dormir. Plus de mauvais rêves.

— Hudson, souffla-t-elle avec un soulagement manifeste.

Elle se blottit alors contre moi en poussant un énorme soupir.

Ce petit mot, mon prénom sur ses lèvres, la confiance qu'elle avait en moi – toutes ces choses me transpercèrent le cœur. Je resserrai mes bras autour de son corps sans défense.

Taylor avait subi tellement de choses aux mains des rebelles que c'était un miracle qu'elle puisse faire confiance à qui que ce soit.

Une part de moi était étonnée qu'elle fasse confiance à un gars comme moi, mais peut-être était-ce une bonne chose.

Certes, je pouvais parfois me comporter comme un véritable salaud, mais je ferais tout ce qui était en mon pouvoir pour veiller à ce que *personne* ne fasse plus jamais souffrir cette femme.

Le simple fait d'imaginer que quelqu'un puisse la toucher me rendait fou de rage.

Alors, après tout, peut-être que j'étais bel et bien la personne qu'il lui fallait pour endosser le rôle de protecteur temporaire.

Je restai ensuite quelques heures près de Taylor – bien plus longtemps que nécessaire – avant de finalement la laisser dormir paisiblement et de regagner mon propre lit, là où j'étais supposé être.

Taylor

Le dîner était incroyable, Hudson. Merci, dis-je en posant ma main sur mon ventre désormais tendu comme une peau de tambour.

Je venais de manger une généreuse portion du plat de nouilles au poulet qu'il nous avait préparé.

Je poussai un soupir de satisfaction alors que j'étais allongée sur l'un de ses transats à l'extérieur. Je me sentais incroyablement paresseuse et gâtée.

Demain, cela fera deux semaines que j'étais chez Hudson, et il me nourrissait presque incessamment depuis mon arrivée dans sa maison outrageusement grande et luxueuse située au bord de l'eau à Del Mar.

Nous étions arrivés ici un dimanche, et dès le lundi matin, le défilé des professionnels de santé avait commencé, et ce, tous les jours de la semaine.

Kinésithérapeutes.

Médecins.

Psychologues.

Des assistants qui étaient allés chercher mes vêtements ainsi que mon véhicule chez Harlow pour ramener le tout chez Hudson.

À vrai dire, ces deux dernières semaines avaient été épuisantes, mais au moins, j'étais enfin debout grâce au travail de rééducation, et je travaillais aussi sur ma tête avec un très bon psychologue spécialiste des traumatismes.

Je faisais encore quelques cauchemars à propos de mon expérience à Lania, mais les images et les souvenirs qui m'accablaient à chaque élément déclencheur commençaient à s'étioler.

Je ne savais pas comment remercier Hudson, et même si j'essayais de le faire, il refuserait mes remerciements. J'avais déjà essayé, sans succès. Il ne s'agissait pas seulement de toute l'aide à domicile dont je bénéficiais. J'étais surtout reconnaissante qu'il ne m'ait jamais laissé tomber un seul instant.

Si je passais une mauvaise journée, il était là.

Si je passais une bonne journée, il était là.

Si j'avais simplement besoin de parler, il était là aussi.

Honnêtement, je n'aurais pas pu rêver d'un meilleur soutien après ce qui m'était arrivé. Hudson se montrait tout le temps si compréhensif que je me sentais à l'aise de tout lui dire.

Bon, d'accord, je ne lui avais pas beaucoup parlé des viols quotidiens dont j'avais été victime, et il ne savait pas grand-chose de mon passé, mais nous parlions beaucoup de mon expérience d'otage de façon générale.

Sur le transat situé à côté du mien, Hudson haussa les épaules.

— Le dîner n'avait rien d'extraordinaire, mais je nous réserve de la crème glacée pour plus tard. Je crois t'avoir entendu dire que tu aimes beaucoup la glace saveur cookie.

— Tu vas vraiment devoir arrêter de me nourrir, grognai-je.

— Pourquoi ? demanda-t-il d'un air étonné. Tu as besoin de reprendre du poids.

— Mais je n'ai pas besoin de reprendre tout ce poids en moins de deux semaines, ris-je.

J'avais bel et bien perdu beaucoup de poids, plus que je ne l'avais imaginé. J'avais retrouvé quelques-uns de ces kilos une fois mon organisme réhydraté. Mais depuis cela, j'avais continué à reprendre du poids parce que je mangeais comme un cochon. Il me restait encore trois ou quatre kilos à prendre afin de retrouver mon poids normal, mais cela se ferait progressivement, au fil du temps. Toutefois, j'avais vraiment besoin de reprendre de la masse musculaire, mais le kinésithérapeute me demandait d'attendre un peu avant de me remettre au Tai Chi.

Lors de ma première semaine ici, chez Hudson, j'avais retrouvé l'appétit subitement. À vrai dire, j'étais littéralement affamée. Je mangeais absolument tout ce que me donnait Hudson et chaque nouvelle bouchée était encore plus jouissive que la précédente. Après la première semaine, j'ai un peu ralenti la cadence en prenant conscience que je n'avais pas besoin de manger comme si chaque bouchée était la dernière.

— Honnêtement, la semaine dernière je n'avais encore jamais vu une femme aussi menue que toi dévorer autant de nourriture, dit-il d'un ton à la fois amusé et impressionné. C'était assez incroyable, ajouta-t-il.

— Horrifiant, tu veux dire ? le corrigeai-je avec humour, en essayant néanmoins de ne pas penser aux airs d'animal sauvage que je devais probablement afficher en dévorant ma nourriture.

— Ça te fait le plus grand bien. Tu as manqué beaucoup de repas pendant ta captivité, répondit-il.

Mon corps se détendit au son des vagues frappant le rivage. Hudson et moi avions pris l'habitude de nous installer à l'extérieur tous les soirs après le dîner, et nous restions généralement sur sa terrasse jusqu'au coucher du soleil.

Il avait une vue imprenable et suffisamment d'intimité pour faire de cette terrasse l'endroit idéal où passer la soirée.

Parfois, nous parlions beaucoup, d'autres fois, beaucoup moins, mais s'il y avait des moments de silence entre nous, ce n'était jamais inconfortable.

Certes, Hudson avait passé la première semaine de mon séjour chez lui à me porter dans ses bras, mais je pouvais désormais me déplacer à l'aide de mes propres jambes. Je n'étais assurément pas sur le point de courir un marathon, du moins pas avant d'avoir retrouvé assez de force musculaire, mais au moins je pouvais marcher à peu près normalement.

Dieu merci ! Je n'ai plus à compter sur ce pauvre Hudson pour me trimballer partout !

Je ne comprenais toujours pas ce qui l'avait motivé à m'emmener chez lui. Comme s'il savait que j'avais vraiment besoin de respirer l'air frais de la mer afin de prendre conscience que j'étais enfin libre...

Le simple fait d'être assise à l'extérieur était très thérapeutique pour moi, et j'avais toujours hâte de sortir. Hudson avait donc vu juste à ce sujet.

J'avais bel et bien besoin d'air frais pour chasser les démons les plus résistants.

Tous les matins, je parlais avec Harlow. Elle était accablée par le chagrin, le remords et la colère. En tant qu'amie, je ne pouvais rien faire de plus que l'écouter, peut-être que c'était actuellement tout ce dont elle avait besoin de ma part.

— Je ne sais pas trop ce qui s'est passé, tentai-je d'expliquer à Huson. Ne te méprends pas, j'adore manger. Mais quand je suis arrivée ici, j'étais affamée du soir au matin.

— C'est parce que tu es en train de guérir, commenta-t-il d'une voix rauque. Ton corps a besoin de nutriments. Alors tu dois continuer à bien manger, Taylor.

— Pas comme ça, ris-je. J'ai un peu moins faim que la semaine dernière. Je me contente désormais d'écouter mon corps.

— J'espère que ton corps te demande de manger un peu de glace, dit-il avec espoir.

Comme s'il ne pouvait pas manger de la glace sans moi.

Hudson n'avait pas besoin de ma permission ou de ma participation pour faire ce que bon lui semblait, mais pour une raison qui m'échappait encore, il semblait aimer partager son amour des desserts avec moi.

— Je pourrai peut-être en manger une petite portion une fois que le dîner sera descendu, le taquinai-je.

À en juger par ce que j'avais vu jusqu'à présent, Hudson mangeait assez sainement la plupart du temps, et il avait une routine sportive que la plupart des hommes seraient incapables de suivre. Mais au moment du dessert, il renonçait rarement à une petite douceur.

— Tu as intérêt à en manger un peu, insista-t-il.

Je ne pus m'empêcher de sourire face à son attitude autoritaire. Je commençais à m'y habituer, et la plupart du temps je me contentais de l'ignorer. Sous ses airs impitoyables, Hudson avait un grand cœur, même s'il veillait généralement à ne pas le montrer.

Quel autre homme ramènerait une femme convalescente qu'il connaissait à peine dans son manoir de Del Mar rien que pour lui épargner un séjour à l'hôpital ? Qui d'autre accepterait de répondre à tous ses besoins pendant sa guérison ?

Je le soupçonnais d'être motivé par une sorte de culpabilité injustifiée. Hudson était prêt à supporter bien plus de responsabilités que nécessaire, alors je faisais de mon mieux pour ne pas trop lui peser.

J'avais néanmoins du mal à me faire discrète avec toute cette armada de professionnels de santé qui me rendait visite chaque jour, mais j'essayais de ne pas le déranger quand il travaillait dans son bureau.

Nous avions pourtant abordé le sujet de ma présence ici. J'avais une clé de l'appartement de Harlow, et j'aurais très bien pu m'installer chez elle, mais je devais bien reconnaître qu'il avait raison concernant mon incapacité à me déplacer seule.

Et quelque part, je n'avais vraiment pas *envie* d'être seule. Étant donné qu'être seule n'a jamais été un problème pour moi, j'étais assez déstabilisée par cette envie soudaine d'être en présence de quelqu'un – en l'occurrence, Hudson.

Je ne m'attendais tout simplement pas à ce qu'il mette en place tout ce sont j'avais besoin pendant mon séjour chez lui, ni même à ce qu'il soit lui-même autant mobilisé pour moi.

Pour l'instant, il ne m'avait encore rien laissé faire pour lui en retour, mais j'en avais bien l'intention.

Je ne pourrais probablement jamais être en phase avec ses besoins comme il l'était avec les miens, mais Hudson n'était pas un homme facile à cerner. Même s'il s'ouvrait de plus en plus à moi, il constituait encore une énigme à résoudre.

Étonnement, Hudson Montgomery savait faire à manger, et être en cuisine ne semblait pas le déranger.

Je ne m'attendais certainement pas à *cela*.

La plupart des milliardaires n'ont-ils pas un chef à domicile ?

Je ne m'en plaignais pas. Il y avait même quelque chose d'incroyablement sexy chez un homme capable de se débrouiller dans une cuisine.

Cependant, maintenant que j'étais en meilleure forme physique, je commençais à me sentir coupable – d'autant plus que le regarder cuisiner était devenu l'une de mes activités préférées. J'avais l'impression d'être une sorte de voyeur avec un fétichisme pour les hommes qui cuisinent. C'était plus fort que moi.

Même après avoir passé deux semaines en sa compagnie, Hudson me fascinait toujours autant.

Pourtant, il était probablement temps que je commence à réfléchir à ce que j'allais faire maintenant que je me sentais mieux. Les bleus n'avaient pas encore complètement disparu de mon corps et j'aurai certainement quelques petites cicatrices sur le visage, mais quand je me regardais dans un miroir, je commençais enfin à me retrouver.

— Je vais devoir commencer à chercher du travail, et je pense que je suis désormais en état de retourner chez Harlow. Elle va rester chez sa mère pour l'instant, mais elle m'a dit de ne pas hésiter à loger chez elle, annonçai-je à Hudson. Je ne peux pas profiter de toi pour toujours, ajoutai-je.

— Tu ne profites pas de moi, dit-il d'un ton bourru. Tu es mon invitée, et tu resteras ici jusqu'à ce que tu sois complètement rétablie. Pas de discussion. Nous avons passé un accord.

En effet, je lui avais bel et bien dit que je resterais chez lui jusqu'à ce que je sois à nouveau entièrement moi-même.

— Je vais avoir besoin d'un travail pour prévoir la suite. Je dois commencer à envoyer des candidatures. Quand j'aurai trouvé un poste, je pourrai chercher un appartement, argumentai-je.

Je ne pouvais absolument pas finir mon stage. Harlow n'était plus là, et quand je serai en mesure de reprendre le travail, l'été sera presque terminé de toute façon.

— Absolument pas, grommela-t-il. Tu as déjà un travail. Ici. À San Diego. Montgomery Mining a besoin de géologues brillants comme toi.

Je roulai des yeux. Nous avions déjà eu cette conversation, et je savais pertinemment que je n'avais pas l'expérience requise pour occuper un poste de géologue dans son entreprise. C'était le genre d'emploi dont je pourrai rêver lorsque je serai plus expérimentée, mais ce type de poste ne s'adressait pas à une géologue tout juste sortie d'école. J'aimerais d'abord faire un doctorat, mais je n'avais pas les moyens financiers de le faire. Je devais donc d'abord trouver un travail bien rémunéré pour mettre de l'argent de côté. Pour l'instant, je devais renflouer les comptes. C'est aussi pour cela que Harlow m'avait proposé de loger chez elle pendant toute la durée de mon stage d'été. Comme j'avais déjà reçu une offre de stage et que j'avais trouvé un logement grâce à la générosité de Harlow, je m'étais dit que je pouvais survivre quelques mois avec mon salaire de stagiaire pour acquérir de l'expérience chez Montgomery Mining.

Quoi qu'il en soit, je savais désormais qu'il était inutile de discuter avec Hudson concernant mon cheminement de carrière. Je me contenterai donc de postuler à des offres d'emploi *réalistes*.

— Bon Dieu, ce que tu peux être grincheux quand tu n'obtiens pas ce que tu veux, dis-je en me retenant de rire.

— C'est rare que je n'obtienne pas ce que je veux, sauf quand il s'agit de toi, répondit-il avec mécontentement.

Il resta ensuite silencieux un instant avant de demander :

— Tu te moques encore de moi, n'est-ce pas ? J'ai du mal à croire que tu sois réellement intimidée par moi.

— Je ne le suis pas, lui assurai-je. Tu peux aboyer autant que tu le souhaites. Je commence à être habituée.

— Tu joues encore avec moi ? demanda-t-il.

Mon cœur se serra dans ma poitrine parce que je savais qu'il s'agissait d'une question sérieuse. Hudson était-il si peu habitué à l'humour, et tellement habitué à obtenir ce qu'il voulait, qu'il ne parvenait pas à déterminer quand quelqu'un le taquinait ?

— En effet, confirmai-je avec humour.

— Je m'en doutais, dit-il en poussant un long soupir. Ce n'est pas comme si j'étais tout le temps un salaud.

— Tu n'es *jamais* un salaud, dis-je.

Je ressentais le besoin de le rassurer à ce sujet, même si Hudson était un milliardaire très influent qui pouvait tout se permettre.

— Je te trouve même plutôt adorable. Il y a très longtemps que personne n'a été aussi gentil avec moi, Hudson.

— Pourquoi ? demanda-t-il avec curiosité. Je ne comprends pas. Pourquoi n'y a-t-il pas quelqu'un de spécial dans ta vie, Taylor ? Tous les mecs devaient être à tes pieds à Stanford. Non seulement tu es belle, mais tu es aussi très intelligente. Pourtant, je ne vois aucun homme à tes côtés.

Mon cœur se mit à galoper dans ma poitrine, même si je me savais loin d'être belle.

J'étais une véritable rousse, avec toutes les taches de rousseur qui n'avaient pas totalement disparu à l'âge adulte.

— Je ne suis pas belle, Hudson. As-tu vraiment *regardé* mon visage dernièrement ? Je fais peur à voir. Je suis sorti avec quelques mecs quand j'étais à Stanford, mais je suppose que je n'ai jamais eu cette...étincelle. Cette connexion. Et j'étais très occupée. C'était assez difficile pour moi. J'avais un travail à temps partiel en plus des cours de Tai Chi que je donnais pour payer mes factures, mais la majeure partie de mon énergie était destinée à mes études. Stanford n'est pas vraiment une université bon marché.

J'étais du genre réaliste. Ainsi, ma réaction initiale à son compliment ne tarda pas à s'étioler.

Mes cheveux roux étaient hirsutes la plupart du temps, alors je me contentais de les attacher en queue de cheval. J'avais accepté le fait que certaines de mes taches de rousseur ne disparaîtraient jamais et que ma poitrine ne serait jamais plus grosse. De surcroît, je faisais une réaction allergique à la plupart des maquillages, je devais donc éviter la majorité des produits disponibles sur le marché. Aujourd'hui âgée de vingt-huit ans, ma croissance était assurément terminée, alors je n'aurai jamais de longues jambes sexy qui me donneraient une silhouette gracieuse et élancée, mais cela aussi je l'avais accepté.

Heureusement pour moi, je n'avais jamais été très féminine dans ma façon de m'apprêter.

Ainsi, sa théorie selon laquelle tous les mecs de Stanford auraient dû être à mes pieds me paraissait ridicule.

Certes, j'étais sortie avec quelques gars, mais j'étais généralement ce genre de fille que les hommes préféraient avoir comme amie.

Je poussai un soupir lorsque l'une des nombreuses déclarations de Mac me traversa l'esprit. Il s'agissait d'une chose qu'il m'avait dite peu de temps avant qu'il ne ferme les yeux pour la toute dernière fois.

Un jour, tu rencontreras un homme digne de toi, Tay. Tu sauras qu'il s'agit du bon parce que toute ton âme te le dira, et tu verras la même passion dans ses yeux. Attends-le, et ne te contente de rien de moins.

Jusqu'à présent, cet homme n'était qu'un fantasme, mais encore une fois, je n'étais pas non plus très désireuse de me lancer dans quoi que ce soit. Peut-être parce que j'attendais encore...

— Oui, j'ai regardé ton visage, répondit enfin Hudson d'une voix rauque et profonde. Je te trouvais déjà magnifique avant même de te rencontrer. Tu es peut-être encore convalescente, mais tu n'es pas si différente de ta photo maintenant, dit-il.

Hudson s'interrompit alors une seconde avant de reprendre, comme s'il redoutait la suite.

— Marshall a monté un dossier sur chaque victime avant notre départ en mission afin de reconnaître tout le monde, il y avait inclus autant d'informations personnelles que possible afin que nous sachions à qui nous avions affaire. Je crois que ta photo datait du jour de la remise des diplômes à Stanford.

Mon corps se tendit subitement. Je tournai vivement la tête pour le regarder. Ses yeux étaient toujours rivés sur la mer, mais sa mâchoire était visiblement serrée.

Oh mon Dieu, il est au courant.

À cet instant précis, Hudson tourna la tête pour me regarder droit dans les yeux.

La férocité dans son regard fit bondir ma fréquence cardiaque, puis il dit :

— Ce ne sont que des informations, Taylor. Des mots sur une page ainsi qu'une photo de toi. La seule chose que j'ai vraiment retenue de la lecture de ce dossier, c'est que tu es une battante. Cela m'a donné de l'espoir quant à ta survie. Ce dossier avait principalement pour but de nous préparer à toute éventualité.

Je me détendis un peu, mais je n'arrivais pas à détacher mon regard de son visage.

Hudson était très intense, mais l'appréhension dans son regard était bien réelle.

De toute évidence, il s'inquiétait de la façon dont je prendrais le fait qu'il ait examiné ma vie avant de me rencontrer.

— Je comprends, dis-je calmement.

Et je comprenais sincèrement pourquoi ils avaient besoin d'informations concernant les personnes pour lesquelles ils risquaient leur propre vie.

— Je comprends que c'était probablement nécessaire.

— Personne n'a lu ce dossier à part moi, Taylor, précisa-t-il d'un air plus détendu. Marshall s'est occupé de trouver les informations, mais je ne sais même pas s'il les a consultées. Comme je l'ai dit, ce n'étaient que des mots sur du papier. Si un jour tu souhaites me dire comment tu as véritablement vécu ton enfance, alors ce sera *ton* choix.

Je cessai de le regarder afin de contempler les derniers instants d'un magnifique coucher de soleil, mais aussi parce que j'avais besoin de me ressaisir.

Si je passais une seconde de plus à regarder droit dans ses yeux sexy et pleins d'empathie, je pourrais bien commencer à croire qu'il me comprendrait.

Je n'avais pas honte de mon passé.

Et j'avais pu compter sur Mac pour m'aider à surmonter mon désarroi émotionnel.

Je ne voyais pas d'inconvénient à me confier à Hudson, mais je ne savais tout simplement pas comment m'y prendre ni s'il me comprendrait. Oui, lui aussi avait connu une enfance difficile, mais nous avions grandi dans deux mondes différents, et compte tenu que le mien lui était totalement étranger, je n'étais pas sûre qu'il puisse comprendre.

Une fois la nuit tombée, Hudson se leva de sa chaise longue.

— C'est l'heure de manger un peu de glace, dit-il avec beaucoup plus de légèreté.

Je lui adressai un regard dubitatif, mais j'acceptai néanmoins la main qu'il me tendit afin de m'aider à me lever.

Une fois debout, je perdis brièvement l'équilibre avant de m'écraser contre son buste massif.

— Désolée, haletai-je en levant les yeux vers lui.

Chaque fois que j'étais si près de Hudson, mon corps réagissait instantanément.

Mon cœur se mettait à galoper, mon cerveau cessait de fonctionner et je mourrais d'envie de m'abandonner à ce qu'il suscitait chez moi.

Je voulais me noyer dans son odeur masculine et dans la sensation de son corps chaud et dur.

Je voulais enrouler mes bras autour de son cou et goûter à ses lèvres sensuelles.

Au lieu de cela, je fis un pas en arrière avant de me ridiculiser pour de bon.

— Taylor ? fit-il d'une voix grave.

— Oui ?

Il me prit par la main et me guida lentement jusqu'aux portes-fenêtres, comme s'il craignait que je ne tombe et me brise la nuque.

— Si j'avais été ton camarade de classe à Stanford, alors j'aurais été fou de toi. Je ne sais pas ce qui ne tourne pas rond chez ces idiots, mais il est fort possible qu'ils aient été intimidés par le fait que tu puisses leur botter le cul.

Si Hudson cherchait à m'amuser, alors c'était un franc succès. J'éclatai de rire comme je ne l'avais pas fait depuis longtemps.

Un jeune milliardaire sexy comme Hudson Montgomery n'aurait jamais à solliciter une femme pour obtenir un rencard. Au contraire, les femmes venaient s'offrir à lui, et j'étais prête à parier qu'elles étaient nombreuses à vouloir attirer son attention.

À vrai dire, je serais probablement une de ces femmes s'il existait la moindre chance qu'il soit sérieusement intéressé. Non pas parce qu'il était riche et séduisant, mais parce que Hudson était un homme incroyable.

Je lui adressai un sourire lorsqu'il ouvrit la porte pour me laisser entrer devant lui, mais je restai muette. Je savais qu'un homme comme lui ne s'intéresserait jamais sincèrement à une femme ordinaire comme moi.

Hudson

Jax est loin de se douter qu'il va perdre.

Trois semaines après avoir ramené Taylor de l'hôpital, j'étais sur ma terrasse et je regardais attentivement mon frère et Taylor jouer à ce que Jax avait qualifié de « partie d'échecs amicale ». Ils étaient assis l'un en face de l'autre à la petite table située à l'extérieur, et je les observais depuis une chaise longue.

Après que Taylor ait dit à mon frère qu'elle aimait bien jouer aux échecs, Jax avait proposé qu'ils disputent une petite partie amicale. Ils jouaient maintenant depuis plusieurs heures.

Bientôt, probablement dans les dix prochaines minutes, Jax allait le regretter.

Tu peux le démolir, Taylor. Ce nigaud s'est invité pour le dîner.

Je savais pourtant précisément pourquoi Jax s'était arrêté chez moi juste à temps pour le dîner.

Premièrement, il était un piètre cuisinier.

Et deuxièmement, il avait hâte de venir me surveiller.

Nous nous parlions tous les jours au téléphone pour le travail, mais je restais assez évasif sur le reste. Peut-être parce que je ne savais absolument pas quoi lui dire. Chaque jour, je découvrais quelque chose de nouveau à propos de Taylor, et chaque nouvelle découverte était plus surprenante que la précédente, mais je ne voulais pas parler de cela avec Jax.

Si je m'y risquais, alors il n'arrêterait pas de me taquiner et de me dire que j'avais un *faible* pour Taylor.

Je ne voulais pas qu'il sache combien j'étais attiré par elle, et que non, mon désir de la protéger ne faiblissait pas.

En réalité, ce sentiment devenait insoutenable.

Et maintenant qu'elle n'était plus aussi faible et vulnérable qu'à sa sortie de l'hôpital, mon pénis commençait à se manifester.

Si je disais tout cela à Jax, alors il se vanterait d'avoir vu juste, et je n'étais pas d'humeur à supporter ses conneries.

Mais bon sang, Jax avait eu *raison* de dire que je voulais la prendre sauvagement jusqu'à ce que nous soyons tous les deux dégoulinants de sueur et pleinement satisfaits.

Bon Dieu ! Taylor était encore convalescente et je ne pensais qu'à la pénétrer avec mon sexe douloureusement en érection.

Peut-être que s'il ne s'agissait que d'une pulsion spontanée alors je pourrais m'en débarrasser, mais ce n'était pas le cas. Je ne pouvais pas me mentir à ce sujet.

Taylor m'attirait d'une manière qui me dépassait complètement, mais j'en avais fini de chercher à comprendre.

Je ne me souciais plus du *pourquoi*.

Tout ce que je voulais, c'était satisfaire cette maudite obsession charnelle.

Honnêtement, quel homme ne serait pas en transe face à Taylor Delaney ? Elle dégageait une chaleur et une énergie intenses et je voulais m'y vautrer dedans. Je voulais qu'elle soit à moi, rien qu'à moi.

Je voulais la conquérir.

Je la voulais nue, se tordant dans les affres d'un orgasme saisissant, criant mon nom au beau milieu d'une jouissance accablante.

C'est hors de question.

Son corps et son esprit avaient encore besoin de guérir.

Alors non. Je ne prendrai pas ce risque.

J'essayai de chasser ces pensées scandaleuses de mon esprit en secouant littéralement la tête pour me ressaisir.

Je menais cette petite bataille interne depuis quelques jours maintenant, et même quand je parvenais à reprendre le contrôle, je ne tardais pas à le perdre.

Seule mon inquiétude pour son état physique et émotionnel me retenait.

Taylor n'avait certainement pas besoin d'être en compagnie d'un homme obsédé à l'idée de la mettre dans son lit. Elle avait été violée à plusieurs reprises. Le sexe était donc probablement loin de ses aspirations actuelles. Si elle y pensait, alors c'était assurément avec dégoût, et je la comprenais.

Fort heureusement, toutes les analyses médicales demandées par le prince Niklaos sur le chef des rebelles étaient négatives, et Taylor avait les résultats pour le prouver.

Son état de santé s'améliorait de jour en jour, mais elle avait encore du chemin à faire avant d'être entièrement rétablie.

J'essayai alors de me concentrer sur ce que faisait Taylor pour gagner cette partie d'échecs.

Jax et moi étions tous les deux de très bons joueurs, mais j'étais meilleur que lui. C'est pourquoi il ne proposait jamais que nous jouions ensemble.

Il avait seulement proposé une partie à Taylor parce qu'il était persuadé de pouvoir la battre.

Jax évitait également de jouer contre Cooper, car aucun de nous deux ne pouvait battre notre plus jeune frère.

De surcroît, Jax était mauvais perdant. C'est pour cette raison qu'il essayait d'exceller dans *tous* les domaines.

En examinant l'échiquier, j'étais subjugué par la stratégie de Taylor. Il ne me fallut pas longtemps pour comprendre ce qu'elle faisait, mais Jax ne voyait toujours rien.

Où diable avait-elle appris à jouer aux échecs comme cela ?

Je regardai son visage. Ses beaux yeux verts étaient attentifs, mais illisibles.

Elle semblait parfaitement sereine, tout comme elle l'était tout à l'heure, quand je l'avais trouvée dans la salle de sport en train d'effectuer sa routine de Tai Chi, le tout vêtue d'un pantalon de yoga ainsi que d'un débardeur moulant qui ne laissaient que peu de place à l'imagination.

Taylor savait se mouvoir avec grâce. Chacun de ses mouvements était précis, fluide et paisible.

Le kinésithérapeute avait autorisé Taylor à reprendre le Tai Chi, à condition de ne rien faire de trop intense tant que sa musculature n'était pas entièrement revenue.

Bon Dieu ! J'aurais probablement pu la regarder pendant des jours, appuyé contre la porte de ma salle de sport comme un idiot, émerveillé par la douce puissance que dégageait son corps menu.

Au bout de quelques minutes, mes pensées étaient bien évidemment devenues sexuelles, alors j'avais dû quitter la salle de sport.

Ses seins n'étaient pas assez gros pour justifier le port d'un soutien-gorge, mais ils étaient si ronds et si fermes. Le contour de ses mamelons était parfaitement visible à travers le tissu de son débardeur. J'ai bien failli perdre la raison. Ajoutez à cela une paire de fesses merveilleusement galbées, et j'étais prêt à la prendre directement sur les tatamis de la salle.

Je serrai les poings et m'efforçai de garder les yeux rivés sur l'échiquier, mais je ne pus m'empêcher de continuer à regarder le visage de Taylor. Elle était si adorable que j'étais incapable de détourner les yeux.

Un sourire irrépressible se dessina sur mes lèvres en comprenant que Taylor était sur le point de gagner.

Ça y est. C'est sur le point de se produire.

Maintenant.

— Échec et mat, déclara-t-elle d'un ton sinistre en déplaçant ses pièces pour la dernière fois.

Elle ne jubilait pas.

Elle ne manifestait aucune arrogance.

Taylor ne se montrait pas triomphante. Elle se contentait juste des faits.

Jax venait bel et bien de perdre cette partie.

— C'est impossible, grommela Jax.

Il écarquilla les yeux face à l'échiquier, à la recherche d'un moyen de libérer son roi.

Lorsqu'il comprit qu'il n'y avait pas d'échappatoire, je le vis aussitôt sur son visage qui exprima brièvement son dégoût.

Jax étant Jax, il accepta sa défaite assez rapidement puisqu'il n'était pas du genre à s'en prendre à une femme, et encore moins à une femme qui avait récemment traversé l'enfer.

Que cela lui plaise ou non, il ne pouvait pas être mauvais perdant cette fois.

— Comment diable as-tu fait ça ? demanda-t-il tout en examinant l'échiquier.

— C'était une attaque sournoise, l'informai-je. L'une des meilleures stratégies que j'ai jamais vues.

Taylor haussa les épaules d'un air presque embarrassé.

— C'est juste une technique que j'ai apprise. Tu es un très bon joueur, Jax.

Dieu que cette femme était intuitive. Elle savait précisément comment flatter l'ego de Jax juste après lui avoir botté les fesses. Taylor était fondamentalement gentille et bienveillante. Il serait incroyablement difficile pour quiconque de ne pas l'aimer.

— Merci, dit Jax avec un petit sourire en coin.

Il s'appuya contre le dossier de sa chaise après avoir compris comment Taylor l'avait vaincu.

— Où as-tu appris à jouer aux échecs ? Il n'y a pas beaucoup de gens qui peuvent me battre de cette manière.

Taylor offrit un sourire à Jax tout en s'étirant le dos.

— Mon tout premier instructeur de Tai Chi était un excellent joueur d'échecs. Il m'a appris à y jouer quand j'avais douze ans. Je n'ai jamais réussi à le battre, même après des années à jouer contre lui, mais j'ai beaucoup appris.

— Comment s'appelle-t-il ? demandai-je avec curiosité.

— Mac Tanaka, répondit-elle d'un ton doux. Et c'était un homme extraordinaire.

— Merde ! jura Jax. Tanaka n'était pas seulement un excellent joueur, c'était un grand maître. Ce mec était une légende. S'il était ton instructeur, alors je n'avais aucune chance de te battre, conclut-il avec bonhomie.

Comme Jax, je connaissais parfaitement le nom de Mac Tanaka, même si je n'avais jamais eu le plaisir de le rencontrer en personne. Tous les joueurs d'échecs du monde avaient entendu parler de Tanaka.

Jax croisa les bras sur son torse, un sourire taquin aux lèvres, puis demanda :

— Alors dis-moi, mon Obi-Wan des échecs, à quel moment me suis-je laissé avoir ?

En voyant Taylor lancer un sourire taquin et effronté à Jax, je pris soudainement conscience que je n'aimais pas du tout la voir sourire de cette manière à quelqu'un d'autre que... moi.

Mais bon Dieu, Jax est mon frère. Il ne flirte même pas avec elle.

— Veux-tu vraiment le savoir ? demanda Taylor.

— Oui, confirma-t-il.

Taylor poussa un soupir.

— L'une des choses les plus importantes que Mac m'ait jamais apprise était de ne *jamais* sous-estimer son adversaire. Je pense que tu as commencé cette partie en te disant que je n'étais probablement pas une très bonne joueuse, et avec cet état d'esprit, tu t'es ouvert à une attaque inhabituelle. Tu ne t'attendais pas à ce que je fasse quelque chose dont tu ne me pensais pas capable. Tu dois commencer chaque partie en ayant la conviction que ton adversaire est meilleur que toi, même si cela te paraît improbable de prime abord. Tu dois toujours rester sur tes gardes.

Je ne pus m'empêcher de sourire en voyant Jax assimiler les conseils de Taylor.

Son analyse était juste, mais je me demandais si Jax serait prêt à l'admettre.

Il était évident que Jax appréciait Taylor. Il ne demandait jamais conseil à *personne*, pas même à moi, et j'étais pourtant son frère aîné. Il baissait rarement sa garde.

— Je crois, dit-il lentement. Non, je *sais* que tu as raison, bon sang ! C'était une erreur de débutant.

— Non, le rassura Taylor. Il y a des gens qui jouent à ce jeu toute leur vie sans jamais comprendre cela. Surtout quand ils deviennent assez bons pour battre tous ceux à qui ils s'opposent.

Le sourire de mon frère ne cessa de croître.

— J'ai bien compris la leçon, Obi-Wan, dit-il. Es-tu aussi douée au Tai Chi qu'aux échecs ?

— Non, répondit-elle stoïquement. Je suis meilleure. Mais je fais du Tai Chi tous les jours.

— J'aimerais bien que tu me fasses une démonstration, lui dit-il avec un clin d'œil taquin.

Et c'est à cet instant précis que...je devins fou.

Je bondis de ma chaise longue.

— Tout cela est très intéressant, mais il se fait tard. Il est temps que tu rentres, Jax, dis-je d'une voix sensiblement menaçante.

Mon frère fronça les sourcils en jetant un coup d'œil à sa Patek Phillipe, mais il se leva quand même.

— Il est tout juste minuit. Il n'est pas si tard.

— Si, il est temps d'y aller, insistai-je.

De façon tout à fait rationnelle, je savais que mon frère n'avait aucune intention vis-à-vis de Taylor, mais ma patience avait des limites, et ces limites étaient atteintes pour ce soir.

Jax était un véritable charmeur, et il avait un amour profond pour les femmes, mais cela ne signifiait pas qu'il cherchait à coucher avec chacune d'entre elles. En réalité, je l'avais déjà vu faire des clins d'œil à des femmes de tous âges, et je savais pertinemment qu'il ne coucherait jamais avec bon nombre d'entre elles.

Mais pour d'obscures raisons, sa gentillesse croissante envers Taylor touchait une corde sensible chez moi.

J'avais simplement besoin...d'une pause.

Jax me regarda un instant d'un air perplexe, puis je me dirigeai vers la porte-fenêtre que j'ouvris pour retourner à l'intérieur.

Il me suivit, puis il s'arrêta sitôt qu'il fut hors de portée des oreilles de Taylor.

— Tu ne penses tout de même pas que je draguais Taylor, n'est-ce pas ? demanda-t-il d'un air légèrement blessé.

— Non, répondis-je avec honnêteté à voix basse. Bon Dieu ! Je crois que je suis juste un peu...susceptible.

Sourire complice aux lèvres, il répondit :

— Elle est très jolie, et j'ai un faible pour les femmes intelligentes, mais c'est une zone formellement interdite pour moi depuis que je sais ce que tu ressens pour elle, Hudson.

Sur la terrasse, j'entendis Taylor pousser sa chaise pour se lever.

— Je sais, dis-je précipitamment avant que Taylor ne nous rejoigne.

— J'ai vraiment apprécié notre partie, Jax, déclara-t-elle avec sincérité en se joignant à nous.

— Moi aussi, répondit-il avec sérieux tandis que nous nous dirigions tous ensemble vers la porte d'entrée. Est-ce que je vous verrai tous les deux vendredi ? demanda Jax.

— Vendredi ? dis-je. Qu'y a-t-il vendredi ?

— Le barbecue annuel de ta petite sœur, me rappela-t-il.

Juste ciel ! J'étais tellement distrait que j'avais complètement oublié la fête organisée par Riley.

Je me tournai vers Taylor.

— Tu es partante ?

— Oui, tu peux y aller. Je peux m'occuper de moi-même, répondit-elle avec le sourire.

J'étais très réticent à l'idée de la laisser ici toute seule pour aller passer l'après-midi et la soirée à Citrus Beach.

— Tu devrais venir, Taylor. C'est toujours un bon moment, et je pense que tu adorerais Riley et Seth, dit Jax d'un ton encourageant.

— Je veux que tu viennes avec moi, ajoutai-je.

Les joues de Taylor rougirent.

— Dans ce cas, je suppose que je...viendrai. Ça me fera du bien de sortir pour la première fois.

Taylor avait l'air parfaitement gaie, mais le ton de sa voix était beaucoup trop enjoué.

Quelque chose ne va pas.

Jax nous salua, puis il s'en alla.

Je compris alors que j'avais mis Taylor dans l'embarras en lui imposant de prendre cette décision sur-le-champ, et je m'en voulus immédiatement.

Je l'avais mise mal à l'aise, et après avoir refermé la porte d'entrée, j'étais déterminé à comprendre pourquoi afin que cela ne se reproduise plus jamais.

Taylor

—Un peu de glace ? demanda Hudson d'une voix douce en se dirigeant vers la cuisine.

— Je vais la chercher, répondis-je en me précipitant vers le congélateur avant qu'il ne l'atteigne.

Si je le laissais faire, alors il me servirait un bol entièrement rempli.

Si je continuais à le laisser me nourrir à sa guise, je deviendrais aussi grosse que cette maison.

Je sortis le carton du congélateur, puis j'ouvris le placard pour en sortir deux bols pendant qu'Hudson attendait, ses jolies fesses appuyées contre le plan de travail de la cuisine.

— Je t'ai mise mal à l'aise. Je suis désolé, déclara-t-il.

Il était rare qu'Hudson se montre aussi contrit.

— Ce n'est pas de ta faute, lui assurai-je.

— Alors que s'est-il passé exactement ?

— Je ne suis pas vraiment du genre à me faire belle pour une soirée, expliquai-je.

Ce que je voulais en réalité lui signifier, c'est que je n'avais pas les moyens d'acheter des vêtements pour cette occasion. Du moins, je n'avais pas la somme nécessaire pour une soirée entre milliardaires. Quand j'étais encore étudiante, j'avais pris l'habitude d'être économe pour m'en sortir.

Du coin des yeux, je vis Hudson examiner ma tenue, de mon chemisier d'été bon marché, à mon short en denim.

— Tu es magnifique, conclut-il.

Je souris tout en m'affairant à remplir les bols de crème glacée.

— Disons que je suis présentable pour une femme qui ne fait que paresser à la maison. Mais je ne suis certainement pas habillée pour une soirée chic où je ne passerais pas inaperçue. Ce n'est pas vraiment...mon truc.

— Tu es encore mal à l'aise, observa-t-il. Taylor, qu'est-ce qui ne va pas ?

— Je ne peux pas me permettre d'acheter de nouveaux vêtements en ce moment, m'empressai-je de répondre, complètement incapable de mentir à Hudson ou de tourner autour du pot plus longtemps.

Je ne lui avais peut-être pas tout dit à propos de mon passé, mais je tenais trop à lui pour lui mentir.

Bon sang ! J'étais totalement incapable de lui cacher mes sentiments.

Peut-être parce que je le connaissais assez bien pour savoir qu'il ne chercherait jamais à me blesser intentionnellement.

— As-tu l'impression qu'il s'agit d'une sorte de rassemblement destiné à une élite ? demanda-t-il.

— Tu es milliardaire. Alors comment pourrait-il en être autrement ? Même un simple barbecue décontracté dans ce cercle social est hors de ma portée, dis-je.

Hudson s'approcha de moi, si près que je pouvais sentir la chaleur de son corps ainsi que sa délicieuse odeur musquée.

Il sentait toujours si bon que cela me rendait folle.

Le simple fait d'être si près de lui constituait un plaisir douloureux, mais cette fois, je ne pouvais pas m'éloigner.

Je fus surprise qu'il pose ses mains sur mes épaules pour m'inciter à me tourner face à lui. J'inclinai la tête pour le regarder dans les yeux, et puis, je fondis.

Je me perdis dans ses beaux yeux gris l'espace d'un instant.

— Il n'y aura que la famille et des amis proches, Taylor, dit-il. Tu y seras parfaitement à ta place. Tu verras très probablement ma sœur courir sur la plage en maillot de bain pendant que son mari adoré la poursuivra dans le sable jusqu'à ce qu'elle se laisse attraper. C'est presque gênant de voir ces deux-là jouer comme des adolescents qui ne se lassent jamais l'un de l'autre. Aucun de nous n'est prétentieux. Pas du tout. Certes, Riley est très attachée à ses vêtements, et elle adore faire du shopping, mais je crois qu'elle le fait surtout pour que son mari continu à être fou d'elle. Elle est avocate, alors elle doit aussi se montrer professionnelle parfois. Mais tu ne verras pas une seule robe de soirée ou un seul smoking à cette fête. Tu mangeras des hamburgers, de la salade de pommes de terre et tu assisteras à des matchs de beach-volley.

Sceptique, je le regardai en haussant un sourcil.

— Vraiment ?

Hudson hocha la tête.

— Si tu aimes voir tout un tas de gens se ridiculiser, alors tu vas bien t'amuser. Le mari de ma sœur n'est pas né riche, ni aucun de ses frères et sœurs. En fait, il était très pauvre pendant la majeure partie de son enfance et de sa vie d'adulte. Sa fortune est très récente. Il est devenu un homme d'affaires très prospère, mais son cœur est col bleu et le sera probablement pour toujours.

— Et tu apprécies le mari de ta sœur ? demandai-je, curieuse de savoir ce qu'il pensait vraiment du fait que sa petite sœur ait épousé un homme qui n'était pas né dans le même cercle social que lui.

Hudson hocha vivement la tête.

— Oui. J'apprécierais n'importe quel homme du moment qu'il rend ma sœur heureuse. C'est vraiment ce que tu penses ? C'est vraiment ce que tu imagines à mon sujet ? Que je suis du genre à organiser des fêtes mondaines inutiles pendant mon temps libre?

Une boule se forma dans ma gorge en voyant l'éclair de chagrin dans ses beaux yeux.

Je me sentis subitement honteuse d'avoir jugé Hudson et sa famille sans vraiment les connaître. Je pensais à tort que leur fortune impliquait des fêtes opulentes pour ultra-riches.

— Je suis désolée. Je n'aurais pas dû penser que–

Hudson posa son index sur mes lèvres.

— Taylor, m'interrompit-il. Je ne dis pas que nous n'aimons pas les avantages liés à nos situations financières. Nos jets privés, notre capacité à acheter ce que nous voulons sans même regarder le prix, nos belles voitures et nos grandes maisons. Je dis simplement que nous travaillons dur, comme des gens normaux, et nous sommes tous confrontés à des problèmes que l'argent ne peut pas résoudre. Je veux juste que tu nous donnes une chance. Que tu *me* donnes une chance.

Mon cœur manqua un battement face à sa vulnérabilité.

Il me demandait de l'accepter tel qu'il était, tout comme il le faisait déjà pour moi.

Hudson savait que je ne venais pas d'une famille fortunée, et il ne m'avait pourtant jamais jugée pour cela.

Que diable m'a-t-il pris ?

Quoi que je dise, il ne portait jamais le moindre jugement sur moi.

J'avais laissé mes propres incertitudes me gouverner, blessant ainsi un homme qui n'avait rien fait d'autre que m'aider pendant une période très difficile.

Hudson Montgomery me demandait de voir qui il était véritablement, et non de m'attarder sur les choses superficielles qui l'entouraient.

Et bon Dieu, cet homme méritait d'être connu pour sa véritable personnalité, parce que je soupçonnais que très peu de gens parvenaient à la voir.

— Je crois que ça me plairait bien, dis-je d'une voix faible.

Je me sentais bouleversée par l'humilité dont il faisait preuve parce que je savais que ce n'était pas facile pour Hudson Montgomery.

Mon souffle se coupa en le voyant baisser la tête vers moi, ses yeux rivés sur mes lèvres, son regard... affamé.

En un instant, Hudson était passé de contrit à prédateur, et mon cœur se mit à marteler.

Il ne m'avait jamais regardée comme il le faisait actuellement, mais j'en avais pourtant rêvé.

Toutes les nuits.

Je n'aurais néanmoins jamais cru le voir un jour de mes propres yeux.

J'avais essayé de ne pas montrer à Hudson ce que je ressentais vraiment pour lui. Je ne pensais pas que ce désir charnel était réciproque.

Peut-être que je me suis trompée ?

Je me noyai d'abord dans son odeur masculine, puis dans sa chaleur brûlante, puis il se rapprocha encore un peu plus de moi

Il s'apprêtait très clairement à m'embrasser. L'intégralité de mon corps était tendu d'impatience.

Désireuse d'être encore plus près de lui, je levai les bras pour les enrouler autour de son cou, mais avant même d'avoir terminé ce simple mouvement, une sensation de froid enveloppa la partie nue de mon bras.

— Mince ! dis-je en réalisant que je tenais encore la cuillère couverte de crème glacée dans ma main. La glace qui était restée accrochée à cet ustensile commençait à fondre et à couler sur ma peau.

Et juste comme ça, le désir charnel que j'avais cru déceler dans les yeux d'Hudson disparut… dans l'hypothèse où ce n'était pas seulement le fruit de mon imagination.

Hudson prit longuement le temps de déposer un baiser sur mon front tandis que je plantais cette satanée cuillère dans l'un des deux bols.

J'étais tellement hébétée que j'avais complètement oublié ce que j'étais en train de faire quelques instants auparavant. Je me sentis complètement idiote en me tournant vers le plan de travail à la recherche de papier pour essuyer la glace de mon bras.

Étais-je naïve au point de croire qu'Hudson Montgomery était sur le point de m'offrir un baiser passionné ?

M'étais-je vraiment persuadée que ce que je venais de voir dans ses yeux fascinants était vraiment une forme de désir irrépressible pour… moi ?

De toute évidence, il voulait simplement me remercier gentiment d'avoir accepté d'être une… amie sans jugement.

Je m'approchai de l'évier où je mouillai légèrement un torchon afin d'essuyer le sucre de mon bras, le tout avec probablement plus de vigueur que nécessaire.

En réalité, j'étais bien contente que ce petit incident ait eu lieu.

Sans cela, je me serais ridiculisée en me jetant dans les bras d'Hudson.

— Hé, dit-il d'un ton rauque. Ce n'est que de la glace.

J'inspirai profondément avant de remettre le torchon à sa place puis de me tourner vers Hudson.

— Je sais. C'était juste vraiment...stupide de ma part.

Apparemment, il suffisait d'un seul regard passionné d'Hudson pour me faire perdre mon intellect.

Il me lança alors un sourire malicieux dans le but de me remonter le moral.

— Ce n'était pas stupide, soutint-il. J'ai beaucoup de mal à croire que tu aies fait une seule chose stupide dans toute ta vie, Taylor Delaney. En l'occurrence, ce n'était qu'un petit accident de crème glacée.

— Un accident de crème glacée ? dis-je en haussant un sourcil.

Il hocha la tête et me tendit un bol.

— Exactement. Maintenant arrête de te flageller et mange ça avant que ce ne soit complètement fondu.

La gêne à laquelle je m'attendais entre nous après cet incident était tout bonnement inexistante. Probablement parce qu'il était encore loin de se douter que je mourrais d'envie de le déshabiller.

Dieu merci !

Je regardai le contenu de mon bol, et comme d'habitude, Hudson l'avait complètement rempli.

Je me dirigeai vers le pot de crème glacée en m'efforçant d'ignorer ce que je ressentais en présence d'Hudson, puis je remis la moitié du contenu de mon bol dans son récipient d'origine.

Il saisit mon poignet.

— Hé ! Qu'est-ce que tu fais ?

— Tu n'as plus besoin de me nourrir comme si je mourrais de faim, Hudson, dis-je d'un ton amusé en libérant ma main avec facilité.

— Je veux simplement être sûr que tu sois bien nourrie, grommela-t-il. Je veux que tu retrouves toutes les forces que tu avais avant ton enlèvement.

Je pris une petite bouchée de glace tout en regardant Hudson remettre le pot dans le congélateur. Hudson était grand et massif, mais chacun de ses mouvements était fluide, efficace et déterminé, comme s'il n'avait pas une seule seconde à perdre.

Et Dieu que j'aimais regarder ce corps sexy bouger.

Bon, peut-être que j'étais un peu pathétique, mais à défaut de pouvoir le toucher, j'avais bien l'intention de le *regarder*.

Je n'avais jamais été attirée par un homme comme je l'étais par Hudson. Je ne passais pourtant pas mon temps à baver sur le corps des hommes, mais pour d'obscures raisons, je ne pouvais pas m'empêcher de le faire avec lui.

— Je suis sur pied et je mange bien, lui rappelai-je. Je vais beaucoup mieux que lors de mon arrivée ici. Je me sens à nouveau normale.

— Ce n'est pas suffisant, commenta-t-il d'une voix gutturale tout en se tournant vers moi, son bol de glace à la main.

Après quelques instants de silence, tous deux occupés à manger notre crème glacée, il reprit la parole.

— Une fois que nous aurons discuté du règlement et que nous aurons fait le virement bancaire sur ton compte, alors tu n'auras plus à t'inquiéter de tes finances. L'argent ne compensera jamais ce qui s'est passé, mais au moins, tu ne seras pas obligée de travailler avant d'être en parfaite santé.

J'avalai une énorme bouchée de glace avant de demander :

— Quel règlement ?

Hudson cessa de manger pour me répondre :

— L'indemnisation pour tout cet incident. Techniquement, toi et Harlow étiez sur votre lieu de travail, alors nous allons vous dédommager pour ce qui vous est arrivé.

Ce qu'il me disait là n'avait aucun sens.

— Tu m'as déjà dédommagée. Je sais que tu as payé les frais d'hospitalisation, tu as payé tous les soins dont je bénéficie ici, et je touche encore mon salaire de stagiaire.

— C'est l'assurance de l'entreprise qui a couvert tout cela, sourit-il. Je parle d'un dédommagement à titre *personnel*.

Me sentant quelque peu perdue, je levai les yeux vers lui.

— Pourquoi diable aurais-je besoin d'un dédommagement à titre personnel ?

— Parce que tu le mérites après ce qui s'est passé, répondit-il d'un ton neutre. Nous avons déjà versé la somme à la famille de Mark en plus de l'assurance-vie dont il bénéficiait. Je sais bien que cet argent ne le rendra pas à ses proches, mais cela devrait les mettre à l'abri du besoin pour le reste de leur vie.

— Mark est mort, dis-je d'un ton catégorique. Au cas où tu ne l'aurais pas remarqué, je suis toujours en vie et je n'ai absolument pas l'intention de te poursuivre en justice. Je pense donc que cette conversation n'a pas lieu d'être.

J'engloutis ma dernière bouchée de glace avant de rincer le bol et de le mettre dans le lave-vaisselle.

Hudson fit la même chose.

— Cela n'a rien de juridique. Il s'agit plutôt d'une forme d'excuse de notre part pour ce qui t'est arrivé.

— Non, dis-je avec fermeté. C'est hors de question. Je t'ai déjà dit que rien de tout cela n'est de ta faute, alors permets-moi de refuser cette offre.

— Tu ne peux pas refuser, lâcha-t-il. Nous avons déjà effectué le règlement auprès de la famille de Mark.

Face à l'obstination visible sur son visage, je compris qu'Hudson n'était pas près de changer d'avis. Malheureusement, je ne pouvais pas me contenter de l'ignorer cette fois. Pas à propos d'un tel sujet.

— Non ! dis-je avec véhémence. Je ne veux pas de ton argent. Je ne veux pas d'un dédommagent pour apaiser ta conscience, je ne veux pas d'un dédommagement professionnel, je ne veux rien. Tu en as déjà bien assez fait, Hudson. Tu vas devoir me faire confiance quand je te dis que je ne poursuivrai jamais en justice la personne qui m'a sauvé la vie. Si tu veux que je signe un document qui le stipule, alors je le signerai, mais tu vas d'abord devoir me promettre que tu ne me donneras pas un seul centime contre cette signature. Puisque tu refuses d'être raisonnable ce soir, je vais me coucher. Bonne nuit, Hudson. Cette conversation est terminée.

— Tu m'as promis que tu exaucerais trois de mes vœux, sans poser de questions, me rappela-t-il d'un ton rauque et empli de frustration.

Je m'arrêtai dans mon élan alors que j'étais sur le point de quitter la pièce. Sans néanmoins me retourner, je répondis :

— Non. Ne t'avise pas d'utiliser ça contre moi. Je ferais n'importe quoi pour toi, Hudson, mais s'il te plaît, ne me force pas à faire quelque chose qui ne serait ni moral ni éthique.

Je sortis alors de la cuisine pour emprunter l'escalier. J'étais très déçue qu'Hudson ait imaginé que j'accepterais ce type de dédommagement après qu'il m'ait sauvé la vie.

Ce n'était pas seulement la mission de sauvetage qui m'avait sauvé la vie. C'était *lui*. Tout ce qu'il a fait pour moi *après* m'avoir tirée de cette situation infernale.

Son inquiétude pour mon bien-être. Sa patience. Sa bienveillance. Même son désir constant de me donner de grandes quantités de nourriture me touchait droit au cœur. Sa capacité à se mettre à ma place et à comprendre ce dont j'avais besoin était inestimable pour moi, tout comme son empathie de façon générale.

Et pourtant, il ressentait tout de même le besoin de me verser de l'argent ?

Était-ce *vraiment* ce que les gens attendaient habituellement de lui ?

Acceptaient-ils *vraiment* son argent quand il le leur proposait?

Hudson avait besoin de comprendre que certaines choses ne peuvent pas s'acheter.

Le fait d'être à mes côtés, de me soutenir, de m'écouter quand j'avais besoin de parler... toutes ces choses étaient absolument inestimables à mes yeux.

Hudson était un bourreau de travail, et *Montgomery Mining* était toute sa vie. Je savais à quel point il lui était difficile de travailler depuis chez lui avec des heures de travail limitées. Je savais à quel point il lui était difficile de renoncer au peu de temps libre dont il disposait rien que pour s'occuper de moi.

Je savais toutes ces choses et je refusais catégoriquement d'accepter son argent.

Harlow n'avait pas abordé ce sujet avec moi au cours de nos appels téléphoniques quotidiens, je ne savais donc pas si elle était au courant qu'un dédommagement allait lui être versé. Mais même si je n'étais pas à sa place, j'avais le sentiment qu'elle refuserait également cet argent.

J'étais valide, en pleine santé et *vivante*. Je ne pouvais pas encore prétendre être totalement rétablie. Je venais de traverser un événement douloureux et traumatisant, mais ce type de risque fait partie de la vie.

Hudson Montgomery ne me devait rien du tout. Au contraire, c'est plutôt moi qui lui devais quelque chose.

— Tu as raison ! beugla-t-il depuis le rez-de-chaussée. Je suis peut-être allé trop loin mais cette discussion est loin d'être *terminée*, Taylor.

Au sommet de l'escalier, je me retournai pour le regarder. Je ne pouvais pas vraiment voir son visage parce que l'escalier était très long.

— Si, c'est terminé, dis-je avec fermeté. Pour être tout à fait honnête, je suis un peu blessée. Je ne comprends pas comment tu as pu croire que j'accepterais une chose pareille. Mais puisque tu pensais de toute évidence que je l'accepterais, cela en dit long sur l'opinion que tu as de moi, n'est-ce pas ? Sur ce, bonne nuit.

J'avais soif de nombreuses choses de la part d'Hudson Montgomery, mais une énorme rentrée d'argent ne figurait pas sur cette liste.

Cette fois, sans me retourner, je me rendis dans ma chambre.

Chapitre 14

Hudson

Elle refuse d'accepter le moindre centime de dédommagement, grognai-je dans mon téléphone en m'adressant à Jax. Je lui en ai parlé hier soir. Elle est catégorique. Elle dit que j'en ai déjà bien assez fait pour elle. Je n'ai pourtant pas fait grand-chose.

Jax et moi parlions de travail depuis quelques minutes, mais j'avais vraiment besoin de me confier sur ce qui s'était passé avec Taylor.

J'avais été obligé de mobiliser toute ma volonté pour ne pas suivre ses magnifiques fesses à l'étage, après quoi je n'avais pas fermé l'œil de la nuit.

Au petit-déjeuner, elle était entrée dans la cuisine pour se servir un café avant de prendre la direction de la salle de sport.

Depuis, je ne l'avais pas encore revue.

Et il était presque midi.

Nous ne passions généralement pas beaucoup de temps ensemble pendant la journée. Elle avait ses rendez-vous médicaux. Et j'avais mon travail. Mais elle aurait au moins pu passer sa tête à la porte de mon bureau étant donné que la soirée de la veille ne s'était pas très bien terminée.

— Était-ce son dernier mot ? demanda Jax. Ou crois-tu qu'elle peut encore changer d'avis ?

— Non, je ne pense pas qu'elle changera d'avis du tout. Elle m'a proposé de signer un document qui stipulerait qu'elle ne me poursuivra pas en justice, mais elle refuse toute forme de paiement. Heureusement qu'elle est géologue parce qu'elle ferait une piètre femme d'affaires, râlai-je.

— Ce n'est peut-être pas le bon moment de te dire ça, mais j'ai parlé à quelqu'un du service juridique, et apparemment, Harlow leur a donné la même réponse, m'informa Jax avec prudence. L'un de nos avocats l'a appelée ce matin. Je ne sais pas ce qu'elle a dit précisément, mais elle lui a demandé d'arrêter de l'appeler parce qu'elle ne voulait pas de notre argent. Je pense qu'elle lui a dit d'aller se faire voir avant de lui raccrocher au nez, mais il est bien trop gentil pour me le répéter. Il semblerait qu'elle ait besoin de plus de temps que je ne le pensais.

Je m'appuyai contre le dossier de ma chaise de bureau tout en passant nerveusement une main dans mes cheveux.

— Je ne comprends pas. Je veux simplement faciliter la vie de Taylor. Cela lui permettrait de ne pas retourner travailler si elle ne le souhaitait pas ou si elle n'était pas encore prête à le faire. Ses soucis financiers seraient terminés.

— Peut-être qu'elle n'a pas envie de devenir millionnaire du jour au lendemain, songea Jax.

— Je pense que son refus n'a rien à voir avec son compte bancaire, lui dis-je.

Je pouvais encore l'entendre me dire se sentir blessée, et bon sang, cela me brisait le cœur. Je ne la verrais absolument pas comme une femme vénale si elle acceptait ce dédommagement. Bon sang, je voulais qu'elle accepte cet argent parce qu'elle le méritait, et non parce qu'il s'agissait d'une sorte de pot-de-vin. Je voulais que sa vie soit plus facile, et je ne voulais plus jamais la voir souffrir.

Certes, dans le cas d'une somme importante d'argent, nous préférions généralement qu'un accord juridique soit signé pour protéger l'entreprise. Mais je n'y avais même pas songé dans le cas de Taylor. Je me foutais totalement qu'elle signe quoi que ce soit. Je voulais seulement qu'elle soit... en sécurité.

— Je pense que tu devrais essayer de lui en reparler. Préviens-moi si elle change d'avis et j'enverrai les documents au service juridique, dit Jax.

— Si elle accepte cet argent, alors ce sera un cadeau de ma part, pas besoin de papiers, répondis-je sèchement. Mais je doute qu'elle accepte. Elle est beaucoup trop têtue.

Oui, j'avais peut-être dit apprécier son entêtement parce que cela lui avait sauvé la vie, mais maintenant, je n'en étais plus si sûr.

— Elle est aussi incroyablement intelligente. Je ne sais pas trop si ces deux qualités constituent une bonne combinaison, souligna Jax.

— Elle n'est pas comme ça d'habitude. Au contraire, elle n'hésite pas à faire des compromis, mais pas cette fois. Elle était absolument inflexible hier soir. Et elle s'est vraiment sentie insultée.

Jax se racla la gorge.

— As-tu songé à lui dire ce que tu ressens vraiment ? Je suppose qu'elle est loin de se douter que tu veux être plus qu'un simple ami.

— Bien sûr que non, je ne lui ai pas dit que je voulais la mettre dans mon lit. Elle a trop souffert, Jax. C'est encore beaucoup trop tôt, dis-je avec remords.

— Pourtant, Taylor semblait plutôt en forme quand je l'ai vue hier soir, commenta-t-il. Son enlèvement a assurément laissé des traces, mais Taylor est probablement dans une excellente forme physique puisqu'elle enseignait les arts martiaux. Elle va avoir besoin de temps pour retrouver toute sa vigueur, mais elle n'est pas en sucre, Hudson. Elle est assez forte pour savoir que tu es attiré par elle.

— Peut-être que je ne sais pas du tout ce que je *veux*, dis-je avec frustration.

— S'il te plaît, n'essaie pas de me faire croire que tu accepteras d'être simplement son ami quand elle sera rétablie.

Je restai muet un instant pour réfléchir à cela. Supporterais-je d'être un gars parmi tant d'autres dans sa liste d'amis ? De la regarder sortir avec d'autres hommes ? De l'entendre me parler de ses relations amoureuses ? De savoir qu'un autre homme a le privilège de la toucher, mais pas moi ?

— Impossible, répondis-je d'une voix rauque. Ça me tuerait.

Bref, j'étais bien trop attiré par Taylor pour subir tout cela.

— Dans ce cas, je pense qu'il est temps que vous ayez cette discussion tous les deux, conclut Jax avec pragmatisme. As-tu tenté quelque chose pour lui signifier ce que tu ressens à son égard ?

— Presque, avouai-je. Hier soir, avant notre dispute, mais j'ai été sauvé par un petit incident de crème glacée. J'ai retrouvé mes esprits avant même d'avoir eu la possibilité de la toucher. J'ai bien failli craquer. Mais Dieu merci, je pense qu'elle n'a pas compris ce qui se passait dans ma tête.

— Ce n'est peut-être pas une si bonne chose, Hudson. Il serait peut-être préférable que tu fasses le nécessaire pour découvrir s'il y a une étincelle entre vous ou non.

— Je le sais déjà, répondis-je d'un ton bourru. Et pour moi, c'est plus qu'une étincelle. C'est un véritable incendie de forêt qui me consume tous les jours un peu plus.

Jax ricana.

— As-tu envie de savoir si elle ressent la même chose ?

— Non, dis-je catégoriquement.

— Pourquoi ?

— Et si elle ne ressent pas du tout la même chose ? Que ferais-je dans ce cas ? Je serais son ami ? Le frère qu'elle n'a jamais eu ? Je n'ai même pas envie d'y penser.

— Je doute fort que ce soit le cas, commenta Jax d'une voix traînante... Taylor est un peu susceptible parce que vous dansez tous les deux autour de vos sentiments. Tu devrais lui dire que tu aimerais que tout cela se termine dans ton lit. Je ne vois pas d'inconvénients à le faire.

Dans mon lit ?

Je n'étais pas du genre pointilleux.

Dans mon lit.

Dans la cuisine.

Sur la terrasse.

Dans le salon.

Dans la salle de sport.

Je me foutais complètement du lieu. Où que nous soyons, je ressentais toujours la même chose : un désir insatiable de conquérir Taylor.

— Honnêtement, je ne pense pas pouvoir tenir beaucoup plus longtemps sans lui en parler, dis-je d'une voix rauque. Et je ne sais pas trop comment gérer cette situation.

— Parce que tu n'as pas l'habitude de ne pas avoir un contrôle total sur la situation, observa mon frère. Tu es habitué à être un bourreau de travail qui a toujours une longueur d'avance sur les autres. Avant cela, tu étais un officier des forces spéciales. Aucun de nous n'a vraiment eu d'enfance et nous n'étions assurément pas encouragés à exprimer ouvertement nos émotions. Nous étions des petits robots, Hudson. Nous n'étions pas autorisés à *ressentir* quoi que ce soit. On attendait simplement de nous d'être performants. Te souviens-tu avoir pleuré une seule fois quand tu étais enfant ? Parce que moi, je ne m'en souviens pas. Et je pense que c'est pareil pour Riley et Cooper. Bon sang, notre propre sœur a caché avoir été abusée sexuellement par notre père pendant des années. Elle n'a même pas réussi à *nous* en parler, conclut Jax avec dégoût.

Je poussai un soupir trahissant toute ma frustration.

— Tu as raison, reconnus-je tristement. Taylor et moi sommes presque totalement opposés. Elle vit au jour le jour et elle y met tout son cœur. Quant à moi, j'essaie de façonner mes journées à ma convenance. Peut-être que le fait que nous soyons si différents est ce qui m'a attiré vers elle en premier lieu. Je ne ressens aucunement le désir de changer quoi que ce soit chez Taylor pour qu'elle me ressemble.

— Je pense que vous vous ressemblez beaucoup plus que tu ne le crois, déclara Jax d'un ton songeur. Tu montres simplement deux visages différents au monde.

— Je ne te suis pas complètement, marmonnai-je.

Jax poussa un soupir exaspéré.

— Ce que je veux dire, c'est que votre manière d'externaliser les choses est peut-être différente, mais au fond, vous voulez les mêmes choses. Bon sang, je serais prêt à me couper un testicule pour qu'une femme me tienne tête comme Taylor le fait avec toi. Pour qu'une femme me dise que je l'ai blessée plutôt que de simplement me dire que j'ai gâché ses chances d'être avec un milliardaire de la famille Montgomery. Parce que cela signifierait qu'elle tient vraiment à moi, Hudson. Si tu as la capacité de blesser Taylor, cela signifie que l'opinion que tu as d'elle a beaucoup d'importance, qu'elle s'en rende compte ou non. Dieu sait que je suis loin d'être un expert en relations amoureuses. Peut-être parce que je n'ai jamais rien connu de bien sérieux. Mais je pense sincèrement que toi et Taylor voulez la même chose : elle veut que quelqu'un se soucie d'elle, et toi aussi.

— Je me soucie d'elle, grognai-je. Probablement même un peu trop.

— Eh bien, voici le problème, Hudson. Elle n'est pas au courant de cela. Je te connais, Hudson. Tu es très doué pour cacher à la terre entière ce qui se passe réellement dans ta tête. Bien que cela fasse de toi un excellent homme d'affaires, et avant cela, un excellent membre des forces spéciales, cela ne fonctionne pas très bien dans ta vie privée.

— Je n'ai pas de vie privée, l'informai-je.

— Maintenant, si, répliqua Jax. Tu as Taylor, et je pense qu'elle a envie de tenir à toi, alors tu ferais mieux de commencer à communiquer et à lui dire ce que tu ressens précisément. Ce n'est pas un accord commercial, Hudson. Je pense qu'elle était déçue que tu ne manifestes pas plus de confiance en sa capacité à prendre soin d'elle-même. Certes, elle a eu besoin d'aide pendant une courte période, mais elle est très intelligente, éduquée et parfaitement capable de gérer sa propre vie.

— Je sais tout cela, grondai-je. Je le constate quotidiennement. Je n'ai jamais vu une victime de prise d'otage rebondir aussi vite qu'elle, et pour te dire la vérité, ça me fait peur, dis-je. Je n'avais pas l'intention de confier à mon frère que Taylor avait été contraint d'offrir son corps au chef des rebelles toutes les nuits de sa captivité.

Jax s'en doutait certainement puisque Harlow y avait fait allusion, mais il n'avait pas besoin de connaître les détails. Je n'avais pas beaucoup de détails à partager avec lui de toute façon. Il s'agissait de la seule chose dont Taylor ne m'avait pas beaucoup parlé.

— Sa captivité n'a pas été très longue, Hudson. Son corps est presque guéri, et si elle était forte mentalement avant cette épreuve, alors elle devrait s'en sortir sans trop de difficultés. Je ne dis pas que ce qu'elle a vécu ne va pas laisser des traces, mais bon sang, n'en avons-nous pas tous ?

— Peut-être, dis-je simplement pour ne pas avoir à énumérer mes propres problèmes.

Je ne voulais pas en parler. Pas à Jax, en tout cas. Nous nous ressemblions beaucoup trop et nous venions du même milieu. Souligner mes propres problèmes reviendrait à pointer les siens du doigt.

— Je vais te dire une chose, lançai-je.

— Quoi donc ?

— Je n'ai pas le *choix* dans cette situation, avouai-je. Si je pouvais ignorer mon attirance pour Taylor, alors ce serait déjà fait.

Jax ricana.

— J'avais déjà bien compris *cela*.

Je décidai ensuite de changer de sujet en orientant la conversation vers le travail.

Après trente minutes environ, alors que nous avions terminé de faire le point pour aujourd'hui, Jax demanda :

— Que veux-tu que je fasse à propos d'Harlow ?

— Rien, dis-je sans hésiter. Elle a besoin de temps pour faire son deuil et pour se rétablir. Nous sommes ses employeurs, nous devons lui donner tout le temps et tout le soutien dont elle a besoin. Cependant, *je* n'accepte pas sa démission, même si un cadre supérieur ou un chef de service l'a déjà fait. En ce qui me concerne, elle bénéficie d'un congé prolongé. Un congé payé. Tu es d'accord avec ça ?

— Absolument, répondit Jax sans la moindre hésitation. Je vais transmettre le message au service comptable ainsi qu'au responsable du laboratoire. Et pour Taylor ?

— Elle reste aussi une employée rémunérée. Taylor touche déjà un salaire beaucoup trop bas pour son niveau d'études, stagiaire ou non. Je pense que nous devons revoir notre grille des salaires. Le stage de Taylor se termine au début du mois de septembre, et à ce moment-là, j'espère bien qu'elle acceptera de prendre un poste définitif chez nous, dis-je avec un soupçon d'agacement.

— Elle n'est pas intéressée pour l'instant ? demanda Jax avec étonnement.

— Elle ne pense pas avoir assez d'expérience pour travailler dans notre entreprise, répondis-je.

— Sur la base du candidat moyen, c'est probablement vrai, songea Jax. Mais il n'est pas totalement inédit de voir un stagiaire être embauché en CDI s'il s'agit d'un élément vraiment exceptionnel. C'est déjà arrivé chez nous. Ce n'est tout simplement pas très fréquent, mais je suis on ne peut plus d'accord pour dire que Taylor est une de ces exceptions. Elle fait partie de ces rares stagiaires que je ne voudrais surtout pas voir partir dans une autre entreprise. Si elle est assez intelligente pour me botter les fesses aux échecs, alors elle sera redoutable en tant qu'employée, déclara-t-il en ne plaisantant qu'à moitié. Je vais lui en parler au barbecue pour qu'elle sache ce que je pense. Elle imagine peut-être que tu souhaites l'embaucher simplement pour lui rendre service. Essaie juste de ne pas me sauter à la gorge parce que je lui adresse la parole, dit-il avec sarcasme.

— Je t'ai déjà dit que je regrettais la façon dont j'ai agi, répondis-je.

En effet, je le lui avais signifié au tout début de notre conversation.

— Pas de clin d'œil, pas de flirt, pas de charme, et ça ira.

— Nous verrons, déclara Jax pour me provoquer.

À mon grand mécontentement, je crus même l'entendre ricaner juste avant qu'il ne raccroche.

Chapitre 15

Taylor

Je pense qu'il est temps que nous mettions certaines choses au clair, déclara Hudson d'un air inquiétant depuis sa chaise longue.

Un frisson me traversa le corps. Habituellement, ce ton solennel ne me dérangeait pas du tout, mais la situation était tendue depuis notre désaccord de la veille.

Je pris une gorgée excessivement grande de mon vin blanc que je m'empressai d'avaler.

Fatiguée de me sentir impuissante, j'avais préparé à dîner avant d'inviter Hudson à venir se mettre à table. Nous avions ensuite mangé en silence, un silence très inconfortable.

Ma colère s'était apaisée bien avant que je ne l'appelle pour le dîner.

J'avais porté un jugement hâtif sur lui, je ne pouvais donc pas vraiment me sentir dévastée qu'il ait fait la même chose avec moi.

Nous partagions un lien étrange. Pourtant, nous ne nous connaissions pas encore très bien.

Nos opinions mutuelles reposaient donc sur nos expériences antérieures, et pour ma part, cela devait cesser.

Je souhaitais désormais en apprendre plus sur lui et sa famille plutôt que d'essayer de le comparer à tous les autres riches que j'avais connus.

Oui, j'ai connu beaucoup de gens fortunés et détestables qui méprisaient les plus pauvres lorsque j'étais à Los Angeles. J'ai également connu le même genre de personne à Stanford. Hudson avait probablement plus d'argent qu'ils ne pourraient jamais rêver d'avoir, mais cela ne signifiait pas que le niveau de snobisme augmentait de façon proportionnelle à la fortune. Je ne pouvais pas mettre tous les gens fortunés dans le même panier.

— Je suis désolée d'avoir eu des préjugés te concernant, lâchai-je. Tu m'as beaucoup trop aidée pour mériter la façon dont je t'ai traité. Je suppose que j'étais un peu blessée, alors j'ai essayé de me...protéger.

— Alors ça veut dire que tu vas accepter mon argent ? demanda-t-il avec espoir.

— Absolument pas, répliquai-je.

Je me doutais que tu allais dire ça, ajoutai-je sans parvenir à dissimuler ma déception.

— Ce n'est pas vraiment un dédommagement, Taylor. Je veux que tu comprennes cela. Je ne veux pas que tu signes des documents juridiques, et je ne te propose pas cet argent pour soulager ma culpabilité non plus. Je souhaite simplement te faciliter la vie. De mon point de vue, tu as suffisamment souffert et tu n'as vraiment pas besoin d'avoir des soucis financiers en plus. Si je peux te débarrasser de cette inquiétude avec un simple virement bancaire, alors pourquoi ne pas le faire ? Et après tout, tu travaillais pour Montgomery Mining quand c'est arrivé, alors si nous pouvons te venir en aide, nous te le devons.

Je poussai un soupir.

— Mets-toi à ma place, Hudson. Je ne serais désormais plus de ce monde si Jax et toi étiez arrivés un peu plus tard. Tu es allé bien au-delà de ce que n'importe quelle entreprise ferait pour un employé, et tu es toujours présent. Je sais que ton intention a toujours été de m'aider, mais j'ai du mal à voir tout cela comme une simple relation professionnelle. C'est devenu personnel pour moi. Je ne peux pas continuer à me servir de toi. Et comme tu le sais, j'ai passé ma vie à faire attention à mon argent. C'est comme cela que j'ai toujours vécu et c'est aussi ce qui m'a poussée à faire des études. Je suis temporairement coincée parce que j'ai pris la décision de faire un stage pour acquérir de l'expérience, mais je suis aujourd'hui dans une bien meilleure position que je ne l'ai jamais été de toute ma vie. Je peux prétendre à un bon poste, et j'y suis parvenue toute seule. Le plus important, c'est probablement que tout cela se produise dans un secteur d'activité qui signifie quelque chose pour moi. Je ne suis pas si différente de toi. Moi aussi je veux faire quelque chose de significatif dans ce monde. Si tu déposes une somme d'argent à cinq ou six chiffres sur mon compte bancaire, alors cela discrédite tout ce que j'ai fait pendant toutes ces années.

— Sept chiffres, grommela-t-il.

Je roulai des yeux. Hudson se sentait-il toujours obligé de tout faire en grand ?

— Je n'accepterai pas cet argent, l'avertis-je.

— Je veux que tu sois à l'abri du besoin, Taylor, dit-il d'une voix inflexible. C'est tout ce que j'ai toujours voulu.

Mon cœur fondit dans ma poitrine.

— Et j'apprécie le fait que tu te soucies de moi en tant qu'amie. Le simple fait de savoir cela est plus précieux que n'importe quelle somme d'argent. En tant qu'amie, je ne peux pas accepter cet argent de ta part. Donne-moi une chance de faire quelque chose pour toi, bon sang. Cette amitié est à sens unique jusqu'à présent.

— Je ne suis pas ton *ami*, Taylor, répondit-il brusquement. Je pense que c'est surtout ce point que nous devons mettre au clair.

J'écarquillai les yeux et tournai la tête vers lui. Le soleil commençait à se coucher et le regard d'Hudson était rivé sur l'horizon, mais la tension sur son visage était parfaitement visible.

Bon sang ! Ai-je été trop présomptueuse de considérer Hudson Montgomery comme mon ami ?

— Je suis désolée, je croyais que…

— Non, m'interrompit-il. Le problème ne vient pas de toi, mais entièrement de moi. Sache simplement que je ne pourrais jamais te voir comme une amie.

Les larmes me montèrent immédiatement aux yeux. Je savais bien que nous étions tous les deux très, très différents, mais je tenais tellement à Hudson que c'était atrocement douloureux d'apprendre qu'il ne ressentait pas la même chose à mon égard.

Peut-être que la majorité des hommes n'avaient aucun intérêt romantique pour moi, mais c'était la première fois de ma vie que ce que je croyais être une amitié avec un homme me revenait brutalement au visage.

Malheureusement, c'était aussi la première fois que j'avais autant envie d'être proche de quelqu'un.

— Compris, balbutiai-je sans parvenir à articuler autre chose.

— Non, je pense que tu ne m'as pas compris, reprit Hudson. Si je pouvais te traiter comme une amie, alors je le ferais, mais j'en suis incapable. Je n'ai encore jamais ressenti le désir de coucher avec mes *amies*. Je n'ai pas d'érection quand je vois mes amies. Et je ne rêve certainement pas de les prendre sur la table de la cuisine. Je ne suis pas obsédé par leur bien-être et je ne passe pas chaque minute de mes journées à me demander si mes *amies* sont heureuses, au point d'en devenir à moitié fou. Je ne me suis jamais masturbé en pensant à mes *amies*, en les imaginant crier mon nom au beau milieu d'un orgasme.

Hudson s'arrêta brusquement pour engloutir son verre de whisky en une seule gorgée.

Doux Jésus !

Mon corps tendu par le choc, je restai muette tandis qu'Hudson essayait vraisemblablement de se ressaisir.

Il serra les poings, puis les rouvrit, encore et encore, jusqu'à ce qu'une partie de la tension accumulée sur son magnifique visage commence à se dissiper.

Je ne savais pas quoi dire, alors je décidai de me taire le temps d'assimiler ce qu'il venait de m'expliquer.

— Je n'ai jamais ressenti cela pour personne d'autre, ajouta-t-il. À part pour toi. Alors ne me demande pas d'essayer d'agir comme si tu étais mon amie alors que je meurs d'envie d'être aussi intime avec toi que deux personnes peuvent l'être.

Je pris une gorgée de mon vin, mais cette fois, ma main tremblait.

Mes émotions étaient probablement encore plus chaotiques que les siennes actuellement.

Mon cœur galopait dans ma poitrine et ma respiration était saccadée.

J'avais envie d'Hudson Montgomery de la même manière, et ce, depuis le début.

Au départ, Hudson était mon sauveur.

Ensuite, il est devenu la seule personne à mes côtés dans l'un des pires moments de ma vie. Il n'a jamais hésité à s'occuper de moi, à me porter d'une pièce à l'autre et même à m'aider à aller aux toilettes.

Après cela, Hudson est devenu mon refuge pendant que je remontais la pente.

Mais honnêtement, j'avais toujours été attirée par lui.

J'avais envie de lécher chaque centimètre carré de son corps athlétique depuis que j'avais eu le privilège de le voir pour la première fois.

Je n'étais pas très à l'aise avec l'intimité, mais j'en mourrais tout de même d'envie. Cet homme stimulait mon appétit sexuel au plus haut point. Tout comme lui, je m'étais livrée à de nombreux fantasmes charnels à notre sujet.

Jamais je n'aurais cru qu'il ressentait la même chose pour moi.

Je voulais trouver du désir dans son regard la nuit dernière, mais je n'avais pas tardé à écarter l'idée selon laquelle un homme comme Hudson voudrait d'une femme comme... moi.

Je n'avais rien de sophistiqué.

Je n'étais pas très belle.

Je ne savais pas vraiment comment m'y prendre pour flirter avec un homme.

Je ne savais tout simplement pas comment attirer Hudson, mais manifestement, il l'était. Ce soir, c'était écrit sur son visage, et cela ne venait *pas* de mon imagination.

Le désir perçu la nuit dernière était donc parfaitement réel aussi.

Une grosse larme coula sur ma joue, mais je m'en fichais.

Hudson venait de se montrer si vulnérable avec moi que j'en avais le cœur serré.

Il n'était pas du genre à exprimer ce qu'il ressentait ni à trop se révéler.

Mais en ce moment même, je voulais lui arracher ses vêtements et satisfaire tous ses fantasmes.

Je voulais savourer chaque seconde de passion féroce et charnelle que cet homme avait à offrir, puis, sans l'ombre d'un doute, j'en redemanderais.

En réalité, je n'avais jamais ressenti cela auparavant, mais j'étais on ne peut plus prête à m'abandonner à ces désirs plutôt que de continuer à les cacher.

— Bon Dieu ! lâcha-t-il. Tu pleures. Je ne voulais pas te contrarier, Taylor. Je voulais juste que tu saches la vérité. Oublie ce que j'ai dit. J'essaierai d'être ton ami si c'est tout ce dont tu as besoin.

Non.

Son amitié ne suffirait assurément pas.

Pour une fois dans ma vie, j'avais envie que quelqu'un me connaisse vraiment. Chaque partie de moi.

Comme je l'avais déjà fait de nombreuses fois depuis qu'Hudson m'avait sauvée, je posai mes doigts sur mon dragon en pendentif pour y trouver un peu de courage, mais le bijou n'était plus là.

— Pourquoi fais-tu cela ? demanda-t-il d'un ton rauque.

— Quoi donc ?

— Pourquoi tu mets ta main sur ton cou comme ça ? Ce n'est pas la première fois que tu le fais.

— Les rebelles ont pris tous mes bijoux, répondis-je. Même si je ne possédais pas grand-chose de valeur, j'avais un pendentif qui m'avait été offert par Mac Tanaka représentant un dragon dont la queue s'enroulait autour d'une perle. Je ne le quittais jamais. Je crois que ce bijou me manque.

Hudson se leva et me tendit sa main.

— Il fait nuit. Retournons à l'intérieur. Nous n'avons plus besoin de parler de ça. Je n'y ferai plus jamais allusion. Tu n'es pas encore complètement rétablie et tu as bien assez de choses à gérer en ce moment.

Même si je n'avais plus vraiment besoin d'aide pour me lever, j'acceptai néanmoins sa main parce que j'avais envie de le toucher.

Une fois debout, je levai les yeux vers lui et je fus déçue de ne découvrir que de l'inquiétude dans son regard.

Il avait manifestement retrouvé le contrôle de ses émotions.

Hudson se montrait désormais prudent et fermé, mais je *savais* ce que j'avais vu plus tôt. C'était toujours là, quelque part, pouvais-je vraiment lui reprocher de chercher à se protéger ?

Je n'avais rien dit pour le rassurer.

Ainsi, je le regardai dans les yeux et dis :

— Je ressens la même chose que toi, Hudson. Je crois que je ne sais tout simplement pas trop comment te donner ce que tu veux.

Hudson hocha vivement la tête, puis il détourna son regard.

— Je comprends.

Je le suivis dans la maison en poussant un soupir. De toute évidence, il ne me comprenait pas.

Comment diable pouvais-je lui expliquer que, même si j'avais les mêmes désirs que lui, je ne savais pas du tout quoi en faire ?

Chapitre 16

Hudson

Plus tard cette nuit-là, je n'arrivais pas à trouver le sommeil. Au lieu de cela, je n'arrêtais pas de me maudire d'avoir été aussi lâche et de m'être isolé dans mon bureau après lui avoir avoué mes sentiments.

J'avais mis fin à la conversation une fois que nous étions retournés à l'intérieur, même si je savais que Taylor avait des choses à me dire.

Elle ne s'attendait pas à entendre ma confession. Elle m'a même dit ne pas savoir comment me donner ce que je voulais.

Persuadé qu'elle essayait juste de se montrer gentille en me disant ressentir la même chose, j'avais alors trouvé un prétexte pour me replier dans mon bureau.

Merde ! Peut-être est-elle juste dans l'incompréhension ? Peut-être est-elle parfaitement sincère ?

Peut-être...

Peut-être...

Peut-être...

J'aurais dû lui donner davantage de temps et me confier à elle plus tard.

J'avais beau ne pas vouloir être relégué au poste d'ami, j'aurais tout de même pu être beaucoup plus subtil à ce sujet.

J'aurais pu attendre qu'elle se sente plus à l'aise avec son corps après tout ce qu'elle a vécu.

Et je n'avais certainement pas besoin de me comporter comme un salaud alors qu'elle voulait continuer à en discuter.

Malheureusement, je ne voulais pas l'entendre dire qu'elle ne savait pas, ou qu'elle n'était pas sûre de pouvoir être autre chose pour moi qu'une amie.

Je ne voulais pas être ce gars souffrant d'un désir non partagé.

Je ne voulais pas non plus utiliser quelque chose qu'elle m'avait promis en guise de levier pour obtenir précisément ce que je voulais.

Toutefois, je voulais aussi et surtout que Taylor ait assez d'argent pour obtenir tout ce qu'elle voulait et tout ce dont elle aurait toujours besoin.

Dieu sait qu'elle avait besoin de remplacer son vieux véhicule. Sa vieille voiture compacte n'était pas seulement moche, mais celle-ci semblait être sur le point de rendre son dernier souffle.

Nul doute qu'elle avait également des prêts étudiants à payer. Cet argent lui permettrait donc de s'en débarrasser en un clin d'œil si seulement elle daignait bien l'accepter.

Voilà ce que je veux.

Ce que Taylor veut a-t-il tant d'importance ?

Bien sûr que oui ! Mais comme un idiot, je ne l'avais pas écoutée. J'étais trop obsédé à l'idée d'apaiser certaines de mes propres inquiétudes concernant son bien-être, alors j'avais passé le bulldozer sur ses propres volontés.

Je changeais de position dans mon lit pour la millième fois de la nuit lorsque j'entendis un premier hurlement qui me glaça le sang.

Je me redressai, le cœur battant, mais le hurlement qui suivit me donna presque une crise cardiaque.

— Taylor, lâchai-je en bondissant hors de mon lit pour me précipiter jusqu'à sa chambre.

Bon Dieu ! Elle semblait si terrifiée que je ne pris même pas la peine de frapper à sa porte avant d'entrer.

En trouvant sa petite silhouette dans le grand lit, je fus soulagé de constater qu'elle était en position assise. Mais en m'approchant du lit, je n'avais pas la certitude que tout allait bien.

Les volets étant ouverts, le clair de lune inondait faiblement la pièce. Je pouvais donc voir les tremblements de son corps tandis qu'elle se frottait les bras comme si elle avait froid. Elle gémissait encore de peur tout en oscillant légèrement d'avant en arrière.

Tous les instincts protecteurs de mon corps m'imploraient de la serrer dans mes bras et de la réconforter, mais je ne savais pas du tout ce qui lui avait fait si peur. .Peut-être que ma petite confession était responsable de cela, et peut-être qu'elle ne souhaitait pas être touchée, alors je m'abstins de faire quoi que ce soit.

— Taylor ? dis-je en essayant de paraître calme. Que s'est-il passé ? Je t'ai entendu crier et ça m'a foutu la trouille.

— Je suis désolée de t'avoir réveillé. J'ai fait un mauvais rêve, marmonna-t-elle avant de prendre une grande bouffée d'air, comme si elle cherchait à s'extirper de la peur paralysante qui l'accablait.

Taylor sortit difficilement du lit et ajouta :

— Je crois que j'ai besoin de boire quelque chose. Tu peux retourner te coucher.

C'est hors de question.

Elle agissait comme si elle avait eu un réveil un peu trop brutal, mais je savais très bien qu'elle luttait encore avec son traumatisme.

Elle se dirigea vers la porte de la chambre vêtue d'un pyjama qui n'était probablement pas censé être sexy, mais sur elle, cette tenue l'était. Elle portait un débardeur fin ainsi qu'un short assorti qui couvrait à peine ses fesses.

Je la suivis, même si je n'étais moi-même pas très habillé non plus. Cependant, le boxer que je portais dissimulait suffisamment de choses.

Une fois en bas, Taylor passa directement à la cuisine où elle prit un grand verre qu'elle remplit d'eau et de glaçons.

Elle s'appuya ensuite contre le plan de travail et avala la moitié de son verre avant de dire :

— Sérieusement, Hudson, tout va bien.

— Non, tout ne va pas *bien*, grommelai-je en ouvrant le réfrigérateur.

Je sortis un pichet d'eau infusée de fruits et je m'en servis un verre.

Je tendis ensuite le pichet dans sa direction. Taylor hocha la tête, alors je remplis également le verre qu'elle venait de vider.

— Allons-nous asseoir, suggérai-je en me dirigeant vers le salon où j'allumai une petite lampe plutôt que d'inonder la pièce d'une lumière trop agressive.

Taylor prit place d'un côté du canapé en cuir, alors je m'assis à l'extrémité opposée.

Je la regardai et demandai :

— Est-ce que c'est la première fois que tu fais un cauchemar ? C'était un cauchemar à propos de l'enlèvement, n'est-ce pas ?

Elle m'avait déjà dit qu'il lui arrivait parfois de rêver de l'enlèvement, mais sans jamais me donner trop de détails.

Elle secoua la tête.

— Non. Ces cauchemars ont commencé quelques jours après mon arrivée ici, mais celui-ci était le pire. Comme je te l'ai dit, j'étais dans une sorte d'état second quand j'étais agressée sexuellement par le chef des rebelles. Maintenant, c'est comme si mes cauchemars me contraignaient à revivre tout ce qu'il m'a fait subir, et je ne peux plus m'en détacher.

Je pris une gorgée d'eau en regrettant de ne pas y avoir ajouté une grande quantité de vodka.

— En as-tu parlé avec ta psychologue ? demandai-je.

— Oui. Selon elle, mon cerveau va finir par se calmer et les rêves vont cesser. Et c'est ce qui s'est passé. Ça fait presque une semaine que je n'ai pas rêvé de l'enlèvement, jusqu'à ce soir, expliqua-t-elle.

Taylor prit une gorgée d'eau et posa son verre sur la table d'appoint située à côté du canapé.

— Crois-tu que c'est parce que je t'ai dit que je voulais coucher avec toi ? demandai-je.

Taylor secoua vigoureusement la tête.

— Non. Je n'ai pas peur de toi, Hudson. Je ne pourrais jamais avoir peur de toi. Et comme je te l'ai dit, je ressens la même chose. En fait, j'aimerais beaucoup m'asseoir plus près de toi, si ça ne te dérange pas. Je crois que je me sentirais mieux.

À mon tour, je posai mon verre sur la table d'appoint située de mon côté du canapé, puis j'ouvris les bras en grand.

— Je suis tout à toi, ma chérie. Viens aussi près que tu le souhaites.

Taylor s'empressa de s'approcher de moi et je fus presque surpris qu'elle vienne se blottir contre mon corps.

— Tu es si chaud, murmura-t-elle en pressant son corps contre le mien.

J'enroulai mon bras autour de ses épaules puis je l'incitai à appuyer sa tête contre moi.

Je voulais simplement qu'elle se sente en sécurité.

Je glissai tendrement mes doigts dans sa magnifique chevelure rousse pour essayer de la calmer.

Elle poussa un soupir apaisé et dit :

— Je ne sais pas pourquoi je fais ces cauchemars à propos de mes agressions sexuelles maintenant. Peut-être parce que j'étais incapable d'y penser jusqu'à présent. Je t'ai dit que c'était horrible, et ça l'était. Mais maintenant que je peux ressentir chaque émotion, voir chaque action, je suis tellement en colère et tellement terrifiée. Cet homme avait les yeux les plus froids que j'ai jamais vus, morts et sans vie, comme s'il était dépourvu d'une âme. Honnêtement, je ne sais même pas pourquoi il a pris la peine de me violer. De toute évidence, il me voyait comme une sorte de mal dont il devait se débarrasser. Je pense qu'il souhaitait me dominer pour se sentir plus puissant.

Je déposai un baiser au sommet de sa tête.

— Tu peux m'en parler, l'encourageai-je. Je ne te jugerai jamais pour quelque chose qui était totalement hors de ton contrôle.

Taylor hocha la tête.

— C'était la même chose tous les soirs. Il enlevait seulement mon pantalon, puis il attachait mes mains liées à un long pieu situé près de la tête de lit. Ça ne durait jamais bien longtemps, mais j'avais l'impression que ça durait une éternité. Il fulminait toujours pendant quelques minutes dans sa langue, puis il me crachait au visage avant de me violer. J'essayais de penser à autre chose, de me détacher mentalement autant que possible.

— À quoi pensais-tu ? demandai-je en essayant de garder mon calme.

Taylor avait besoin de s'exprimer, mais si je pouvais aller trouver le chef des rebelles sur-le-champ pour le tuer de mes propres mains, alors je le ferais.

— Je pensais principalement aux bons moments avec Mac Tanaka. Ou alors j'essayais de penser à tous les beaux endroits du monde que je n'ai pas encore eu la chance de découvrir, dit-elle doucement. J'essayais d'avoir des pensées positives pour remplacer les mauvaises. J'étais pétrifiée, mais je ne voulais pas le lui montrer. Il me détestait tellement que j'avais peur qu'il me tue juste après avoir fini. Et dans mon rêve ce soir, il me tuait. Il sortait un couteau et me coupait la gorge. Je me suis réveillée au moment où le poignard entrait en contact avec mon cou, ce qui était probablement aussi la raison pour laquelle je criais. Quand j'ai ouvert les yeux, j'ai bien cru que j'étais morte.

Je fermai les yeux un instant tant la souffrance que Taylor avait subie m'était insupportable.

— Tu avais toutes les raisons du monde d'avoir peur, dis-je. Tu as été incroyablement courageuse, ma chérie.

— Je voulais être courageuse, mais je ne l'ai pas toujours été, dit-elle d'une voix tremblante. J'ai l'impression que ce cauchemar était une manifestation de toutes les peurs que j'ai eue pendant ma captivité.

Je l'incitai à relever le menton afin de voir son visage.

Ses yeux étaient vitreux à cause des larmes qui coulaient désormais sur ses joues.

Doux Jésus ! Je parvenais à peine à respirer tant ma cage thoracique était serrée.

— Nelson Mandela disait que le courage ce n'est pas l'absence de peur, mais la capacité à vaincre ce qui fait peur. Tu as été admirable face à cette épreuve, Taylor.

— Mais je n'ai pas réussi à lutter contre lui, dit-elle entre ses larmes. Et je voulais tellement lutter, Hudson. Je ne voulais pas rester là et me soumettre.

— Tu l'as fait pour sauver ton amie, Taylor. Ne t'avise pas de t'en vouloir pour cela, c'était excessivement courageux de ta part. Tu devrais t'accorder un peu de crédit pour ce que tu as fait dans le seul but de sauver Harlow. Ne t'en veux pas d'avoir fait le nécessaire. La plupart des gens ne songeraient jamais à se sacrifier pour sauver quelqu'un d'autre.

— Je ne regrette pas de l'avoir fait, dit-elle avec sincérité. Je regrette juste parfois de ne pas lui avoir donné un grand coup de pied dans les parties intimes, ou de ne pas lui avoir arraché les yeux.

Taylor appuya à nouveau sa tête contre mon épaule, puis je répondis :

— Oui, parce que tu es humaine. J'aimerais pouvoir tuer cette ordure de mes propres mains, mais il est en prison, Taylor. Il va payer le prix de ce qu'il a fait pour le reste de sa vie.

— Ça va aller, Hudson, dit-elle d'une voix pensive. Je vivrai ma vie pendant qu'il pourrira en prison. En général, cette perspective me convient. Je suppose que je n'ai pas totalement évacué *tout* ce qui s'est passé.

— Cela ne fait même pas un mois que c'est arrivé, dis-je d'un ton bourru. Accorde-toi un peu de temps. Je n'aurais jamais dû te dire ce que je ressens pour toi, Taylor. C'était une erreur de ma part.

— Non, dit-elle d'une voix plus forte. Ne t'excuse pas d'avoir été honnête, Hudson. S'il te plaît.

— Le timing était mauvais, insistai-je. Bon Dieu, tu n'es pas encore complètement guérie, Taylor. Et quand tu as essayé de me dire que tu n'étais pas prête, je ne t'ai pas écoutée.

— Je n'ai jamais dit que je n'étais pas prête, répondit-elle. Tu as manifestement mal compris.

Ne m'a-t-elle pas dit qu'elle ne savait pas comment me donner ce que je voulais ? N'était-ce pas là un bon indicateur qu'elle n'était pas prête ?

— Alors explique-moi, dis-je doucement.

J'en avais marre de danser autour d'un sujet qui me rongeait les tripes.

— Tout d'abord, je veux te donner quelques précisions sur toutes les choses que tu as lues dans mon dossier, dit-elle nerveusement. Tu avais raison de dire que ce dossier ne contenait que des... faits.

— Je t'écoute, dis-je avec un hochement de tête.

Apparemment, elle me faisait suffisamment confiance pour tout me dire, et je devais me contenter de cela. Pour l'instant.

Chapitre 17

Taylor

Il y avait des choses que je souhaitais dire à Hudson, et je n'aurais pas l'esprit tranquille tant que je ne l'aurais pas fait.

Hudson avait écourté la soirée après notre retour à l'intérieur. Il s'était alors rendu dans son bureau, me laissant ainsi seule.

J'avais regardé un film, puis je suis allé me coucher. Je n'avais ensuite fait que regarder le plafond au clair de lune dans sa magnifique chambre d'ami, jusqu'à ce que je m'endorme enfin pour faire le pire cauchemar de ma vie.

J'étais désormais plus calme, et ce, grâce à l'homme qui me serrait actuellement dans ses bras.

Si Hudson n'avait pas été si déterminé à aller s'isoler dans son bureau, alors j'aurais pu lui expliquer pourquoi je me sentais un peu perdue.

S'enterrer dans son travail était sa façon à lui de veiller à ce que sa confession n'aille pas plus loin. Sa stratégie consistait donc à ériger un mur entre nous jusqu'à ce que, avec un peu de chance, j'oublie la survenue de cette conversation.

Sauf que ce n'était pas près d'arriver.

Hudson allait donc devoir m'écouter et comprendre que j'étais parfaitement sérieuse tout à l'heure et qu'il n'y avait rien de bien difficile à comprendre, mais il devait d'abord connaître mon histoire.

Il s'était lui-même suffisamment confié à propos de son passé pour me permettre de savoir qu'il n'avait jamais vraiment eu d'enfance. Au moins, nous pourrions donc nous comprendre sur ce point.

J'inspirai profondément.

— J'avais quatre ans quand mes parents sont morts. Honnêtement, je ne me souviens pas très bien d'eux, à part quelques très vagues souvenirs. J'ai grandi à Los Angeles où mon père travaillait dans une usine. Ma mère travaillait à temps partiel dans un fast-food. Nous habitions dans un appartement. Ils étaient tous les deux très jeunes quand je suis née, et ils essayaient de s'en sortir. Nous ne vivions pas dans le meilleur quartier de Los Angeles, mais ce n'était pas le pire non plus, expliquai-je en sentant les bras d'Hudson se resserrer autour de moi.

Je n'ai jamais compris pourquoi mon père a craqué un jour en rentrant du travail. Il a tué ma mère, puis il s'est suicidé avec la même arme à feu. Je me suis toujours demandée pourquoi il ne m'a pas tuée, moi aussi. Je n'ai pas assisté au drame parce que je jouais dans ma chambre à ce moment-là, mais selon les témoins, j'ai vu la scène après les faits. Apparemment, quand les secours sont arrivés sur les lieux, j'étais couverte de sang et je suppliais mes parents de se réveiller, dis-je avant de prendre un instant pour reprendre mon souffle.

Ce n'était pas si difficile de parler de la mort de mes parents car je ne me souvenais pas vraiment d'eux ni de l'homicide-suicide. Je ne faisais donc que relater des... faits.

Je repris :

— La famille de mon père n'était pas assez fiable pour s'occuper d'un enfant qui n'était même pas encore entré en maternelle, et la famille de ma mère était extrêmement religieuse. Ils ne voulaient donc pas entendre parler de moi. Ils ont complètement coupé les ponts avec ma mère quand elle est tombée enceinte à l'âge de dix-huit ans, et pire encore pour eux, avant qu'elle ne soit mariée. Alors j'ai passé le plus clair de mon enfance à bondir de famille d'accueil en famille d'accueil, expliquai-je avant de me mettre à sourire faiblement. J'étais une gamine un peu étrange. Je n'étais pas très jolie, j'avais le visage couvert de taches de rousseur et je portais de grosses lunettes qui n'étaient pas du tout adaptées à mon visage. Et j'étais en colère. Mon Dieu, j'en voulais à la terre entière. J'étais en colère parce que personne ne m'aimait, mais il faut dire que je n'étais pas facile à aimer. J'avais tendance à me battre avec tout le monde, ce qui écourtait généralement mes séjours en familles d'accueil. Je finissais toujours par frapper un autre enfant s'il se moquait de moi, alors je devais partir et tout recommencer ailleurs. À l'âge de onze ans, j'étais complètement convaincue que personne ne pouvait m'aimer et que je n'aurais jamais de chez-moi comme la plupart de mes camarades.

— Que s'est-il passé ensuite ? dit Hudson d'une voix rauque.

— Après un dernier incident, je ne voulais plus retourner en famille d'accueil, je ne voulais plus être baladée d'une maison à une autre, expliquai-je. Alors je me suis enfuie. Je faisais le nécessaire pour manger. Je volais de la nourriture et je dormais où je pouvais, jusqu'à ce qu'un matin, je rencontre Mac Tanaka. C'était une rencontre étrange et inattendue qui m'a changé la vie. Je dormais sur un banc dans un parc tandis que Mac ne faisait que se balader. Il s'est assis avec moi et m'a parlé pendant des heures, puis il m'a ramenée chez lui. Avec le recul, je pense que nous étions tous les deux très seuls. Avec sa femme, ils n'avaient jamais réussi à avoir d'enfants. Quand la femme de Mac est décédée, je pense qu'il ne savait pas trop quoi faire de lui-même. Il disait souvent que je l'avais sauvé, mais en réalité, c'est lui qui m'a sauvée.

— Alors tu es restée avec lui ? demanda Hudson sans parvenir à dissimuler son soulagement.

— Oui. Nous formions probablement un étrange duo. J'étais une jeune fille de onze ans et lui un homme de soixante-dix ans, mais nous nous en fichions. J'ai fini par lui faire confiance et il m'a officiellement accueillie chez lui. Lui et sa femme avaient déjà accueilli des orphelins, mais Mac a arrêté de le faire après le décès de son épouse. Il a commencé à m'enseigner les échecs et le Tai Chi afin que j'apprenne à être en paix avec le monde qui m'entourait. De mon côté, je faisais la cuisine et la lessive parce qu'il était très mauvais dans ces deux domaines. J'ai appris à aimer et j'ai découvert ce que c'était que d'être aimée par une figure parentale. Mac m'a changé la vie, et il m'a permis d'évoluer. Quand il est mort il y a sept ans, j'ai eu l'impression que tout mon univers s'effondrait.

— C'était peut-être le cas, déclara stoïquement Hudson. J'ai l'impression que Mac était tout ton univers.

— Pendant longtemps, oui, acquiesçai-je. Il voulait que j'aille à Stanford quand j'avais dix-huit ans, mais je voulais rester près de lui parce qu'il venait d'apprendre qu'il était atteint d'un cancer. Alors j'ai trouvé un poste de caissière dans un supermarché. J'ai reporté mon entrée à Stanford à plus tard parce que Mac avait besoin de moi, et j'avais besoin d'être avec lui. Le traitement a échoué et il est décédé.

— Je suis tellement désolé, Taylor, dit Hudson. La seule chose que je savais, c'est la façon dont tes parents sont morts et que tu as passé ton enfance dans différentes familles d'accueil. Des mots sur une page. Je savais aussi que tu avais enfin trouvé une famille permanente, mais je ne savais pas qui était ce parent adoptif. Maintenant que je sais précisément ce qui s'est passé, je ne peux qu'imaginer à quel point tu as dû être dévastée par le décès de Mac.

— Je l'étais. Ça m'a détruite. Il m'a fallu un an avant d'être capable de reprendre mes études, mais je savais que Mac voulait vraiment que j'aille à Stanford, et j'en avais moi aussi très envie. Il m'a laissé tout ce qu'il possédait. Ce n'était pas grand-chose, mais cela m'a aidée à vivre pendant quelques années universitaires.

— Est-ce qu'il t'a adoptée ? demanda Hudson avec curiosité.

Je lui adressai un sourire.

— Il en avait envie, mais ce bout de papier n'avait pas d'importance pour moi. Pour moi, il était une véritable figure parentale.

— Mac semblait être un homme incroyable, souligna Hudson avec sincérité.

— Oui. Il était merveilleux. Et sage. Il n'est peut-être plus avec moi physiquement, mais je porterai sa sagesse pour le restant de mes jours, répondis-je d'une voix tremblant d'émotion.

— Tu l'aimais comme un père, remarqua Hudson.

— De tout mon cœur, dis-je. Même aujourd'hui, sept ans après sa mort, il ne se passe pas un seul jour où il ne me manque pas. Le pendentif qu'il m'avait offert me manque, mais je sais qu'il ne s'agissait que d'un talisman pour me rappeler que je suis assez forte pour mener ma vie toute seule. En fin de compte, je porterai toujours Mac ici, dis-je en posant ma main sur mon cœur.

Après quelques instants de silence, Hudson demanda :

— Pourquoi ne portes-tu plus de lunettes ?

— Mac m'a fait découvrir les lentilles de contact quand j'ai eu l'âge d'en porter, et il a ouvert un compte bancaire spécial pour que je me fasse opérer au laser quand j'ai été assez âgée pour le faire. Il y a trois ans, j'ai enfin utilisé cet argent pour me faire opérer parce que je savais que c'était le souhait de Mac.

— Je suis incroyablement heureux que tu m'aies parlé de tout cela, dit-il avec légèreté. Et je suis touché que tu me fasses suffisamment confiance pour partager tout cela avec moi. Mais pourquoi le faire maintenant ?

Je déglutis difficilement avant de lui répondre :

— J'ai essayé de te dire quelque chose tout à l'heure, avant que tu n'ailles dans ton bureau, mais je crois que tu ne m'écoutais pas. Je voulais tout t'expliquer. J'ai fait beaucoup de choses dont je ne suis pas fière...

— Bon Dieu, Taylor, tu n'étais qu'une enfant qui n'a jamais eu un seul moment de stabilité dans sa vie. Crois-tu vraiment que je m'inquiète d'apprendre que tu as volé de la nourriture pour pouvoir manger ? demanda-t-il d'une voix profonde de baryton. Ce qui me brise le cœur, c'est de savoir que tu n'avais nulle part où aller ni personne vers qui te tourner jusqu'à ce que Mac entre dans ta vie. Tu essayais simplement de survivre.

Je ne pus m'empêcher de sourire face au mécontentement de Hudson. J'aurais dû me douter qu'il me comprendrait.

— Mais voilà le problème, ajoutai-je nerveusement. J'étais plutôt contente de passer du temps avec Mac ou avec mes amies. J'avais un petit ami au lycée avec qui j'avais une relation intime à l'âge de dix-huit ans, mais nous étions très jeunes et ignorants, alors nous nous sommes séparés après un mois ou deux. J'étais très occupée par Mac quand il était malade et avant qu'il ne décède. Comme je te l'ai dit, je n'ai rencontré personne à Stanford. Puis il y a eu l'enlèvement et le chef des rebelles. Bon sang ! J'essaie simplement de te dire que je ne sais pas comment m'y prendre pour séduire quelqu'un. Que je n'ai jamais eu de relations sexuelles agréables. Que je n'ai jamais ressenti ce que je ressens quand je te regarde, conclus-je précipitamment.

— Taylor, dit-il avant de s'interrompre, comme s'il ne savait pas quoi dire d'autre.

— Hudson, ce que je voulais dire tout à l'heure, c'est que moi aussi je ressens de l'attirance pour toi. Je ressens les mêmes choses que toi, mais je ne saurais même pas par où commencer ni comment m'y prendre si je parvenais à te déshabiller.

Hudson

Pour la toute première fois de ma vie, j'étais sans voix. J'eus besoin de quelques minutes pour que la vérité pénètre dans mon cerveau.

Taylor n'essayait donc pas de me dire que je ne l'attirais pas.

Elle essayait de m'informer de son manque...d'expérience.

Son premier rapport sexuel avait manifestement eu lieu avec un jeune gars qui ne savait probablement pas du tout comment s'y prendre.

Et son seul autre contact sexuel fut avec un animal qui avait abusé de son corps à plusieurs reprises contre sa volonté.

— Euh...peut-être que j'aurais mieux fait de me taire, dit-elle d'un air gêné en s'apprêtant à se lever.

Je la saisis par la taille pour la tirer contre moi.

— Oh non, tu restes ici, grognai-je. Je ne te laisserai pas lâcher cette bombe sur moi et disparaître comme si tu n'avais rien dit.

Le simple fait de l'imaginer piégée et impuissante me nouait l'estomac. Je pris alors une de ses jambes pour l'inciter à se mettre sur moi à califourchon.

Voilà qui est mieux. Maintenant, je pouvais voir son visage.

Bon Dieu ! Quelle beauté. Ses cheveux étaient détachés, faisant ainsi tomber ses glorieuses boucles de feu sur ses épaules, mais je serrai les dents en essayant de ne pas me laisser distraire.

— Alors ce que tu essayais de me dire, c'est que même si tu n'es pas vierge, tu es sexuellement inexpérimentée ? questionnai-je.

Je la regardai déglutir difficilement puis hocher la tête avant qu'elle ne murmure :

— Je dirais même totalement ignorante. La volonté est bien là, et chaque fois que je te regarde, j'ai envie de m'accrocher à ton corps sexy et de te supplier de me prendre, mais au-delà de cela, je suis perdue. Je sais que c'est un peu surprenant pour une femme de vingt-huit ans, mais je n'ai jamais connu de véritable passion charnelle.

Bon sang ! Je voulais lui apprendre tout ce qu'elle souhaitait savoir, et plus encore, mais je devais me souvenir que ce n'était vraiment pas le moment. C'était un petit miracle qu'elle parvienne à éprouver du désir après ce qu'elle avait traversé.

Nous avions besoin de prendre notre temps. *Tout notre temps.*

Je faillis rugir lorsqu'elle remua légèrement ses fesses contre moi. Mon sexe était aussi dur qu'un roc, et chaque fois qu'elle bougeait…

— Que veux-tu de moi, Taylor ? demandai-je d'une voix serrée par le désir.

Lentement, elle enroula ses bras autour de mon cou et me regarda droit dans les yeux avant de dire avec sincérité :

— Tout et rien. Je me fiche de ton argent, Hudson. Cependant, si tu veux bien m'offrir ton corps, alors je ne m'en plaindrais pas. Je n'ai plus besoin que tu prennes soin de moi. J'ai juste envie de… toi. Je pense que tu es le seul à pouvoir me montrer tout ce que j'ai manqué pendant toutes ces années.

Mon cœur s'emballa en la regardant droit dans les yeux, où je vis un désir semblable au mien.

— Je ne veux rien précipiter, Taylor. Tu as besoin de surmonter le traumatisme de ce qui t'est arrivé à Lania. Quand je me suis confié à toi sur la terrasse, je voulais simplement que tu saches ce que je ressens et que tu comprennes pourquoi je n'agis pas toujours de façon rationnelle. Mais aussi, je voulais que tu comprennes pourquoi je ne peux pas être ton ami.

Je glissai tendrement mes doigts dans ses cheveux, laissant les mèches soyeuses couler entre mes doigts. Il m'était impossible d'être si près d'elle et de *ne pas* la toucher.

— Je vais bien, Hudson. Fais-moi confiance, murmura-t-elle en caressant ma nuque du bout des doigts. J'ai une excellente psychologue, et j'ai toujours su faire la différence entre les agressions sexuelles que j'ai subies et ce que je ressens quand je suis avec toi. Je suis bien consciente que l'expérience ne serait pas du même ordre avec quelqu'un que je désire vraiment. Je crois que je ne m'attendais tout simplement pas à ressentir cela.

J'examinai son visage.

— Tu es probablement la femme la plus extraordinaire que j'ai jamais connue, Taylor Delaney. La vie n'a pas été tendre avec toi, et pourtant, tu y décèles toujours du positif. Comment fais-tu pour trouver le bien quand il y a eu tant de mal ?

— Ça n'a pas toujours été si terrible, dit-elle en secouant légèrement la tête. Mes premières années ont été difficiles. Puis il y a eu la mort de Mac. Mais grâce à lui, je suis devenue assez forte pour m'en sortir.

Taylor sourit et tout mon univers bascula.

À cet instant précis, je compris parfaitement pourquoi des gars comme Mason et Seth étaient prêts à déplacer des montagnes pour assurer le bonheur de leurs femmes.

Parce que je savais très bien que je ne serais jamais satisfait si Taylor n'était pas heureuse.

Elle méritait toute la joie possible après que le monde entier l'ait laissée tomber quand elle était enfant. Un seul homme avait réellement vu la souffrance de Taylor et avait essayé de prendre soin d'elle, mais il n'a malheureusement pu rester avec elle que pendant une courte période.

Eh bien, je n'irais nulle part tant qu'elle ne se serait pas lassée de moi, et en attendant que ce jour arrive, j'avais la ferme intention de lui donner *tout* ce qu'elle voulait.

— Je suis sur le point de te demander un de ces services que tu m'as si généreusement offerts, ma chérie, la prévins-je.

Sans cesser de sourire, elle me regarda dans les yeux et dit :

— Je t'écoute.

— Premièrement, si tu ne trouves pas cela éthiquement ou moralement répréhensible, pourrais-tu m'embrasser avant que je ne devienne fou ?

Je n'avais pas l'intention de me jeter sur elle comme un animal sauvage, mais ce baiser était pour moi une question de vie ou de mort.

Cependant, je voulais que Taylor fasse le premier pas afin qu'elle garde un contrôle total sur la situation.

Toujours souriante, elle hocha la tête.

— Je veux te toucher, Hudson. Est-ce que c'est possible ?

Oh, bon Dieu, oui.

— Mon corps est tout à toi, bébé, lui assurai-je.

Ainsi, elle commença à glisser ses mains sur mes épaules ainsi que sur mon torse, explorant chaque centimètre carré de peau nue qu'elle pouvait trouver.

Mes yeux étaient rivés sur son visage.

— C'est si agréable, Hudson. Ton corps est si beau, commenta-t-elle d'une voix soudainement très sensuelle.

Enfin, elle se pencha vers moi et posa ses lèvres sur les miennes.

Après ce premier pas, je perdis la tête.

Je glissai vigoureusement mes doigts dans ses cheveux et je goûtai pleinement ses lèvres pulpeuses à propos desquelles je fantasmais depuis des semaines.

Je l'embrassais.

Je la savourais.

Je l'absorbais.

Contre mes lèvres, son gémissement était comme une alarme m'implorant de lui donner ce dont elle avait besoin, ce qui me rongeait de l'intérieur parce que je n'étais pas prêt à aller aussi loin.

Pas encore.

Parce que s'il y avait une chose que je voulais de Taylor, plus encore que coucher avec elle, c'était d'avoir sa confiance complète et totale.

Je devais donc la laisser définir le ton et le tempo. Peu importe que mon sexe soit toujours prêt à passer à l'action avec elle.

Je préférais la laisser venir à moi. Taylor m'a raconté toutes les choses douloureuses qui lui sont arrivées.

Il était hors de question que je gâche tout en laissant mon désir prendre le dessus.

J'enfouis mon visage dans son cou, savourant ainsi la douceur que j'y trouvai ainsi que le goût de sa peau soyeuse.

Elle avait le goût du péché, du plaisir, de la passion et elle sentait le désir mélangé à une légère touche d'agrumes et de fleurs. Je savais que je ne pourrais plus jamais être aussi près d'elle sans que le parfum de cette femme irrésistible ne me rende fou.

— Oh, mon Dieu, Hudson, gémit-elle d'une voix rauque et sensuelle tout en glissant ses doigts dans mes cheveux.

Elle inclina légèrement sa tête afin de m'offrir un meilleur accès pour laisser mes lèvres et ma langue se balader dans son cou.

Le simple fait d'entendre mon nom sur ses lèvres me fit chavirer.

Je pouvais facilement imaginer le reste de ce que je voulais entendre.

J'ai tellement envie de toi, Hudson.

Prends-moi, Hudson.

Consume-moi, Hudson.

Oui, Hudson, OUI !

Je jouis, Hudson.

— Bon sang ! lâchai-je en relevant la tête.

Quatre petits mots avaient quitté ses lèvres et mon imagination s'en donnait déjà à cœur joie.

Ma respiration était haletante comme si je venais de terminer un marathon en un temps record.

J'enroulai mes bras autour d'elle, puis je tirai son corps contre le mien. Je fermai ensuite les yeux, puis j'approchai mes lèvres de son oreille et murmurai :

— Pas encore, ma chérie. Pas maintenant. Peut-être quand tu seras complètement guérie et que tu sauras précisément ce que tu veux.

— J'ai envie de toi, Hudson Montgomery, dit-elle doucement en s'appuyant contre moi. Je suis déjà sûre de cela, ajouta-t-elle.

Je retins un grognement de frustration sexuelle.

Oui, elle disait cela maintenant, mais comment réagirait-elle lorsque mon sexe serait en elle, soit précisément là où mon érection souhaitait être actuellement ?

Je n'aurais droit qu'à un seul essai pour lui montrer à quel point cela pouvait être bon, pour lui offrir de bien meilleurs souvenirs que ceux avec lesquels elle vivait pour l'instant.

— C'est également ce que je veux, ma chérie, lui assurai-je. Ne t'avise pas de croire que je n'ai pas envie de toi, mais tu dois bien comprendre ce que cela signifie exactement.

Si je couchais avec elle, alors plus rien ne serait jamais pareil.

Il s'agirait d'une expérience torride et vigoureuse, ce qui n'était probablement pas très adapté à une femme inexpérimentée. J'avais tellement envie de Taylor que notre première fois ne pourra pas être douce.

Après cela, elle sera à moi, rien qu'à moi.

Je serais incapable de la laisser filer après avoir pénétré son corps merveilleux.

Et pour l'instant, Taylor avait besoin de pouvoir faire des choix.

—Que cela signifierait-il ? demanda-t-elle d'une voix ensommeillée sans néanmoins paraître intimidée.

— Cela signifie qu'il est temps de dormir. Toi dans ton lit, et moi dans le mien, répondis-je d'un ton catégorique avant de me lever pour la porter à l'étage.

Taylor

—Qu'as-tu dit à ta sœur à mon sujet ? demandai-je le lendemain après-midi tandis qu'Hudson et moi étions dans la cuisine, prêts à partir pour le barbecue de Riley.

J'avais décidé de porter mon jean slim préféré, un haut d'été couleur lavande ainsi que des sandales blanches décontractées. J'avais façonné une grosse tresse élaborée pour dompter mes cheveux indisciplinés. J'étais soulagée de voir Hudson vêtu avec tout autant de désinvolture que moi, avec un jean indigo ainsi qu'un t-shirt gris a col boutonné assorti à ses yeux et qui étreignait chaque muscle de son buste et de ses bras puissants.

En réalité, peu importe ce qu'il portait ou ne portait pas, Hudson était à couper le souffle.

— Je lui ai principalement dit la vérité, répondit-il. Je lui ai parlé de l'enlèvement et du fait que tu étais chez moi pendant ta convalescence. Riley ne dira rien à personne. Elle ne sait rien de Dernier Espoir, ni même que Jax et moi étions là pour te secourir. Au début, quand nous partions souvent en mission, Jax faisait croire à Riley que nous étions des sortes de chasseurs de trésor pour justifier nos absences répétées dans des régions isolées, et ça a fonctionné. Elle n'a jamais su que nous sauvions des gens plutôt que de chercher de l'or.

— Si tu lui fais confiance, alors pourquoi ne lui as-tu rien dit ? demandai-je avec curiosité.

— Riley s'inquiétait beaucoup quand nous étions dans les forces spéciales, expliqua-t-il. Elle était ravie quand nous avons tous décidé de quitter l'armée pour revenir prendre les commandes de Montgomery Mining à San Diego. Aucun de nous ne voulait qu'elle sache que nous faisions à peu près la même chose, cette fois en tant que civils.

— Mais maintenant que tu ne pars plus en mission, ne pourrais-tu pas lui dire ?

Hudson haussa les épaules.

— Elle serait blessée et en colère que nous ne lui ayons pas dit plus tôt, alors nous sommes un peu coincés.

Je souris en regardant Hudson glisser ses pieds dans une paire de chaussures décontractées.

— Es-tu plus inquiet à l'idée qu'elle soit blessée ou en colère ?

Il m'adressa un sourire malicieux qui me donna des palpitations.

— Elle est heureuse et nous ne voulons pas perturber son bonheur. D'autant plus que Riley peut parfois se montrer sacrément féroce. La majeure partie de son travail en tant qu'avocate concerne la protection de la faune et de la flore. Je préfère donc qu'elle continue à s'attaquer à de grandes entreprises plutôt qu'à moi.

J'étais étonnée. Je m'attendais à ce que Riley soit une sorte d'avocate d'entreprise, et non une femme qui se battait *contre* des entreprises pour la défense des animaux.

Je ne pus m'empêcher d'être un peu amusée que ses trois frères aînés, tous des mâles dominants qui n'hésitaient pas à risquer leur propre vie pour sauver celle des autres, s'inquiètent de la réaction de leur petite sœur si elle apprenait que les histoires qu'ils lui racontaient n'étaient pas vraies.

— Elle a l'air incroyable, soupirai-je. Et de surcroît, elle est très belle, ajoutai-je.

J'avais vu des photos de toute la fratrie un peu partout dans la maison. Riley était absolument magnifique, comme tous ses frères.

— Elle l'est, acquiesça Hudson avec nonchalance tout en s'approchant de moi. Tout comme une autre superbe rousse que je connais.

Mon souffle se coupa lorsqu'il positionna ses mains de part et d'autre de mon corps, me piégeant ainsi contre le plan de travail de la cuisine auquel j'étais appuyée.

Je secouai lentement la tête en levant les yeux vers le regard intense et passionné d'Hudson.

— Je ne suis pas belle. Et maintenant j'ai plusieurs cicatrices pour accompagner les vilaines taches de rousseur qui ornent mon visage.

J'avais même appliqué l'un des rares fonds de teint que ma peau daignait bien tolérer pour essayer de dissimuler les petites cicatrices sur mon visage, mais cela ne suffisait pas à effacer les traces les plus rouges.

— Tu n'arriveras jamais à me convaincre que tu n'es pas la plus belle femme de la planète, déclara Hudson avec conviction tout en posant sa main sur mon visage avant de caresser délicatement l'une des cicatrices avec son pouce.

— Alors tu ferais mieux d'arrêter d'essayer, ma chérie. Ces petites taches de rousseur sur ton adorable visage me donnent envie d'explorer le reste de ton corps pour voir si je peux en trouver *ailleurs*. Et ces petites cicatrices ne cesseront jamais de m'exciter parce que chaque fois que je les verrai, je me souviendrai que tu es une femme extraordinaire.

Mon cœur galopait dans ma poitrine lorsque Hudson glissa son pouce sur une autre cicatrice.

— Tu es fou, dis-je à bout de souffle avant de passer mes bras à son cou.

Je ne savais pas trop comment gérer le fait que cet homme d'une beauté à couper le souffle me regardait de cette manière.

Je savais bien que je n'étais pas belle, pourtant, Hudson me donnait l'impression d'être une reine de beauté.

Peut-être que je ne me suis jamais souciée de savoir si un homme me regardait avec désir, mais il faut dire qu'aucun de ces hommes n'était Hudson Montgomery.

Aujourd'hui, je m'en souciais, et la façon dont cet homme me regardait, comme s'il voulait me dévorer, était si grisante que je ne pouvais rien faire d'autre que me noyer dans son odeur masculine et me vautrer dans la chaleur de son corps puissant.

— Je suis au-delà de la folie, chérie, murmura-t-il. Tu m'as donné un aller simple pour la démence. Pire encore, je m'en fiche totalement. Veux-tu savoir quel était mon fantasme après t'avoir envoyée au lit la nuit dernière ?

Oh, mon Dieu, oui, je mourrais d'envie de le savoir.

— Dis-moi.

— Ma tête entre tes cuisses sexy, savourant ta délicieuse vulve jusqu'à ce que tu te tortilles dans tous les sens, que tu halètes et que tu hurles mon nom, décrit-il d'une voix profonde et sensuelle juste avant de mordiller le lobe de mon oreille.

Je fermai les yeux tandis que la description de son fantasme inondait mon esprit.

— Je n'ai jamais…

— Tu adorerais ça, m'interrompit Hudson. Dans mon fantasme, tu me suppliais de te faire jouir.

Une douce chaleur fondue coulait désormais entre mes cuisses. Mes mamelons étaient si durs que c'en était presque douloureux.

Bon. D'accord. Il m'arrivait parfois de me masturber, surtout ces derniers temps, mais mon imagination n'était pas aussi vive que celle d'Hudson.

Probablement parce qu'il avait beaucoup plus d'expérience que moi.

Mon corps était en feu. Mon anatomie réclamait une satisfaction que seul Hudson pouvait me procurer.

Sa bouche effleura mon oreille avant de s'emparer de mes lèvres avec une force insistante qui me consuma complètement.

Il m'embrassa comme s'il avait besoin de marquer son territoire, de me revendiquer, et je ne voulais rien de plus au monde que d'être… à lui.

Oui, je n'hésiterais pas à le supplier de me faire jouir.

Je hurlerais son nom.

Je me laisserais tellement aller au plaisir qu'il pouvait m'offrir que j'en perdrais totalement la raison.

Je laissai échapper un gémissement affamé contre ses lèvres, puis j'agrippai ses cheveux.

J'avais besoin d'aller plus loin.

J'avais besoin de... lui.

J'étais à bout de souffle lorsqu'il libéra mes lèvres. Il saisit la tresse de cheveux à l'arrière de ma tête, puis il tira dessus afin de m'inciter à incliner la tête pour avoir accès à la peau sensible de mon cou.

L'intégralité de mon corps se mit à trembler de désir tandis que sa langue caressait ma peau brûlante.

— Hudson, dis-je dans un long gémissement. S'il te plaît. J'ai besoin....j'ai besoin...

— Tu as besoin de moi, lâcha-t-il près de mon oreille tout en glissant une main dans mon dos. Bon Dieu, Taylor. Tu ne portes donc jamais de soutien-gorge ?

Je secouai vivement la tête.

— Je n'en ai pas besoin. Mes seins sont trop petits.

Hudson s'empressa alors de poser ses mains sur ma poitrine. Avec ses pouces, il caressa les pics dressés de mes mamelons.

— Ils sont absolument parfaits, grogna-t-il.

Je gémis bruyamment lorsqu'il pinça légèrement un de mes mamelons avant de le caresser en décrivant des cercles apaisants.

Mes poings se fermèrent vigoureusement dans ses cheveux courts. Mon corps était tendu par le désir lorsqu'il posa sa main sur la fermeture éclair de mon jean.

— Oh, mon Dieu, Hu–

Je fus interrompu par ses lèvres qui se posèrent sur les miennes, et toutes les pensées quittèrent mon esprit lorsqu'il glissa ses doigts dans ma culotte pour caresser mon clitoris palpitant.

— Tu es tellement mouillée, remarqua-t-il après avoir arraché sa bouche de la mienne.

— Parce que j'ai trop envie de toi, soufflai-je.

— Tu ne pourras jamais *trop* avoir envie de moi, répliqua-t-il d'une voix rauque. Jouis pour moi, ma chérie. Je vais faire disparaître cette souffrance.

Mon souffle se coupa lorsqu'il exerça davantage de pression sur le petit bourgeon de nerfs. Ses caresses devinrent de plus en plus hâtives.

Lorsqu'il enfouit à nouveau son visage dans mon cou, je renversai ma tête en arrière et je me cambrai contre lui.

L'orgasme s'empara de moi de façon puissante et inattendue.

— Hudson, oui ! criai-je en abandonnant toute tentative d'avoir un semblant de contrôle sur la situation.

Mon corps implosa puis trembla lorsque Hudson agrippa mes fesses pour me tirer contre lui, me permettant ainsi de sentir l'énorme érection qui pressait contre la fermeture éclair de son pantalon.

Je me sentis complètement submergée par mes sensations. Hudson me berça alors contre sa silhouette musclée en attendant que ma fréquence cardiaque et respiratoire ne retombe.

Je glissai mes mains dans son dos, puis sous son t-shirt, me délectant désormais de son odeur masculine, mais aussi de la chaleur de sa peau sous mes doigts.

Il poussa un long soupir près de mon oreille. Le ton de sa voix était délicieusement provocateur lorsqu'il dit :

— Te faire jouir est probablement ce que j'ai fait de plus grisant depuis très longtemps.

— J'ai très envie de te rendre la pareille, murmurai-je en essayant de glisser mes mains entre nos deux corps.

Il saisit mes deux poignets et m'incita à enrouler mes bras autour de son cou. Je compris alors que son objectif était d'éloigner mes mains de son sexe.

— Tu jouerais avec le feu, ma chérie, grogna-t-il. C'est hors de question.

J'embrassai tendrement ses lèvres sensuelles avant de dire :

— Je pense que j'aimerais bien te voir entrer en combustion.

Non seulement j'étais prête à voir Hudson perdre le contrôle, mais j'avais la ferme intention de savourer chaque instant de cela.

Il était si dur avec lui-même. Il essayait d'avoir une mainmise sur chacune de ses émotions. J'aimerais donc le voir complètement lâcher prise.

— On verra quand tu seras guérie, gronda-t-il.

Il prit délicatement mon visage entre ses mains et embrassa la première cicatrice sur mon visage, puis l'autre.

Cet acte était si tendre que j'en eus les larmes aux yeux.

Peut-être parce que je savais, au plus profond de mes tripes, qu'Hudson me trouvait sincèrement irrésistible.

Il voyait chez moi une sorte de beauté que je ne parvenais pas à voir lorsque je me regardais dans un miroir.

— Merci, murmurai-je lorsqu'il s'écarta légèrement pour me regarder dans les yeux.

— Pour quoi ? demanda-t-il en haussant un sourcil interrogateur. De t'avoir fait jouir ? Bébé, je t'assure que tout le plaisir est pour moi.

Merci de me désirer.

Merci de te soucier de moi.

Merci de prendre soin de moi.

Merci de m'avoir sauvé la vie.

Merci de me comprendre quand je ne saisis même pas mes propres réactions.

Merci d'être l'ami le plus sexy que j'ai jamais eu.

Merci d'être...toi.

Cependant, Hudson s'était trompé en déclarant qu'il ne pourrait jamais me voir comme une amie.

Nous étions bel et bien amis, et il ne me convaincrait jamais du contraire.

Je pouvais tout lui dire et je savais qu'il ne me regarderait jamais différemment.

S'il s'agissait d'une confession douloureuse, alors il s'empressait de me serrer dans ses bras pour me réconforter.

Si j'étais de mauvaise humeur, alors il trouvait un moyen de me rendre le sourire.

Si j'étais triste, alors il savait me remonter le moral.

Tout cela correspondait bien à la définition de l'amitié, et même si l'attirance charnelle entre nous était indéniable, ces fondations d'affection et de camaraderie seraient toujours là.

Du moins, pour moi.

J'ai toujours été capable de voir au-delà du bourreau de travail, du milliardaire qui dirigeait son empire d'une main de fer, du mâle dominant aux tendances autoritaires affichant la façade d'un homme qui n'avait besoin de rien ni de personne.

Peut-être qu'il parvenait à tromper la plupart des gens, mais pas moi. Hudson avait ses propres besoins sous cette carapace puissante et attrayante qu'il montrait au reste du monde.

Il s'imposait de porter une grande culpabilité sur ses épaules. Il endossait toutes les responsabilités que les gens lui confiaient, puis il en redemandait. Hudson était perfectionniste avec lui-même, mais il excusait facilement les autres pour leurs défauts. Il était intrinsèquement gentil, et pourtant, il ne pensait pas mériter la même gentillesse de la part des autres.

Sous ce déguisement de milliardaire parfois grincheux, il y avait un homme.

Je pris sa tête entre mes mains puis je déposai un baiser délicat sur ses lèvres avant de répondre enfin :

— Merci d'être le gars le plus incroyable que j'ai jamais connu, Hudson Montgomery.

Il me regarda en souriant.

— Chérie, si j'avais su que te faire jouir m'aurait valu tant de baisers, alors je l'aurais fait plus tôt.

Le côté sexuellement enjoué d'Hudson était absolument irrésistible.

— La prochaine fois, ce sera ton tour, dis-je d'un ton sensuel dont je ne me savais pas capable. Nous ferions mieux d'y aller sinon nous serons en retard pour la fête.

Je remontai la fermeture éclair de mon pantalon tandis qu'Hudson glissa son portefeuille dans la poche arrière de son jean avant de s'emparer de ses clés.

— Je t'ai déjà dit de ne pas jouer avec le feu, dit-il ensuite d'une voix traînante.

Je lui adressai un sourire tout en attrapant mon sac à main. Je n'étais désormais plus du tout nerveuse à l'idée de rencontrer Riley et Cooper.

— Peut-être que tu as fait de moi une pyromane, le taquinai-je.

Notre relation était très unilatérale depuis le début, et je détestais cela. Hudson donnait beaucoup de sa personne et faisait de nombreux sacrifices. Il ne s'en rendait peut-être pas encore compte, mais je guérissais rapidement et je me sentais bien. J'étais désormais tout à fait prête à équilibrer la balance de notre relation.

Je voulais voir Hudson sourire.

Je voulais le décharger de ses responsabilités et le voir plus détendu.

Hudson était né dans un univers où la perfection était attendue de lui.

Il était donc grand temps qu'il comprenne que lui aussi méritait d'être heureux et qu'il n'avait pas besoin d'être parfait.

D'une manière ou d'une autre, j'avais la ferme intention de lui apprendre cela.

Je prenais aujourd'hui conscience que, quelque part entre son incroyable prise de risque qui m'avait sauvé la vie et aujourd'hui, j'étais tombée follement amoureuse d'Hudson Montgomery.

Chapitre 20

Hudson

Taylor prit une poignée de sable qu'elle laissa lentement glisser entre ses doigts tout en parlant à Maya Sinclair. Taylor paraissait très joyeuse.

Maya était la fille d'Aiden Sinclair, le frère de Seth. La fillette avait l'air subjuguée en regardant et en écoutant Taylor. Elles étaient toutes les deux assises en tailleur sur la plage de sable fin située derrière la maison de Riley et Seth.

Depuis ma chaise longue, sur la terrasse, je n'entendais rien de ce qu'elles disaient, mais face à leur sourire radieux, je me fichais totalement de ce dont elles parlaient.

Comme prévu, tous les invités de ce barbecue avaient adoré Taylor, en particulier Riley et Cooper.

À vrai dire, j'avais été surpris par la facilité avec laquelle Taylor était parvenue à sortir Cooper de son introversion habituelle.

— J'ai l'impression que tu ne refuserais pas une bière, plaisanta Seth en me tendant une bouteille bien fraîche avant de s'affaler sur la chaise longue située à côté de la mienne, une bière à moitié vide dans son autre main.

— Merci, dis-je en acceptant la boisson. Il fait une chaleur de bête aujourd'hui.

— C'est l'été et nous sommes dans le sud de la Californie, souligna Seth avec nonchalance. Il n'y a pas beaucoup de vent provenant de l'océan aujourd'hui, alors il fait encore plus chaud, ajouta-t-il.

Seth s'interrompit un instant avant de hocher la tête en direction de Maya et Taylor.

— Ces deux-là ont déjà l'air d'être les meilleures amies du monde. On dirait que Taylor lui apprend quelque chose à propos du sable et de la plage, et Maya est très attentive.

Je répondis par un hochement de tête affirmatif. Maya avait toujours été en avance sur son âge à l'école, elle ne devait donc avoir aucune difficulté à suivre tout ce que Taylor lui racontait.

— Ça ne m'étonne pas, répondis-je. Taylor est une géologue environnementale, et Maya a toujours adoré les sciences de la Terre.

Seth ricana.

— Cette petite adore *toutes* les sciences. Elle est beaucoup trop intelligente pour une enfant de son âge. Et Taylor est brillante. Je l'ai entendue parler de géologie avec Cooper tout à l'heure, je n'ai absolument rien compris. Un mec qui est tout juste arrivé au bout du lycée n'avait aucune chance de se joindre à cette conversation.

Je cessai de regarder Taylor un bref instant pour jeter un rapide coup d'œil à Seth. Il semblait parfaitement heureux de n'avoir rien compris à la conversation entre Taylor et Cooper.

— Je suis sûr qu'ils auraient été ravis de t'expliquer. S'il te plaît, ne commence pas à faire semblant d'être idiot en jouant la carte du mec qui n'a pas fait d'études supérieures. Tu es l'une des personnes les plus intelligentes que je connaisse.

S'il était vrai que Seth n'était pas allé à l'université, cela ne l'avait pas empêché de bâtir son propre empire dans l'immobilier. Sa grande capacité d'apprentissage et de compréhension lui avait permis d'apprendre le métier du bâtiment de A à Z.

À une certaine époque, le mari de ma sœur n'était qu'un ouvrier du bâtiment qui essayait de joindre les deux bouts tout en contribuant à l'éducation de ses frères et sœurs. J'avais un respect incommensurable pour Seth. Je ne le lui disais toutefois pas très souvent.

— C'est très élogieux venant de toi, songea Seth. Tu dois être de bonne humeur aujourd'hui. Cela a-t-il quelque chose à voir avec la jolie rousse que tu n'as pas quitté des yeux depuis que tu es arrivé ici ?

— Ça ne te regarde pas. Et qui a dit que je suis de bonne humeur ? grommelai-je.

— Oh, allez, Hudson, tu n'avais encore jamais amené une femme aux barbecues de Riley, et je ne t'avais encore jamais vu regarder une femme comme tu le fais avec Taylor. Je suis un homme follement amoureux de sa femme. Je sais donc reconnaître les signes. De surcroît, elle habite chez toi en ce moment. À quand remonte la dernière fois qu'une femme est seulement entrée chez toi ?

Je pris une grande gorgée de bière avec de répondre.

— Jamais.

— Exactement. Alors pourquoi maintenant ?

— Riley ne t'a rien dit ? demandai-je avec étonnement.

Seth m'adressa un regard perplexe.

— Me dire quoi ?

Soit Seth méritait un Oscar, soit Riley n'avait rien dit à son propre mari concernant l'enlèvement parce que je lui avais demandé de garder le secret.

Je regardai tout autour de nous. Seth et moi étions suffisamment loin des autres invités. Tout le monde était soit dans l'eau, soit sur la plage, soit à proximité du bar et du buffet.

Je n'ai jamais exigé de Riley qu'elle n'en parle *pas* à Seth. Alors, je lui expliquai rapidement ce qui était arrivé à Taylor, sans mentionner son agression sexuelle, l'implication de *Dernier Espoir* ni même mon rôle dans la mission de secours.

— Taylor est stagiaire pour Montgomery Mining, alors elle fait sa convalescence chez moi. Elle a traversé l'enfer. C'était donc la moindre des choses de ma part, dis-je après avoir terminé mon explication.

— Bon Dieu ! lâcha Seth. Je n'étais pas au courant qu'un de tes employés avait été enlevé, et encore moins trois d'entre eux.

— Nous préférons que cette histoire ne s'ébruite pas, le prévins-je. Cela rendrait la situation encore plus difficile qu'elle ne l'est déjà pour la famille de Mark, pour Harlow et pour Taylor si la presse se mettait à les suivre. Le gouvernement n'a pas trop envie que tout cela se sache non plus, alors ça n'a pas été très difficile de rester discret.

— Je n'ai pas l'intention d'en parler à qui que ce soit, et apparemment, Riley est déjà au courant, commenta Seth. Taylor est dans une forme incroyable pour quelqu'un qui a vécu une chose pareille il y a moins d'un mois. Ça a dû être terriblement difficile pour elle.

— Ça l'a été, confirmai-je. J'ai déjà eu affaire à des rebelles à Lania quand j'étais dans les forces spéciales, et ils ne sont pas vraiment connus pour leur humanisme vis-à-vis des otages. Taylor est incroyablement courageuse.

Je donnai à Seth autant d'informations que possible sur l'enlèvement, sur la tentative d'évasion de Taylor ainsi que sur son état physique juste après avoir été secourue.

— Alors le gouvernement de Lania lui est venu en aide ? demanda Seth avec curiosité.

— Oui, on peut dire ça, répondis-je évasivement.

Il ne s'agissait pas vraiment d'un mensonge. Le prince Nick avait fait le nécessaire pour la gestion médicale après l'exfiltration de Taylor du camp des rebelles. Je savais que Seth parlait de sa libération initiale, mais s'il souhaitait croire qu'une équipe d'intervention mobilisée par le gouvernement de Lania avait mis Taylor en sécurité, alors cela me convenait.

— J'ai envoyé mon jet pour la ramener aux États-Unis, puis je lui ai proposé de séjourner chez moi le temps de sa guérison.

Pas vraiment un mensonge non plus.

— Pas étonnant que tu sois fou d'elle, observa Seth. Si tu ne m'avais rien dit, je n'aurais jamais deviné qu'il lui était arrivé une chose pareille. Elle est tellement souriante et gentille avec tout le monde.

— Qui a dit que j'étais fou d'elle ? demandai-je en le foudroyant d'un regard qui intimiderait la plupart des gens.

Mais pas Seth. Il me regarda droit dans les yeux, haussa un sourcil et dit :

— Arrête de me prendre pour un idiot, Hudson. Comme je te l'ai dit, je sais reconnaître les signes. Et il n'y a rien de mal à tomber amoureux d'une femme comme Taylor. Elle est jolie, courageuse, très intelligente, et elle semble te regarder exactement de la même façon que tu la regardes.

— J'ai un faible pour elle. J'ai un faible pour elle depuis notre première rencontre, mais j'ai vraiment craqué pour Taylor quand elle a botté les fesses de Jax aux échecs, plaisantai-je.

Seth écarquilla les yeux.

— Comment diable a-t-elle réussi à le battre ?

— Elle a appris à jouer aux échecs avec Mac Tanaka, un grand maître bien connu, et Jax était beaucoup trop sûr de lui-même, expliquai-je.

Seth éclata de rire.

— J'aurais donné au moins un million de dollars pour voir ça. Riley m'a dit que Taylor pratiquait aussi le Tai Chi à un niveau très avancé. Il s'agit donc d'une femme aux multiples talents, ce qui la rend très intrigante.

— Elle l'est ! Elle n'est pas impressionnée par le nom de Montgomery, par moi ou par mon argent. Rien de tout cela ne l'intimide. Quand elle me regarde, elle ne voit que...moi. Et elle est sacrément tolérante à propos de chacun de mes défauts. Si tu veux vraiment savoir ce que je ressens, alors oui, je suis fou d'elle. Je ne m'y attendais pas, mais je ne peux absolument rien y faire. Voilà, t'es heureux maintenant ? dis-je en lançant un regard mécontent à Seth.

Il avala une gorgée de bière avant de répondre :

— La question serait plutôt...es-tu heureux, Hudson ? Ce que ressentent les autres n'a aucune importance. Mais pour ta gouverne, sache que je suis ravi que tu aies rencontré une femme comme Taylor. Tu mérites quelqu'un qui s'intéresse vraiment à toi, et non à ton argent ou à ton nom. Alors, que vas-tu faire maintenant ?

— Que puis-je faire ? Taylor est encore convalescente. J'espère que je pourrai la convaincre d'accepter un poste en CDI chez

Montgomery Mining, mais jusqu'à présent elle s'y oppose parce qu'elle a l'impression de ne pas avoir l'expérience nécessaire pour travailler dans notre laboratoire. Je pense qu'elle a le sentiment que je lui propose cela pour lui rendre service, ce qui n'est vraiment pas le cas. Elle serait un atout inestimable pour notre laboratoire et notre centre de recherche. Elle est assurément adorable, mais cette femme peut être sacrément têtue.

Au loin, je vis Jax s'approcher de Maya et de Taylor avant d'échanger quelques mots avec elles.

Maya se leva avec un énorme sourire aux lèvres et courut en direction de la maison.

Je devinai que Jax avait confié une mission divertissante à Maya afin de pouvoir discuter avec Taylor pendant quelques minutes.

— On dirait que Jax passe à l'action, commenta Seth d'un air songeur. Est-ce qu'il sait déjà que…

— Il sait, l'interrompis-je. Lui aussi va essayer de la convaincre d'accepter un poste chez Montgomery Mining. Il veut qu'elle reste dans l'entreprise. Elle est trop intelligente pour que nous la laissions filer.

— Je pense qu'elle doit rester avec *toi*, Hudson, suggéra Seth.

Je continuai à regarder Jax et Taylor. Ils semblaient être au beau milieu d'une discussion sérieuse.

— Mets-toi à ma place, lui dis-je. Elle a été victime d'une prise d'otage, elle a été battue et maltraitée, et elle lutte encore quotidiennement pour se remettre de tout cet événement traumatique. Qu'importe ce que je ressens pour elle, elle n'est tout simplement pas encore prête à accepter autre chose que mon amitié.

— Alors sois son meilleur ami, répondit Seth. Tu auras ensuite tout le temps du monde pour la convaincre que tu souhaites aller beaucoup plus loin avec elle. Écoute, je sais qu'elle a probablement des problèmes et des craintes que seul le temps pourra résoudre, mais je ne pense vraiment pas qu'elle soit irrémédiablement endommagée, Hudson. À vrai dire, elle semble plus saine que la plupart des gens que je connais. C'est *elle* qui doit décider de ce qu'elle veut et de ce qu'elle est prête à faire. Je te le dis encore, sa façon de te regarder n'est pas neutre. Je crois qu'elle veut aller plus loin, tout comme toi.

— Comme je te l'ai dit, Seth, j'ai veillé sur elle au début de sa convalescence. Elle est probablement juste reconnaissante que—

— Oh, par pitié, arrête ! m'interrompit-il. Ne commence pas, Hudson. Il ne s'agit pas d'une sorte de culte du héros pour elle. Elle te regarde comme si tu étais une sorte de dessert très appétissant auquel elle aurait hâte de goûter. Je connais ce regard par cœur, et c'est plus que suffisant pour rendre un homme complètement dingue. Comme je suis marié à ta petite sœur, je n'en dirais pas plus à ce sujet, mais s'il te plaît, ouvre un peu les yeux. La gratitude et le désir sont deux choses radicalement différentes.

— J'ai horreur de me sentir comme ça, avouai-je en croisant les bras sur mon torse. Comment diable puis-je avoir autant envie de coucher avec une femme qui sort à peine d'une prise d'otage ? Toute cette situation est très étrange. Taylor mérite tellement mieux que…moi.

— Parfois, quand tu trouves la femme sans laquelle tu ne peux pas vivre, tu te fiches de tout ce que tu dois traverser pour qu'elle soit tienne. Et tu sais pertinemment qu'il ne s'agit pas d'une simple attirance physique, Hudson. Peut-être que tu ne veux pas l'admettre, mais qu'est-ce que tu ressentirais si elle rencontrait un autre homme ?

— Je perdrais la tête, avouai-je d'une voix rauque. Taylor est à moi.

Seth hocha lentement la tête, comme s'il me comprenait parfaitement.

— Quand j'ai rencontré Riley, je n'avais aucune envie de me compliquer la vie, et la toute dernière chose dont je pensais avoir besoin était de tomber amoureux d'une avocate obstinée qui se tenait entre moi et un bien immobilier de premier choix que je cherchais depuis longtemps, dit-il avec sérieux. Mais il ne m'a pas fallu longtemps pour comprendre que cela n'avait pas d'importance si elle était mon ennemie temporaire, parce que je savais très bien que nous ne pouvions pas rester des adversaires bien longtemps. Alors oui, nous avons tous les deux lutté contre cette attirance réciproque. Nous avons tout fait pour la repousser. Mais avec le recul, je savais au plus profond de mes tripes, sous toute cette animosité, que j'avais attendu Riley toute ma vie. Elle était faite pour moi. Elle était la femme de ma vie. Une fois que mon cerveau et mon cœur se sont mis d'accord, j'étais prêt à tout pour la conquérir. Je n'avais pas le choix. Il n'y avait et il n'y aura jamais une autre Riley pour moi dans ce monde. C'était tout ou rien. Heureusement, j'ai fini par découvrir qu'elle ressentait la même chose pour moi, et nous avons ensuite dû franchir de nombreuses étapes pour arriver à un dénouement heureux. Si c'était à refaire, alors je recommencerais bien volontiers. Je l'aime, et si je venais à la perdre, alors je serais une coquille vide qui occupe inutilement de la place sur Terre. Elle fait de moi l'homme que je suis aujourd'hui, et je n'ai pas du tout honte de l'admettre. Avant de la rencontrer, je ne croyais pas au destin, mais je pense sincèrement que Riley et moi avons toujours été faits l'un pour l'autre. Je suppose que si notre relation n'avait pas fonctionné, alors nous aurions tout de même accompli notre destinée. Ma vie serait un enfer sans elle, c'est pourquoi je ne prends jamais un seul instant passé en sa compagnie pour acquis. Jamais.

J'étais complètement abasourdi. Seth n'avait jamais été aussi franc avec moi. Nous nous appréciions, nous avions beaucoup de respect l'un pour l'autre, nous parlions beaucoup de notre travail et de l'actualité, mais la dernière fois que Seth s'est montré aussi direct, c'était pour me promettre qu'il prendrait toujours soin de ma petite sœur, Riley, quand ils se sont fiancés. Et même à ce moment-là, il était beaucoup plus sobre dans ses propos.

Sans l'ombre d'un doute, il adorait Riley et elle lui rendait cette affection.

Seth croyait peut-être que je ne comprendrais pas, et il y a encore quelques semaines de cela, je n'aurais pas été en mesure de comprendre comment un homme pouvait ressentir cela.

Mais aujourd'hui, je le comprenais parfaitement, et je savais à quel point Seth avait souffert d'apprendre que mon père avait abusé de Riley quand elle était enfant.

— Je pense qu'elle aussi a attendu toute sa vie de te rencontrer, dis-je avec sincérité. Quand elle n'osait rien dire à personne concernant ce que mon père lui a fait subir, elle a pu se confier à toi. Je ne sais pas comment tu l'as aidée à surmonter une chose si douloureuse qu'elle a enterrée pendant des années, mais je suis sacrément content que tu aies été là pour elle.

Seth haussa les épaules.

— Je me suis contenté de l'aimer et d'essayer de lui faire comprendre que rien de tout cela n'était de sa faute. Même quand elle s'effondre, même lorsqu'elle semble fragile, au fond, Riley est une femme incroyablement forte et intelligente. Elle se débrouille très bien toute seule. Je suis juste là pour l'épauler quand elle a besoin de moi, expliqua-t-il.

Seth hésita un instant avant d'ajouter :

— Je la connais à peine, mais j'ai le sentiment que Taylor lui ressemble beaucoup. Sois là pour elle, Hudson. Laisse-la pleurer sur ton épaule quand elle en a besoin, mais tu peux être sûr qu'elle finira par s'en sortir parce qu'elle est courageuse et indépendante. Et par pitié, n'essaie pas de deviner ce qu'elle ressent. Tant qu'elle ne s'exprime pas directement, tu ne peux rien deviner. Quand elle te dit quelque chose, écoute-la attentivement, et crois-la sur parole plutôt que de tout examiner à la loupe.

Pour d'obscures raisons, Seth semblait avoir compris que Taylor avait été victime d'abus sexuels pendant sa captivité. Je n'aurais jamais confié une chose pareille à Seth, ni à personne d'autre, mais il s'agissait probablement d'une conclusion logique puisqu'il savait que Taylor avait été maltraitée pendant sa séquestration à Lania.

Je lui adressai un regard prudent.

— C'est trop tôt, dis-je.

Il me regarda avec empathie.

— Peut-être dans ton esprit. Mais je pense que cette décision revient à Taylor. Écoute, tu es dans une situation sacrément délicate pour l'instant. Je le comprends. Mais veille à ce que tes inquiétudes ne ressemblent pas à un rejet aux yeux de Taylor. Aucune femme au monde ne voudrait se sentir repoussante après avoir vécu une chose pareille.

J'acquiesçai d'un hochement de tête déterminé.

— Nous nous sommes parlé. Taylor sait qu'elle me plaît, je crois que je suis juste–

— Inquiet qu'elle ne ressente pas la même chose ? devina Seth. Mon pote, ne le prends pas mal, mais à en juger par la façon dont elle te regarde, je pense pouvoir affirmer avec certitude que ce qu'elle éprouve n'est pas un simple sentiment de gratitude.

J'avalai le reste de ma bière avant de lui demander :

— Comment diable as-tu survécu à tout cela ? Taylor me rend complètement fou. Et j'étais pourtant un type rationnel. Je ne suis pas du genre à perdre la tête pour une femme. Je ne l'ai jamais été et je n'aurais jamais pensé l'être un jour.

Seth sourit de toutes ses dents.

— Il suffit de la bonne pour faire chavirer l'homme le plus froid du monde. En ce qui me concerne, j'ai de la peine pour les mecs qui pensent ne jamais ressentir cela un jour ou qui n'ont pas eu autant de chance que moi.

— C'est difficile de se sentir chanceux quand la tension sexuelle est paralysante, grommelai-je.

Seth rit de mon malheur avant de dire :

— Aïe. On dirait bien que Riley s'apprête à avoir une conversation seule à seule avec Taylor.

Mon regard se porta immédiatement là où Jax avait une discussion avec Taylor quelques instants plus tôt. Maya et Jax étaient en train de manger une glace, glace que Jax avait probablement demandé à la fillette d'aller chercher afin d'avoir quelques minutes seul avec Taylor.

Un grognement quitta ma gorge en voyant deux rousses se diriger vers la jetée.

— Est-ce que je dois voler au secours de Taylor ? demandai-je à Seth.

Il secoua la tête tout en se levant de sa chaise longue.

— Non. Tu es en sécurité. Riley a l'air d'adorer Taylor. Si ce n'était pas le cas, alors tu aurais une raison de t'inquiéter. Je vais me chercher une autre bière. Je n'ai pas très envie de jouer au volley pour le moment. Il fait trop chaud.

— Apporte-m'en une. Je crois que j'en ai besoin, dis-je à Seth. Je n'ai même pas envie de savoir de quoi elles parlent actuellement.

— Tu sais déjà de quoi elles parlent. C'est de Riley dont il s'agit, répondit-il. Et Taylor est la première femme avec qui elle te voit depuis très longtemps.

En effet, je connaissais bien ma petite sœur, et c'était précisément ce qui m'inquiétait.

Chapitre 21

Taylor

Je suis devenue amie avec Riley Sinclair presque instantanément. Certes, elle était magnifique, mais il n'y avait pas une once de snobisme en elle, et son sourire était des plus sincères.

Elle me regarda alors que nous marchions sur la plage, sans toutefois parvenir à dissimuler son inquiétude lorsqu'elle demanda :

— Comment te sens-tu vraiment après tout ce que tu as traversé ? Cet enlèvement a dû être traumatisant.

Je lui souris.

— Il va me falloir du temps pour retrouver la forme physique dans laquelle j'étais avant que ça n'arrive, et mes nuits sont parfois difficiles à cause des cauchemars, mais honnêtement, je vais plutôt bien. La plupart du temps, je suis juste reconnaissante d'être en vie.

— Est-ce que tu es à l'aise chez Hudson ? m'interrogea-t-elle avec hésitation.

— Comment pourrais-je bien *ne pas* l'être ? ris-je. Sa maison est magnifique, en bord de mer, tout comme la tienne. C'est calme, à l'abri des regards indiscrets et il se trouve qu'Hudson sait cuisiner.

Que pourrais-je demander de plus ? Ton frère a été d'un soutien incroyable. Je ne sais pas ce que j'aurais fait sans lui.

— Eh bien, dit Riley avant de s'interrompre pour chercher ses mots. Hudson est parfois un peu...

— Bourru ? Grincheux ? Autoritaire ? Oui, j'ai remarqué, mais il n'est comme ça qu'en surface. Il a un grand cœur. Hudson est un homme extraordinaire. Mais je ne sais pas s'il en a conscience.

Riley hocha la tête.

— Il travaille beaucoup trop, il ne dort pas assez, il porte trop de responsabilités, et tu es la première femme qu'il invite à l'un de nos barbecues. Ce n'est jamais arrivé auparavant.

— Vraiment ? dis-je. Je me demande pourquoi.

Riley poussa un long soupir.

— Peut-être que ça va te paraître bizarre, mais ce n'est pas si facile d'être né avec autant d'argent et de porter un nom de famille qui implique de nombreuses attentes. Il est très difficile de faire la différence entre les gens qui tiennent vraiment à toi et ceux qui ne veulent que ton nom ou ton argent. Je pense qu'Hudson a renoncé à rencontrer quelqu'un après quelques expériences douloureuses avec des femmes qui se fichaient complètement de lui. Elles ne s'intéressaient qu'à son argent ou à son statut social.

— J'ai du mal à comprendre comment une femme pourrait ne pas voir à quel point Hudson est un homme exceptionnel, même sans toute sa richesse et son pouvoir. Il est incroyablement humble, brillant, plein d'esprit et d'humour et sincèrement gentil. Je pense que ces qualités sont beaucoup plus importantes que son compte en banque, dis-je avec un soupçon d'indignation.

Cela m'ennuyait vraiment qu'aucune des femmes qu'il avait fréquentées n'ait vu toutes ces choses.

— Je suis entièrement d'accord, déclara Riley d'un ton catégorique. Mais dans notre univers, c'est très difficile de rencontrer quelqu'un qui n'attache pas une importance capitale au statut ou à l'argent.

— Tu y es pourtant arrivée, lui rappelai-je.

— Seth est...unique, dit Riley d'une voix qui trahissait tout l'amour qu'elle avait pour son mari. Il a grandi dans la pauvreté et il a travaillé dur pour prendre soin de sa famille. Il savait quelles étaient ses priorités et ce qui comptait vraiment pour lui *avant* de faire fortune. Malgré le manque d'argent, Seth a grandi dans un foyer plein d'amour. Ce n'est pas notre cas. Nos parents nous ont complètement négligés. En plus d'être superficiels, ils étaient maltraitants. Et comme mes frères étaient tous très doués sur le plan scolaire, ils ont été envoyés dans un pensionnat quand ils étaient très jeunes. Mes parents attendaient déjà d'eux qu'ils comportent comme des adultes.

— Alors aucun de vous n'a vraiment eu d'enfance, remarquai-je tristement.

— Non, répondit-elle. Mon père a abusé de moi quand j'étais petite, ce qui a détruit mon enfance, et les garçons ont été envoyés dans un établissement qui ne s'intéressait qu'à leur réussite scolaire.

— Oh, mon Dieu, Riley, dis-je d'un ton horrifié. Je suis tellement désolée.

— Ne le sois pas, dit-elle. Ça n'a plus d'importance. Mon père est mort depuis longtemps, et ma mère pourrait tout aussi bien l'être puisque nous ne lui adressons plus la parole depuis que nous avons découvert qu'elle était au courant des agissements de mon père. Elle a fermé les yeux pour ne pas salir le nom de Montgomery. Si je te dis tout cela, c'est simplement pour que tu comprennes à quel point notre famille était dysfonctionnelle.

— Je peux comprendre, en quelque sorte, répondis-je. J'ai grandi dans une famille d'accueil après la mort de mes parents dans un homicide-suicide quand j'avais quatre ans. Je suis passée dans plusieurs familles d'accueil jusqu'à ce que je trouve enfin un foyer définitif, à l'âge de onze ans. Ma vie s'est grandement améliorée après cela, mais le fait d'avoir une enfance difficile fait de sacrés dégâts à notre psyché.

— Tout à fait, acquiesça Riley. Pourquoi n'as-tu pas été adoptée ?

Je ne pus m'empêcher de rire.

— Quand j'étais petite, j'étais sauvage, rousse et pas très jolie. Et j'avais tendance à frapper quiconque osait m'importuner. J'étais très en colère, terrifiée et impossible à aimer.

— Je te comprends, répondit Riley. Mais tu es une très belle femme, Taylor. J'ai donc beaucoup de mal à croire que tu n'étais pas aussi très mignonne quand tu étais petite.

— Crois-moi, dis-je simplement. J'avais des lunettes en culs-de-bouteille qui n'étaient pas du tout à ma taille, un visage couvert de taches de rousseur et des cheveux roux hirsutes. J'ai pu me débarrasser des lunettes quand j'ai enfin trouvé un foyer où mon père adoptif m'a acheté des lentilles de contact, et plus tard j'ai subi une opération au laser pour retrouver une vue normale. Néanmoins, je pense que les taches de rousseur et les cheveux fous m'accompagneront pour toujours. De surcroît, je me retrouve aujourd'hui avec quelques cicatrices sur le visage après avoir été violentée pendant ma captivité.

Riley s'arrêta de marcher un instant et agrippa délicatement mon bras pour m'inciter à me tourner vers elle.

— Ces cicatrices seront à peine perceptibles une fois guéries, et la plupart de tes taches de rousseur ont déjà disparues. Si ces quelques taches de rousseur restantes te dérangent vraiment, il y a un certain nombre de produits ou de méthodes que tu peux utiliser pour t'en débarrasser.

Je ne pus m'empêcher de rouler des yeux.

— Ton frère semble les adorer. J'ai déjà essayé de les dissimuler avec du maquillage, mais j'ai une peau très sensible, et certains produits sont hors de ma portée puisque je suis une étudiante dans la précarité depuis six ans maintenant.

Riley m'adressa un sourire.

— Je suis d'accord avec mon frère, ces taches de rousseur te donnent beaucoup de charme. Mais seul ton avis compte, et non le mien ou celui d'Hudson.

Je ne pouvais pas dire à Riley que l'opinion de son frère était en réalité la seule chose au monde qui m'aidait à me sentir désirable.

Sourire aux lèvres, je regardai Riley en écartant mes bras tendus.

— Ai-je vraiment l'air d'une femme qui se soucie de son apparence physique ? Voici à quoi je ressemble au quotidien. Je suis géologue et je suis souvent sur le terrain. Un jour, j'aurais peut-être besoin de vêtements plus professionnels, mais jusqu'à présent, cela n'a jamais été nécessaire.

Riley me regarda attentivement de la tête aux pieds.

— Honnêtement, je dirais au contraire que tu ressembles à une femme qui se soucie de son apparence. La jolie couleur lavande de ton haut fait ressortir tes superbes yeux verts, et dans son ensemble, ta tenue est parfaite pour une soirée décontractée. Tu es magnifique, Taylor, que tu en aies conscience ou non. J'aimerais bien être aussi athlétique que toi, mais j'aime beaucoup trop manger.

— J'ai perdu du poids à Lania, mais j'en ai déjà repris la majeure partie. Si je continue à manger tout ce que me donne Hudson, je vais gonfler comme un ballon, dis-je en continuant à marcher aux côtés de Riley.

Elle se mit à rire avant de demander :

— Crois-tu que ta relation avec Hudson se poursuivra une fois que tu seras complètement rétablie ? De toute évidence, vous tenez l'un à l'autre, j'espère donc secrètement que ce sera le cas.

— Je n'en sais trop rien, répondis-je avec honnêteté. Je tiens beaucoup à Hudson, mais soyons réalistes, je suis une géologue environnementale fraîchement diplômée, et Hudson est...eh bien, c'est d'Hudson Montgomery dont il s'agit. Sans cet enlèvement, je pense que nos chemins ne se seraient jamais croisés. Et tu dois bien admettre que je n'ai pas le profil des femmes qu'il fréquente habituellement. Alors oui, *j'aimerais* aller plus loin avec lui, mais je ne sais pas si ce sera possible. Je cherche du travail actuellement. Peut-être que je ne serai même pas en Californie.

— Si vous tenez l'un à l'autre, alors vous trouverez une solution, répondit-elle. Et Hudson fréquente rarement les ultra-riches à moins qu'il ne soit obligé de le faire pour son travail ou bien pour les associations caritatives qu'il soutient. À vrai dire, aucun de nous ne fréquente vraiment ce milieu. C'est un univers pitoyable la plupart du temps. Écoute, je ne veux pas me mêler de ce qui ne me regarde pas, mais à en juger par la façon dont il te regarde, je peux te dire qu'Hudson est fou de toi, et je crois que tu tiens à lui aussi.

— En effet. Je tiens même beaucoup à lui. Mais j'ai été violée à plusieurs reprises par le chef des rebelles pendant ma captivité, et Hudson a le sentiment que je ne suis pas prête à aller plus loin avec lui pour le moment, lâchai-je.

Je n'avais pas prévu de donner ce détail de mon enlèvement à Riley, mais cela m'avait échappé.

Je n'avais pas vraiment de difficulté à me confier à elle puisqu'elle se montrait si franche avec moi.

— Oh, mon Dieu, Taylor. Ça a dû être terrible pour toi.

— Ça l'était. Mais malgré tout, j'arrive à faire la différence entre un viol et une relation sexuelle consentie. J'enseigne le Tai Chi, alors je m'entraîne à vivre dans un état de pleine conscience depuis que je suis adolescente. Cela signifie que j'ai appris à porter mon attention sur le moment présent sans porter de jugement et à être ouverte à de nouvelles expériences et à de nouvelles émotions. Alors oui, je fais encore des cauchemars, et juste après l'enlèvement, j'étais accablée par de très mauvais souvenirs. Je travaille encore sur tout cela avec l'aide d'une psychologue. Selon elle, tout le monde réagit différemment après un traumatisme ou une agression sexuelle, et parfois, il faut beaucoup de temps avant de retrouver une vie sexuelle normale. Je comprends parfaitement cela, et j'aurai probablement besoin de temps pour apaiser mon subconscient. Mais pour moi, ce que j'ai subi au cours de ma captivité et ce que je ressens pour Hudson sont des expériences complètement *distinctes*. Je n'associe rien de ce qui s'est passé à Lania à ce que je vis *actuellement* aux côtés d'Hudson. Pendant longtemps, je croyais que j'étais bizarre de réagir ainsi, mais ma psychologue m'a assuré que mon cerveau fonctionnait parfaitement bien et qu'il assimilait mes expériences à sa manière. Cependant, Hudson ne semble pas comprendre tout cela. Je crois qu'il cherche encore à me protéger, même si je n'ai plus vraiment besoin qu'on s'occupe de moi. Maintenant que j'ai enfin pu reprendre le Tai Chi, je suis beaucoup plus calme et concentrée.

Riley roula des yeux.

— Tu ferais mieux de t'habituer à son comportement protecteur. L'instinct protecteur de Seth n'a *jamais* disparu, et je pense qu'il en sera de même pour Hudson. Et je suis d'accord avec ta psychologue. Tu as le droit de réagir à ton traumatisme comme tu l'entends, et non comme les autres le voudraient. Chaque femme est unique, avec une histoire et un vécu qui lui sont propres.

— Parfois, j'aimerais avoir le sex-appeal nécessaire pour le séduire, balbutiai-je.

— Oh, mais tu l'as, dit Riley avec un sourire malicieux. Tu n'as tout simplement pas encore utilisé ces atouts.

Chapitre 22

Taylor

Une semaine plus tard, j'étais on ne peut plus prête à révéler mes atouts séduction cachés pour inciter Hudson à lâcher prise.

J'en avais fini de le laisser me faire jouir sans que nous quittions nos vêtements. Certes, il était très créatif, mais cela ne me convenait plus. J'avais envie de le toucher, mais chaque fois que mes mains baladeuses atteignaient son sexe, il m'empêchait d'aller plus loin.

J'avais bien avancé dans ma mission consistant à équilibrer notre relation.

Hudson avait repris le travail lundi dernier, me laissant donc tout le loisir de faire la cuisine à sa place. Ce n'était pas vraiment difficile puisque la cuisine de sa maison ferait pleurer de joie n'importe que chef étoilé. Je préparais également des pâtisseries tous les jours.

Tout comme Hudson, Mac adorait tout ce qui était sucré. Ainsi, j'avais appris à faire à peu près tous les desserts de la planète. J'adorais essayer de nouvelles recettes, mais je n'avais pas vraiment eu le temps de m'adonner au plaisir de la pâtisserie pendant mes années à Stanford.

Maintenant, j'avais plus de temps libre que nécessaire.

Mon kinésithérapeute prévoyait de me libérer dans deux semaines, et nous avions déjà réduit mes séances à une fois par semaine puisque la majeure partie de notre travail ensemble tournait autour de ma routine de Tai Chi. Son objectif était de veiller à ce que mon corps puisse tolérer des mouvements rapides et exigeants.

Je continuais à voir ma psychologue une fois par semaine, mais je n'avais plus fait un seul cauchemar depuis la nuit où je m'étais réveillée en hurlant.

Maintenant que je pouvais pratiquer le Tai Chi tous les jours, mon esprit était beaucoup plus apaisé et mon corps beaucoup plus fort. Je me sentais enfin à nouveau moi-même.

— J'ai trouvé du travail aujourd'hui, dis-je à Hudson alors que nous finissions de dîner à la table de la salle à manger.

Il releva vivement la tête et me regarda d'un air perplexe.

— Où ça ? Je croyais pourtant que Jax t'avait informée la semaine dernière que tu pouvais prendre le poste vacant au sein de notre équipe de recherche.

Je soupirai. En effet, Jax m'avait bel et bien parlé de cela. Il s'agissait d'un poste que je convoitais et qui correspondait parfaitement à mes compétences, mais je n'avais tout simplement pas assez d'expérience pour l'accepter.

— Je lui ai dit que j'y réfléchirais. J'avais déjà envoyé des candidatures et j'ai passé plusieurs entretiens qui se sont plutôt bien déroulés cette semaine. Après l'entretien d'embauche que j'avais aujourd'hui, ils m'ont proposé le poste sur-le-champ.

— Quel est le nom de l'entreprise ?

Après avoir répondu à sa question, le dégoût tira les traits de son visage.

— Tu détesterais travailler pour eux, dit-il d'un ton bourru. Ils font encore principalement de l'extraction d'or à l'ancienne, de façon très sale. Tu ne travaillerais pas sur des stratégies de prévention ni sur de nouvelles méthodes pour réduire l'impact de l'exploitation minière sur l'environnement. Tu serais trop occupée à gérer les multiples incidents liés à l'utilisation de cyanure et de mercure. Ils se foutent complètement de l'environnement.

— Je sais. Mais justement, peut-être que je peux les aider à changer leur approche ?

— Taylor, si tu as l'intention d'entrer dans cette entreprise pour jouer la lanceuse d'alerte, ils vont t'écraser comme un insecte. Ne fais pas ça, me prévint-il avec un sérieux glaçant.

— Le salaire proposé est plutôt correct, et je ne suis pas obligée de rester chez eux pour toujours.

— Où est ce poste exactement ?

— Leur siège social est dans le Nevada, répondis-je. Je serais donc probablement souvent en déplacement–

— Taylor, grogna-t-il en me coupant la parole.

Je fermai alors la bouche en attendant qu'il s'exprime.

— Je suis sur le point de te demander d'exaucer mon deuxième vœu, dit-il.

J'écarquillai les yeux.

— Si tu as l'intention de recommencer à me parler d'argent, alors ne te fatigue pas. Je suis parfaitement capable de trouver du travail.

Mon Dieu, Hudson était si sexy quand il se montrait autoritaire. Non seulement il ne m'intimidait pas du tout, mais de surcroît, son attitude d'animal sauvage faisait frémir l'intégralité de mon corps.

Il me foudroya du regard.

— Je t'ai déjà dit que je n'en parlerais plus. Mais n'hésite pas à aborder le sujet si tu te sens prête à accepter cet argent.

— Ce n'est pas le cas, dis-je catégoriquement. Alors si ça ne concerne pas cet argent, je t'écoute.

— Je souhaite vraiment que tu acceptes le poste chez Montgomery Mining. Tu sais bien que c'est exactement ton domaine d'expertise, et ça ne serait pas la première fois que nous embauchons une stagiaire en CDI. Je ne veux pas te voir partir dans une autre entreprise. Jax et Cooper souhaitent te garder dans l'entreprise aussi. Tu as donc la preuve qu'il ne s'agit pas de charité de ma part. Au contraire, je te demande d'être charitable avec moi. Tu es beaucoup trop intelligente pour accepter un poste subalterne dans une entreprise qui ne partage pas tes valeurs.

Hudson me demandait-il de faire quelque chose d'immoral ou de malhonnête ? Non, pas du tout.

Au contraire, il me disait la vérité quant au fait que Montgomery Mining offrait parfois des postes permanents à ses meilleurs stagiaires. Harlow était entrée chez eux en tant que stagiaire, puis elle y avait gravi les échelons au fil du temps.

Je me sentais presque anxieuse à l'idée de saisir quelque chose que je ne pensais pas avoir la chance d'obtenir avant des années, du moins pas avant d'avoir fait mes preuves en tant que débutante dans une autre entreprise.

Je ne voulais pas vraiment d'une autre entreprise. *Montgomery Mining* avait toujours été mon objectif pour l'avenir.

Mais au fond de moi, je ne savais pas si j'étais prête à me lancer. De plus, j'avais peut-être encore un peu l'impression qu'Hudson m'offrait ce poste par amitié, par amour, ou par je-ne-sais-trop-quoi.

Je le regardai droit dans les yeux en répondant :

— S'il te plaît, ne prétends pas que vous ne pourriez pas trouver quelqu'un de plus qualifié que moi pour ce poste.

Hudson haussa les épaules.

— Il y a toujours un avantage à embaucher un élément fraîchement diplômé, surtout quelqu'un comme toi. Embaucher un géologue expérimenté ne comporte pas que des avantages et ce n'est pas toujours la bonne solution. Si la personne recrutée n'a jamais travaillé dans une entreprise comme la nôtre, alors il est fort probable qu'elle ait adopté de mauvaises habitudes. De surcroît, tu coûterais moins cher à l'entreprise puisque tu commencerais plus bas dans la grille des salaires, le temps de boucler ta formation initiale et ta période d'essai.

— Combien coûterais-je à l'entreprise ?

Avec sa nonchalance habituelle, Hudson me donna alors un salaire moyen de départ.

J'écarquillai les yeux.

— C'est vraiment très...élevé.

— C'est le salaire en vigueur dans notre entreprise pour ce poste. Je n'invente rien. Nous accordons beaucoup de valeur au niveau de qualification et de compétence de nos salariés, et nous t'offrirons même un financement supplémentaire au bout d'un an chez nous pour que tu obtiennes un doctorat, si tu le souhaites.

J'étais sans voix.

Comment pourrais-je bien *refuser* ce qu'il me proposait là ? À vrai dire, je serais folle de refuser. Cela correspondait précisément à ce que je voulais.

Le salaire était très élevé, mais *Montgomery Mining* avait toujours eu la réputation de très bien rémunérer ses géologues.

— Est-ce vraiment ce que tu veux ? Suis-je vraiment prête à faire partie de ton équipe ?

Après avoir fini de manger, Hudson poussa son assiette et posa ses avant-bras sur la table.

— C'est vraiment ce que je veux, Taylor. Je ne veux pas que tu ailles ailleurs. Et bon sang, oui, tu es prête. Nous ne te proposerions pas ce poste si nous pensions que tu y serais en difficulté. Un formateur sera avec toi pour t'apprendre nos procédures. Ton intégration sera progressive.

— J'ai déjà appris beaucoup de choses quand j'étais stagiaire aux côtés d'Harlow, songeai-je.

— Je pense que tu mérites de tenter ta chance chez nous, ajouta-t-il. Tu auras toujours la possibilité de partir ailleurs si cela ne te convient pas.

— Si cela ne me convient pas ? C'est l'opportunité d'une vie pour un nouveau diplômé, Hudson, et j'avais bien l'intention de postuler chez Montgomery Mining à l'avenir. Tu sais bien que mon objectif est de contribuer aux efforts visant à aider les entreprises minières à avoir le moins d'impact possible sur l'environnement.

— Ce sera précisément ta mission, avec une équipe de gens qui ont exactement le même objectif.

Mon cœur galopait dans ma poitrine en répondant :

— Dans ce cas, j'accepte d'exaucer ton deuxième vœu. Quand suis-je censée commercer ?

Le magnifique visage d'Hudson commença à se détendre. Quand ton stage sera terminé, répondit-il. Et ce vœu comprend une deuxième partie.

— Hudson, je n'ai pas besoin d'attendre quatre ou cinq semaines de plus avant de commencer à travailler–

— Si, m'interrompit-il. Bon Dieu ! Tu as travaillé d'arrache-pied sans interruption pendant des années au cours de la dernière décennie. Tu as veillé sur Mac et tu as occupé un poste alimentaire pendant trois ans. Après cela, tu as fait ton deuil tout en continuant à travailler. Pendant les six années qui ont suivi, tu as fait des études sans jamais cesser de travailler. Et ensuite, au lieu de profiter de l'été pour te reposer, tu as quitté ta vie à Stanford pour venir faire un stage chez nous. Et pour couronner le tout, tu t'es retrouvé au beau milieu d'une prise d'otage où tu as bien failli perdre la vie. Maintenant que tu as retrouvé la santé, tu as besoin de prendre du temps pour toi, Taylor. Nous pourrons nous occuper de la paperasse liée à ton embauche au cours des cinq prochaines semaines. Et comme tu as déjà effectué la formation de base avant de commencer en tant que stagiaire, la transition devrait se faire en douceur. Prends donc ce temps pour profiter de ta vie avant de te plonger dans un travail exigeant, dit-il.

Hudson s'interrompit un instant puis, avec appréhension, il ajouta :

— Aussi, je veux t'aider à être complètement préparée. Laisse-moi t'aider à remplacer ton matériel. Tu vas avoir besoin d'un nouvel ordinateur portable, d'un téléphone plus récent, et de tout le reste. Je ne te demande pas de me laisser faire cela en tant qu'employeur. Je veux le faire en tant que moi-même, *Hudson*, le type qui tient à toi. J'aimerais aussi beaucoup que tu restes ici, chez moi. Reste avec moi, Taylor. Je ne te propose pas cela pour te rendre service, mais parce que tu me manquerais terriblement si tu n'étais *plus* là.

Des larmes brouillèrent ma vue, mais je m'en fichais. Si quelqu'un avait bien besoin de prendre un peu de temps pour lui, c'était l'homme actuellement assis face à moi. Au lieu de cela, il *me* sermonnait sur mon besoin de prendre des vacances. Le plus touchant dans tout cela, c'est qu'il se souciait de *moi*, et non de *Montgomery Mining*. . . Hudson me *connaissait*. Il me *comprenait*.

J'avais envie de ramper sur cette table pour me jeter dans ses bras et ne plus jamais en bouger.

Je me retins de le faire parce qu'il y avait quelques conditions dont je souhaitais lui faire part.

— Personne n'a davantage besoin de vacances que toi, Hudson, et je ne parle pas seulement de te dispenser de tes obligations familiales. Je veux passer du temps avec *toi*, Hudson, et je veux te voir te détendre. Je veux passer au moins deux semaines rien qu'avec toi. Je t'accorderai une heure dans ton bureau tous les matins, mais après cela, tu seras entièrement à moi.

Ses beaux yeux gris devinrent tumultueux, comme s'il avait impatience de s'en remettre à moi.

— Marché conclu, acquiesça-t-il volontiers. Je suis déjà tout à toi de toute façon.

Mon cœur se mit à palpiter face à son regard possessif.

Même s'il devait déjà savoir à quel point j'avais envie de lui, à quel point je voulais être sienne, je n'étais pas sûre qu'il comprenne précisément ce que je ressentais.

Je ne m'étais peut-être pas suffisamment ouverte à lui, mais j'avais prévu de rectifier ce manque de communication dès que possible.

— Marché conclu, répétai-je tout en réfléchissant à ma stratégie pour déshabiller Hudson.

Chapitre 23

Hudson

Plus tard dans la soirée, j'entrai dans la cabine de douche. Mon sexe douloureusement enflé me suppliait de le soulager.

Tous les soirs, je me disais que je pouvais attendre encore un peu avant d'aller plus loin avec Taylor, que je pouvais encore me contenter de nos baisers passionnés et de nos étreintes qui se terminaient toujours par un orgasme pour elle.

J'aimais profondément la regarder jouir tout en sachant que j'étais responsable de son plaisir, mais ces petits interludes faisaient croître ma frustration.

Je commençai par me laver le corps, puis les cheveux. Les gémissements de plaisir de Taylor résonnaient encore dans mes oreilles.

Bon sang ! Cette femme valait la peine d'attendre, et j'attendrais pour l'éternité si nécessaire.

Quand elle sera prête...

J'enroulai ma main autour de ma verge fièrement dressée, comme je le faisais tous les soirs depuis que j'avais fait jouir Taylor pour la première fois.

Je me caressai lentement en me remémorant les cris de plaisir que j'avais entendu quitter ses lèvres il y avait moins de trente minutes de cela.

— Bon sang ! grognai-je en fermant les yeux et en appuyant ma tête contre le mur carrelé de la douche.

J'étais tellement tenté de la laisser me toucher.

Mais je m'empressais toujours d'écarter ses mains baladeuses de mon entrejambes.

Elle n'est pas prête.

Elle n'est pas prête.

Elle n'est pas prête.

J'accélérai la cadence. J'avais besoin de me soulager pour trouver un peu d'apaisement...

— Sais-tu à quel point c'est sexy de te regarder faire ça ? retentit soudain une voix sensuelle et féminine près de moi.

Je rouvris les yeux pour m'extirper de ce fantasme.

Je clignai plusieurs fois des yeux.

S'il s'agissait d'un fantasme sexuel, alors celui-ci était sacrément réel. Taylor se tenait complètement nue, si près de moi qu'elle put glisser sa main sur mon buste avant de dire :

— C'est un spectacle incroyablement érotique et j'aimerais bien y assister jusqu'à ce que tu jouisses, mais j'ai aussi très envie de participer.

Non. Pas un fantasme. Taylor était bel et bien là. Cela ne faisait plus aucun doute.

Mon regard se posa avidement sur son corps, de sa chevelure détachée et déjà humide, en passant par ses seins parfaits, jusqu'à sa vulve alléchante. Elle était fraîchement épilée, mais elle avait gardé un carré de pilosité délicat que je mourrais d'envie de toucher.

Au lieu de cela, je me contentai de la regarder en silence parce que j'étais incapable d'articuler un seul mot.

J'étais abasourdi et hypnotisé face à une Taylor qui me dévorait actuellement elle aussi du regard.

Elle me regardait comme si elle était affamée et que je constituais son seul moyen de subsistance.

Taylor s'approcha de moi. Elle n'eut aucune réaction au jet d'eau qui frappa son corps en entrant dans la cabine de douche. Son seul objectif semblait être... moi.

Tous les muscles de mon corps se raidirent lorsqu'elle explora mon corps nu et mouillé avec ses mains. Elle caressa mes épaules, mon torse, puis mon abdomen.

— Tu es si beau, Hudson. J'ai envie de te toucher depuis si longtemps. Ne m'en empêche pas cette fois, parce que je ne te laisserai pas faire. J'ai besoin de te toucher.

J'appuyai à nouveau ma tête contre le mur habillé de marbre, sachant très bien que je ne l'empêcherai de rien cette fois.

Au contraire, j'avais l'intention de lui donner tout ce dont elle avait besoin.

Moi aussi je voulais sentir ses mains sur mon corps. J'en avais rêvé des milliers de fois, mais ces rêves et fantasmes étaient loin d'être aussi bons que la réalité.

Maintenant que Taylor était aussi près de moi que possible, elle posa ses lèvres sur mon torse tandis que ses mains glissèrent entre mes jambes.

Je retins mon souffle en sentant ses doigts s'enrouler délicatement autour de mon érection.

— Elle est énorme, Hudson, dit-elle doucement contre mon oreille. Et tellement dure, ajouta-t-elle.

— C'est entièrement de ta faute, parvins-je enfin à dire entre mes dents serrées.

Elle laissa échapper un petit rire diabolique et sexy que je n'avais encore jamais entendu dans la bouche de Taylor.

— Ça m'excite de savoir que j'ai le pouvoir de te donner ce genre d'érection.

Doux Jésus ! Quand était-elle devenue aussi sexuelle ? J'avais toujours été attiré par Taylor, mais elle était actuellement complètement irrésistible. Peut-être parce qu'elle semblait n'avoir aucune hésitation à explorer sa sexualité. Avec moi.

Je serrai les poings, mon corps tendu comme un arc lorsqu'elle embrassa et lécha mon buste jusqu'à mon abdomen, le tout avant de se mettre à genoux.

Seigneur ! Elle n'allait tout de même pas...

Je poussai un grognement bestial lorsque sa main se resserra autour de mon sexe qu'elle prit profondément dans sa bouche avant de le caresser avec sa langue.

Mon cerveau m'implora de mettre un terme à l'une des meilleures choses dont j'avais jamais fait l'expérience, mais en entendant Taylor gémir, se délectant manifestement de ce qu'elle faisait, ce train de pensées cessa complètement.

Je glissai mes doigts dans ses cheveux mouillés, puis je fermai les yeux en m'autorisant à ressentir pleinement toutes les sensations, toutes les émotions et tous les sons qu'elle m'offrait.

— Bon sang, bébé ! grondai-je en guidant les mouvements de sa tête. C'est merveilleux ! haletai-je.

J'étais sur le point de jouir comme un adolescent lors de sa première fois.

J'avais envie de Taylor depuis ce qui me semblait être une éternité, et maintenant que sa bouche avalait joyeusement ma verge, c'était au-delà de ce que je pouvais tolérer.

À vrai dire, aucune femme n'avait jamais voulu me faire une fellation avec autant d'enthousiasme, et je mettais généralement un terme à ces expériences. Quand ma partenaire ne prend pas de plaisir, je le sais assez rapidement.

Mais Taylor ? Elle prenait vraisemblablement *beaucoup* de plaisir, et chacun de ses gémissements risquait de me faire exploser.

Elle s'interrompit, mais elle continua à me caresser d'une main tout en me suppliant :

— Jouis pour moi, Hudson. S'il te plaît. J'en ai tellement envie.

J'agrippai ses cheveux en comprenant qu'elle ne voulait certainement pas que je me retienne. En plus d'attiser mon désir, ces quelques mots suffirent à me libérer de la peur qui m'accablait depuis des semaines.

Ainsi, je l'incitai à accélérer la cadence, le tout en la guidant d'une main vigoureuse.

Je n'allais pas tenir beaucoup plus longtemps.

Pas comme ça.

Pas avec elle.

— Oui. Oui. Oui, grognai-je en me sentant sur le point de chavirer. Je vais jouir, bébé. Je vais vraiment jouir.

Il s'agissait d'un avertissement pour qu'elle ait le temps de s'écarter.

Mais elle ne changea pas de position.

Taylor poussa un gémissement en engloutissant toute la longueur de mon sexe.

C'est tout ce qu'il fallut pour déclencher l'orgasme le plus puissant de toute ma vie.

— Bon Dieu, Taylor, beuglai-je alors que j'essayais de maîtriser les tremblements de mon corps.

Taylor avala avidement tout ce que je lui donnais jusqu'à ce que je sois complètement vidé.

Après la tempête, je l'aidai à se redresser. Ma respiration était chaotique et mon cœur semblait sur le point de bondir hors de ma poitrine lorsque je vis l'excitation dans son regard.

Elle n'avait pas peur.

Elle n'était pas traumatisée.

Taylor respirait aussi lourdement que moi, encore perdue dans un grand bonheur érotique tout en se léchant les lèvres.

Je la serrai contre moi avant de l'embrasser. Elle plaqua immédiatement son corps merveilleux contre le mien, puis elle passa ses bras à mon cou.

Elle est à moi ! Cette femme est entièrement à moi.

Je n'avais pas besoin de la pénétrer pour la revendiquer. Taylor venait de sceller notre destin en s'offrant à moi d'une manière si intime qu'elle venait de chambouler tout mon univers.

Lorsque je libérai sa bouche, elle souffla :

— C'était la chose la plus excitante que j'ai faite de ma vie.

J'écartai les cheveux mouillés de son visage. Ma poitrine se serra face au mélange de satisfaction et de désir visible dans ses beaux yeux verts.

— Maintenant, c'est ton tour, dis-je en soulevant son corps pour poser ses fesses sur le grand rebord dans la cabine de douche. Tu viens de libérer la bête. J'espère que tu es prête à faire sa connaissance, ajoutai-je.

— Je suis prête, mon beau, dit-elle d'une voix emplie d'un désir débridé et sans manifester une once de réticence.

Taylor

Mon cœur tambourinait quand Hudson se mit à genoux pour se positionner entre mes cuisses écartées.

Il hésita un instant, comme si l'idée de perdre ce contact visuel lui était insupportable.

Attends-le.

Attends-le.

Attends-le.

Les conseils avisés de Mac résonnaient dans ma tête, encore et encore, parce qu'en regardant Hudson dans les yeux, j'y voyais précisément ce que je ressentais.

Il avait besoin de moi tout comme j'avais besoin de lui.

Je n'avais plus à attendre.

Le reflet de tout ce que je ressentais était là, dans les beaux yeux gris d'Hudson Montgomery.

Croyait-il vraiment que ce genre de passion, d'adoration, de désir féroce me ferait peur ?

Oh, certainement pas.

Je m'en délectais. Hudson était la bête la plus sexy et la plus torride que j'avais vue.

Il m'embrassa longuement avec un mélange de tendresse et de désir cru et urgent qui me serra le cœur.

Dans la cabine de douche, le rebord sur lequel j'étais assise était si grand qu'Hudson m'incita à m'y allonger.

Nous étions hors de portée des jets d'eau, mais l'humidité ambiante donnait des airs de sauna à la cabine de douche et réchauffait mon corps nu.

Hudson ne perdit pas un instant et glissa sa bouche partout.

Il prit son temps pour explorer mon cou, s'arrêtant même un instant pour dire :

— Ne me dis plus jamais tu n'es pas belle, bébé. Tu es somptueuse.

— Hudson, gémis-je en sentant ses lèvres sur l'un de mes mamelons douloureusement dressés tandis qu'il pinçait l'autre avec ses doigts.

Une vague de chaleur me traversa le corps et j'eus l'impression de devenir à moitié folle.

— S'il te plaît, gémis-je sans même savoir ce que je voulais. J'en voulais simplement... plus.

Je frémis lorsqu'il glissa sa langue le long de mon ventre et que ses doigts effleurèrent ma vulve, là où j'avais terriblement besoin qu'il me touche.

Mais cette sensation n'était rien comparée à l'éclair de plaisir qui me paralysa lorsque sa langue glissa sur les plis humides entre mes cuisses, jusqu'à ce qu'il lèche avidement mon clitoris.

— Oh, mon Dieu, oui ! criai-je en cambrant le dos.

Hudson enfouit sa tête entre mes cuisses avec un enthousiasme qui saisit toute mon anatomie. La sensation de sa bouche et de sa langue était d'une intensité sans précédent.

— Oui, oui, oui, gémis-je. Fais-moi jouir, Hudson. S'il te plaît.

Le plaisir ressenti était presque insoutenable, si bien que mon corps était brûlant et que j'avais le vertige.

Cela ne ressemblait en rien à mes expériences passées. C'était si intense que lorsque sa langue et sa bouche commencèrent à glisser de façon répétée sur ce petit bourgeon de nerfs palpitant, j'étais à bout de souffle.

Un orgasme me percuta subitement comme un train de marchandises.

— Je jouis. Oh, mon Dieu, je jouis. Hudson ! criai-je entre les spasmes qui saisirent mon corps.

Hudson fit durer le plaisir en continuant à lécher ma vulve comme s'il ne pouvait plus s'arrêter de savourer cet orgasme.

Je restai ensuite immobile un moment, complètement abasourdie.

Hudson se redressa enfin. Il plaqua son corps au mien et m'embrassa.

En découvrant le goût de ma propre jouissance sur ses lèvres sensuelles, je glissai machinalement mes doigts dans ses cheveux afin de garder ses lèvres contre les miennes.

Lorsqu'il releva la tête, je le regardai droit dans les yeux et dis:

— Pénètre-moi, Hudson. Tout de suite. Je veux te sentir en moi. J'ai besoin de toi.

Hudson serra les dents et ses yeux scintillèrent d'un désir intense, mais j'y décelai aussi un bref instant d'hésitation.

Oh, non, ne t'arrête pas. Pas maintenant.

Toutes les fibres de mon être réclamaient la proximité d'Hudson. J'avais très envie que nos corps fusionnent, sans quoi je ne trouverais pas de soulagement.

Je me redressai en position assise avant d'enrouler mes jambes autour de son corps.

— Prends-moi, Hudson. Je sais que tu veux la même chose.

Il se leva tout en agrippant mes fesses pour me soulever avec lui.

— C'est exactement ce que je veux, Taylor, mais plus rien ne sera jamais pareil après cela, grogna-t-il en plaquant mon dos contre le marbre de la cabine de douche.

Je pris sa tête entre mes mains.

— En quoi plus rien ne sera jamais pareil ?

Ses yeux possessifs sondèrent les miens.

— Tu seras à moi, bon sang ! Je ne te partagerai jamais avec personne. Il n'y aura que toi et moi, ensemble. Aucun autre mec pour toi, aucune autre femme pour moi. Même si je n'aurai plus jamais envie de regarder une autre femme de toute façon. Je suis beaucoup trop obsédé par toi pour m'intéresser aux autres.

Mon cœur manqua un battement. Ne se rendait-il pas compte qu'il venait de prononcer les mots que n'importe quelle femme amoureuse souhaiterait entendre de la part de son homme ?

— Je ne veux personne d'autre non plus, Hudson. Je n'ai absolument aucun problème avec une relation monogame. Maintenant, prends-moi avant que je ne perde la raison.

Il m'embrassa rapidement et vigoureusement avant de grommeler :

— Il nous faut un préservatif.

— Pas besoin, dis-je avec ferveur. Je suis sous contraceptif et tu as bien vu que tous mes dépistages sont négatifs.

— Ce n'est pas pour me protéger que je veux porter un préservatif. C'est pour *te* protéger, dit-il. Tu n'as vu aucun de mes dépistages.

Ne venait-il pas de dire que nous aurions une relation monogame ? Je savais qu'il ne ferait jamais *rien* pour me blesser. Jamais.

— Je. Te. Fais. Confiance, dis-je d'un ton catégorique.

— Sais-tu depuis combien de temps je rêve de t'entendre me dire cela ? demanda-t-il d'une voix rauque.

— Tu as toute ma confiance depuis longtemps, murmurai-je. Tu ne t'en es tout simplement jamais rendu compte.

Mon souffle se coupa lorsqu'Hudson souleva mon corps pour s'enfouir subitement en moi, comme s'il ne pouvait pas attendre une seconde de plus.

— Oui, gémis-je en resserrant mes jambes autour de lui.

Hudson avait été gâté par la nature, ainsi, la sensation d'étirement que me procurait son énorme verge en érection plantée profondément en moi était légèrement douloureuse pendant quelques secondes, mais cette douleur fut totalement éclipsée par le plaisir incommensurable de le sentir enfin en moi.

— Bon Dieu ! Tu es tellement serrée, bébé, grogna-t-il.

— Tout va bien, dis-je. Pénètre-moi plus fort, Hudson. Ne te retiens pas. J'ai tout autant besoin de cela que toi.

— J'en doute, répondit-il d'une voix profonde et sensuelle. Accroche-toi parce que ça va secouer, ma chérie.

Après avoir agrippé mes fesses, il se retira lentement de moi avant de me pénétrer à nouveau avec force.

Puis encore.

Et encore.

Je me cramponnai à lui pour m'abandonner au rythme endiablé de nos corps unis.

— C'est si bon, Hudson. Tellement bon, gémis-je en accueillant joyeusement chacun de ses mouvements puissants en moi.

J'enfouis mon visage dans son cou. Mon cœur s'emballait et mon esprit ne fonctionnait plus que pour Hudson et pour le plaisir intense qu'il me procurait actuellement.

Lorsqu'il ajusta sensiblement sa position, chacun de ses coups de reins stimula mon clitoris. Je ne pus alors m'empêcher de me tordre et de me frotter contre lui.

— Plus fort, l'encourageai-je en sentant poindre l'orgasme.

— Jouis pour moi, Taylor. Je ne vais pas tenir bien longtemps. Je ne peux pas. C'est beaucoup trop bon d'être en toi, haleta-t-il.

Je cambrai le dos, prête à éclater en mille morceaux.

Sur mes fesses, je sentis ses mains devenir plus fermes. Hudson me pénétrait désormais avec force et vitesse, si bien que je me sentis imploser.

— Oui, Hudson, comme ça. Oui ! Hudson ! criai-je, mon orgasme si intense que j'enfonçai mes ongles dans son dos.

Cet orgasme était différent. Celui-ci semblait plus profond et plus puissant.

Les parois de mon vagin se contractèrent longuement autour de sa verge.

Hudson poussa un grognement charnel et guttural.

— Tayor ! Taylor !

Je relevai la tête rien que pour voir son visage pendant qu'il trouvait sa propre délivrance.

Ses yeux étaient fermés, sa tête renversée en arrière, ses muscles contractés et les traits de son visage tirés par une euphorie qui me rendit profondément heureuse.

Je t'aime, Hudson. Je t'aime tellement que c'en est douloureux.

Je dus me retenir de prononcer ces mots, même si je voulais les crier.

Après l'ouragan de plaisir qui venait de s'abattre sur nous, nous restâmes immobiles un instant, l'un dans l'autre, le tout en essayant de reprendre notre souffle.

Hudson m'embrassa avec tant de tendresse, tant d'adoration, que je faillis fondre en larmes.

Je me sentais aimée.

Je me sentais adorée.

Je me sentais désirée.

Et j'avais véritablement le sentiment d'être la seule femme au monde pour lui.

Ce sentiment était enivrant.

J'appuyai ma tête contre son épaule. Je me sentais complètement épuisée, mon corps pleinement satisfait.

— Je crois que je t'ai mordu, murmurai-je à son oreille. Et j'ai peut-être même griffé ton dos.

Hudson se mit à rire.

— Je m'en suis rendu compte. C'était sacrément sexy. N'hésite surtout pas à manifester ton plaisir de la sorte, ma chérie.

Hudson releva la tête pour me regarder.

— Est-ce que ça va ? C'était peut-être un peu trop brutal.

Je lui répondis par un sourire tout en secouant la tête.

— Je n'ai probablement pas assez d'expérience pour me prononcer sur le sujet, mais j'aime quand c'est brutal, le taquinai-je.

Il me posa à terre avant d'enrouler ses bras autour de ma taille.

— Je n'ai certainement pas l'intention de m'en plaindre, dit-il avec un petit sourire malicieux. Je suis plus que disposé à découvrir chacun de tes fantasmes puis à les concrétiser.

— Et les tiens alors ? demandai-je.

— Chérie, tu viens juste de concrétiser plusieurs de mes fantasmes.

Je ne pensais pas un jour être le sujet des fantasmes érotiques d'un homme comme Hudson, mais j'acceptais bien volontiers de l'être et de le rester.

Je tirai délicatement sa tête vers moi pour l'embrasser, et Hudson sembla plus que satisfait par cette réponse.

Chapitre 25

Taylor

—Oh, celle-ci est assurément éligible, dit Riley Sinclair avec un grand sourire en me voyant sortir de la cabine d'essayage. Elle est à la fois classe mais suffisamment sexy pour faire baver Hudson.

Je lançai un regard exaspéré à Riley.

— Nous sommes censées acheter des vêtements de travail, lui rappelai-je.

J'avais passé la majeure partie des deux dernières semaines à me préparer à prendre mon poste chez *Montgomery Mining*. J'avais rencontré les responsables du service ressources humaines, rempli tout un tas de paperasse et réglé tout le reste pour être prête à travailler.

Aujourd'hui, Riley était venue de Citrus Beach jusqu'à San Diego pour m'aider à faire du shopping à Fashion Valley.

Hudson serait en vacances pour une durée de deux semaines à partir de demain, alors je voulais d'ores et déjà avoir tout ce dont j'aurai besoin pour commencer à travailler afin que nous puissions passer ces deux semaines ensemble.

Jusqu'à présent, Riley et moi avions acheté mon nouveau téléphone portable – le dernier iPhone – et j'avais choisi un ordinateur portable plus adapté à un usage professionnel qu'à un usage universitaire.

Après cela, elle m'avait traînée dans un spa, où nous nous étions fait faire une manucure et où je m'étais fait couper les cheveux dans un style qui me permettrait de les porter détachés sans trop de difficulté.

Je savais aussi désormais pourquoi la plupart des maquillages me donnaient de l'urticaire – parce que j'avais en réalité besoin d'acheter des produits hypoallergéniques qui coûtaient une fortune. Je n'aurais jamais essayé ces produits si Riley ne m'avait pas emmenée dans une boutique spécialisée.

Les sacs s'empilaient dans la voiture et nous étions encore en train d'essayer des vêtements.

Riley roula des yeux.

— Nous avons déjà sélectionné des vêtements qui seront parfaits pour ton travail. Maintenant, tu as vraiment *besoin* de cette robe et d'autres tenues sexy. Hudson adore aller dans un bon restaurant de temps en temps. Tu te lasseras assez vite de porter des jeans. Et cette robe est parfaite pour n'importe quelle occasion, dit-elle en me faisant signe de tourner sur moi-même.

À vrai dire, j'adorais moi aussi cette robe. Le dos était nu et le tissu soyeux tombait au-dessus du genou. Il ne s'agissait pas vraiment d'une robe légère, mais ce n'était certainement pas adapté à un cadre professionnel non plus.

— Tu es magnifique, dit Riley alors que je lui faisais à nouveau face. Et tu peux la porter sans soutien-gorge, alors tu n'auras même pas à te soucier de trouver un soutien-gorge adhésif.

— Ce qui est une très jolie façon de dire que j'ai de petits seins, ris-je.

J'avais tellement de facilité à communiquer avec Riley que je pouvais lui dire n'importe quoi. Au cours des deux dernières semaines, nous nous étions beaucoup parlé. J'appréciais son sens de l'humour et son honnêteté.

— Nooooon, dit-elle. Cela signifie simplement que tu peux porter une robe comme celle-ci confortablement.

— Me conseilles-tu de regarder l'étiquette de prix ? demandai-je.

— Absolument pas. Ton compagnon est très riche, et j'ai en ma possession sa carte bancaire. Alors tu n'as même pas besoin de connaître le prix. Je pense qu'il a les moyens de la payer.

Je poussai un soupir.

— Je me sens coupable. J'ai accepté de le laisser m'aider à remplacer mon téléphone et mon ordinateur portable, mais nous avons acheté une tonne de trucs, Riley. Je veux son corps, pas son argent.

À ce stade, Hudson et moi ferions probablement mieux de ralentir un peu la cadence, mais chaque fois qu'il me touchait, je le désirais toujours autant que la première fois.

Avant de partir ce matin, Hudson m'avait dit d'acheter tout ce que je voulais ou dont j'avais besoin, et pas seulement un téléphone et un ordinateur. Mais la somme d'argent que nous avions dépensé était un peu folle.

Riley éclata de rire.

— Crois-moi, plus tu achètes de trucs, plus Hudson sera heureux. Non seulement il aime prendre soin de toi, mais que cela te plaise ou non, Hudson est un mâle dominant. Si tu rentres à la maison avec tous ces achats, il va probablement se marteler le torse tant il se sentira masculin.

— C'est n'importe quoi, dis-je sans parvenir à m'empêcher de sourire.

— Tu sais pourtant que c'est vrai. Hudson aime se sentir... nécessaire. Il veut faire des choses pour toi, et il veut t'offrir des choses qui te rendent heureuse. Seth est pareil. Il sait que je ne manque pas d'argent, et même si nous sommes mariés, il veut toujours payer quand nous sommes ensemble ou m'offrir des cadeaux, même si j'ai les moyens de m'offrir tout ce que je veux.

— Et que fais-tu à ce sujet ? demandai-je avec curiosité.

— Rien du tout, répondit-elle avec un doux sourire. Il est milliardaire. Je le laisse payer avec sa carte parce que ça m'est égal. S'il m'achète quelque chose, je n'hésite pas à lui montrer ma joie d'avoir un mari attentionné. Ne te méprends pas, je suis une femme indépendante, et s'il devient trop autoritaire, je ne tarde pas à le remettre à sa place. Mais j'aime voir Seth heureux, alors je ne m'attarde pas sur ce genre de petit détail. Si le laisser faire ce genre de choses lui donne le sentiment de prendre soin de moi, alors je le laisse faire.

— Mais je ne suis pas riche, et Hudson et moi sommes dans une relation sérieuse depuis tout juste deux semaines, lui rappelai-je. Je ne voudrais pas lui donner l'impression que je veux son argent en échange de mon affection. Il aura toujours mon affection, qu'il soit riche ou pauvre.

— Il n'essaie pas d'acheter ton affection, Taylor. Je pense que tu as besoin de comprendre cela. Il souhaite simplement veiller à ce que tu ne manques de rien, à ce que tu bénéficies d'un certain confort et à ce que tu sois heureuse. Si tu as besoin de quelque chose, il n'hésitera pas à te l'acheter parce que c'est facile pour lui. Tout ce que nous achetons aujourd'hui aura à peu près autant d'impact sur ses finances que l'achat d'un paquet de chewing-gum. Mon frère est extrêmement riche. Laisse donc ce pauvre homme t'offrir quelques paquets de chewing-gum, Taylor. Crois-moi, il va adorer cette robe, conclut-elle en haussant les sourcils d'un air espiègle.

Je souris en assimilant sa comparaison, sachant qu'elle avait probablement raison.

— Je ne suis pas vraiment pauvre. Je suis juste à court d'argent après toutes ces années à Stanford. Mes finances se porteront mieux quand je commencerai à travailler. Mon père adoptif m'a laissé tout ce qu'il possédait, mais ce n'était pas suffisant pour financer six ans d'université. La dernière année a vraiment été difficile. J'ai bien failli renoncer au stage chez Montgomery Mining pour commencer à travailler le plus rapidement possible. Mais aujourd'hui, je suis bien contente de ne pas avoir laissé filer cette opportunité. Sans quoi je n'aurais jamais rencontré Hudson.

Je retournai ensuite dans la cabine d'essayage où je retirai soigneusement la robe neuve. Riley s'adressa à moi à travers le rideau.

— Tu n'aurais pas accepté ce stage si tu avais su que tu allais être enlevée et séquestrée, n'est-ce pas ?

— Étonnement, si, répondis-je. Si c'était à refaire, je ne changerais rien du tout. Je n'ai aucun regret, Riley. Je suis en vie. Je suis en bonne santé. J'ai un avenir extraordinaire devant moi. Et je fréquente l'homme le plus sexy du monde. Alors oui, je recommencerais tout si c'était la seule façon de me retrouver avec Hudson.

Après avoir enfilé mon pantalon et mon haut, j'ouvris le rideau et découvris Riley appuyée contre le mur, les bras croisés sur sa poitrine.

— Tu es amoureuse de lui.

Il ne s'agissait pas d'une question, mais d'une observation. J'avais soigneusement évité cette question lors de ma rencontre avec Riley, mais cette fois, elle ne semblait même pas avoir besoin d'une réponse de ma part.

— Comment pourrais-je ne pas être amoureuse d'un homme comme Hudson ? C'est le genre de mec que toutes les femmes rêvent de rencontrer un jour. Je ne croyais tout simplement pas que cela m'arriverait un jour. En réalité, je ne pensais pas un jour tomber amoureuse tout court.

Riley haussa un sourcil.

— Est-ce qu'il est au courant ?

Je secouai la tête.

— C'est encore trop tôt pour cela. Il veut m'inviter à des rendez-vous galants pendant les deux prochaines semaines. Il est frustré que tout se soit déroulé à l'envers pour nous et que je me sois fait voler la phase de séduction d'une relation amoureuse. Dans son esprit, cela aurait dû avoir lieu en premier, sans enlèvement et séquestration non plus.

— Et *toi*, qu'en penses-tu ? demanda-t-elle.

— Je pense que commencer par une telle épreuve prouve que la relation est plutôt solide, répondis-je avec un haussement d'épaules. Je suis contente que nous ayons commencé par être amis, même si Hudson m'a dit que nous ne pourrions jamais être amis parce que je lui plais trop. Mais il a tort. Nous sommes bel et bien amis. Il ne le voit tout simplement pas. Hudson était à mes côtés dans les moments les plus difficiles de ma vie.

— Je suis heureuse que tu sois amoureuse de lui, et je pense qu'il serait aux anges de te l'entendre dire, souligna Riley d'une voix douce avant de me débarrasser de la robe pour l'ajouter aux vêtements à acheter empilés sur une chaise. Il a besoin de quelqu'un comme toi, Taylor. Non seulement il a besoin d'un peu de bonheur dans sa vie, mais il le mérite.

— Je sais. Je suis heureuse qu'il prenne un peu de vacances, répondis-je. J'ai très envie de le voir se détendre. Il passe beaucoup trop de temps à travailler ou à s'occuper des autres. Il a déjà passé beaucoup de temps à veiller sur moi. Je veux prendre soin de lui pour changer un peu.

Riley prit la pile de vêtements dans ses bras avant de se diriger vers les caisses pour payer.

— Il dit que tu cuisines pour lui tous les jours, que tu t'occupes des tâches ménagères et que tu lui prépares de délicieux desserts. Selon lui, il est gâté.

— Ce n'est vraiment pas grand-chose, soutins-je. Ce n'est rien comparé à tout ce qu'il a fait pour moi, Riley.

Une fois les articles posés sur le comptoir, la caissière nous adressa un petit sourire avant de commencer à scanner les vêtements et à les plier soigneusement.

— Mais c'est important pour lui, Taylor, dit-elle avec sérieux. Parfois, ce qui te semble minuscule est en réalité énorme pour quelqu'un d'autre. Personne n'a jamais rien fait pour Hudson. Il est richissime. Les femmes qui l'ont fréquenté s'attendaient donc à manger dans des restaurants gastronomiques et à faire la fête tous les jours. Je suis sûre qu'aucune d'entre elles ne savait faire cuire un œuf, et elles ne voulaient certainement pas perdre du temps à faire quelque chose qui aurait pu lui faire plaisir.

— C'est triste, dis-je avec un froncement de sourcils.

— C'est l'histoire de sa vie. Les gens attendent beaucoup d'Hudson et ils pensent qu'il n'a besoin de rien parce qu'il est riche et autonome. Voilà pourquoi je suis si heureuse qu'il ait enfin trouvé quelqu'un de vrai qui sache aussi l'accepter tel qu'il est.

— Je n'ai aucune difficulté à l'accepter tel qu'il est, confirmai-je.

Je ne pouvais pas lui dire que Jax et Hudson m'avaient sauvée la vie et qu'il avait été là quand j'avais besoin d'une épaule sur laquelle pleurer... ou si j'avais besoin d'aller aux toilettes.

— Je le sais bien, dit-elle en tendant la carte bancaire d'Hudson à la caissière. Où allons-nous ensuite ?

— Je crois avoir aperçu la boutique du chocolatier préféré d'Hudson en arrivant. Je pense que nous devrions aller y faire un tour, et cette fois je vais payer ce paquet de chewing-gum, plaisantai-je. Tu peux donc garder cette carte bancaire dans ton sac à main jusqu'à ce que tu puisses la restituer à Hudson.

— Tu sais pourquoi il m'a donné cette carte à moi plutôt qu'à toi, n'est-ce pas ? demanda-t-elle alors que nous sortions du magasin avec tout un tas de sacs.

— Parce que tu es sa sœur ? devinai-je.

— Non. Il m'a donné sa carte parce qu'il sait que je n'ai aucune difficulté à dépenser son argent à sa place, déclara-t-elle avec un sourire amusé. Il craignait probablement que tu ne l'utilises pas assez.

— Et il a probablement raison, marmonnai-je.

— Et il le savait. Il sera content d'apprendre que tu as trouvé tout ce dont tu avais besoin. D'autant plus que tu es absolument magnifique. La seule chose qui le rendrait encore plus heureux serait de te voir rentrer à la maison avec une voiture neuve.

— C'est hors de question. Ma Toyota est peut-être vieille, mais elle roule. Mac me l'a achetée quand il pensait que j'allais partir pour la fac, juste après le lycée. Cette voiture et moi avons vécu beaucoup de choses ensemble. Je la remplacerai moi-même quand il le faudra.

J'avais déjà presque tout raconté à Riley concernant mon enfance et ma vie avec Mac.

— Bon, d'accord, pas de voiture neuve aujourd'hui, répondit-elle sur le ton de l'humour.

— Bien, répondis-je.

— Allons donc chez ce chocolatier, et puis, si ça ne te dérange pas, j'ai très envie de prendre un café glacé, dit-elle avec envie.

— Je suis on ne peut plus partante pour ça, dis-je avec enthousiasme.

En réalité, comme je n'étais pas aussi enthousiaste que Riley à l'idée de faire du shopping, la perspective de prendre un café me réjouissait.

Taylor

Plus tard dans la soirée, j'étais occupée à configurer mon nouvel ordinateur lorsque j'entendis Hudson franchir la porte du garage.

Il avait été obligé de rester au travail pour un dîner d'affaires tardif, alors je m'étais commandé des plats au lieu de cuisiner.

— Salut, ma chérie, dit-il d'une voix rauque en entrant dans le salon. Tu es encore plus belle qu'hier. Nouvelle coupe de cheveux ?

Je lui répondis par un hochement de tête.

— Ça te plaît ? Je me suis dit que ce serait une bonne idée de les couper un peu pour que je ne sois pas obligée de les attacher. J'avais besoin d'une coupe plus professionnelle qu'une queue de cheval.

— C'est sacrément sexy, et ça me plaît beaucoup. C'est un nouvel ordinateur, j'espère ? demanda-t-il en hochant la tête en direction de la table basse.

Je levai les yeux vers lui et mon cœur manqua un battement, comme à chaque fois que je le regardais.

Je poussai un soupir. Il était vêtu d'un costume sur mesure bleu marine avec une cravate en soie à larges rayures bleues et grises.

Hudson était incroyablement beau dans n'importe quel vêtement... ou entièrement nu. Mais un homme comme lui dans un costume sur mesure, c'était tout bonnement irrésistible.

— Oui. Ta carte bancaire a chauffé aujourd'hui, dis-je avec remords. Riley m'a suggéré d'acheter des trucs dont je n'aurais jamais cru avoir besoin, alors nous avons dépensé beaucoup plus d'argent que prévu.

— Parfait, dit-il avec un sourire béat. Qu'est-ce que c'est ? demanda-t-il en pointant son doigt vers la table d'appoint.

— C'est un cadeau, lui dis-je en me levant pour lui donner un baiser de bienvenue avant d'aller jusqu'à la table d'appoint pour m'emparer du paquet cadeau.

— Pour toi ? Qui te l'a offert ?

La boîte était emballée dans du papier doré. Ainsi, il ne pouvait pas voir le nom de l'entreprise.

— C'est un cadeau de *moi* à *toi*. Et cet achat n'a pas été effectué avec *ta* carte bancaire. Je suis passé devant le chocolatier et je n'ai pas pu résister à la tentation de t'acheter ces tortues en chocolat que tu aimes tant.

Hudson parut interloqué l'espace d'un instant, puis un peu perplexe.

— Tu les as achetés pour...moi ? Comme cadeau ?

Mon cœur se serra douloureusement dans ma poitrine face à l'incompréhension sur son visage. Riley avait parfaitement raison. Hudson donnait toujours beaucoup à tout le monde sans jamais rien recevoir en retour dans sa vie privée.

À tel point qu'il ne savait même pas comment réagir face à un cadeau de ma part.

Il s'agissait d'un minuscule cadeau, d'un simple geste pour lui signifier que je pensais à lui même lorsque nous n'étions pas ensemble.

Ce n'était pas comme si je venais de lui offrir une voiture de sport à un million de dollars ou bien un jet privé flambant neuf.

Je m'approchai de lui et murmurai joyeusement contre son oreille :

— C'est juste une petite douceur, mon beau. Ça ne mord pas.

Il m'adressa un faible sourire.

— Je crois que je ne suis tout simplement pas habitué à–

— Tu ferais mieux de t'y habituer, lui dis-je avec un grand sourire. Parce que je pense bel et bien à toi quand nous ne sommes pas ensemble. Et si je vois quelque chose qui me fait penser à toi, ou quelque chose qui te plairait, alors je l'achète.

— Je crois que je n'ai parlé de ces tortues en chocolat qu'une seule fois, et c'était probablement il y a longtemps parce que je ne m'en souviens même pas, dit-il pensivement tout en commençant à déballer ses chocolats.

— Je suis attentive, lui dis-je. Tu m'en avais brièvement parlé au cours de la semaine où je mangeais comme quatre. Tu m'as dit que tu serais capable d'en engloutir une boîte par jour et qu'il était peut-être préférable qu'il n'y ait pas de boutique près de ton travail.

Oh, doux Jésus ! Après une telle réaction, j'étais déterminée à ce qu'il s'habitue à recevoir des cadeaux de ma part aussi souvent que possible.

Riley avait probablement raison. Faire quoi que ce soit *pour* Hudson, même le simple fait de lui préparer à manger, constituait pour lui une rareté.

De toute évidence, recevoir un cadeau de la part d'une petite amie ne lui était encore jamais arrivé.

Ma mission est donc de gâter Hudson !

— Si tu arrives à ouvrir cette boîte, j'aimerais bien que tu m'en offres un. Je n'ai encore jamais goûté ces chocolats, le taquinai-je.

Il sourit joyeusement tout en finissant de déballer la boîte.

— Es-tu en train de me dire que je possède quelque chose que tu désires ?

Je posai délicatement mes doigts sur sa mâchoire ornée d'une barbe naissante, puis je murmurai :

— Tu possèdes beaucoup de choses que je désire intensément, mais je vais me contenter d'un chocolat... pour l'instant.

Son sourire ne cessa de croître. Il ouvrit alors la boîte de chocolat et me la tendit.

— Tu ferais mieux d'en prendre un tout de suite avant qu'ils ne disparaissent tous.

Je sortis alors une tortue en chocolat de la boîte, puis je levai les yeux vers Hudson qui en avait déjà dévoré deux avant même que je n'ai eu le temps de finir la mienne.

Je devais bien admettre que le cœur en caramel et noisettes, le tout recouvert du meilleur chocolat au lait que j'avais jamais goûté, était outrageusement délicieux.

Je secouai la tête lorsqu'il me tendit à nouveau la boîte pour m'inviter à prendre un autre chocolat.

— J'ai mangé chinois ce soir. Je suis encore pleine. Il en reste au cas où tu aurais faim. Je peux te le faire réchauffer.

Hudson referma la boîte de chocolats avant de la poser sur une petite table.

— J'ai déjà mangé, et ces chocolats constituent un dessert parfait. Je te remercie. J'ai quelque chose pour toi aussi, dit-il.

Hudson ôta sa veste de costume, puis il sortit quelque chose de la poche intérieure avant de poser le vêtement sur une chaise.

Avec un soupçon d'incertitude, il me tendit alors un petit écrin en velours rose.

Je soulevai immédiatement le couvercle, curieuse de savoir pourquoi il avait l'air si inquiet.

Mon cœur manqua un battement lorsque je découvris le contenu de l'écrin.

— Oh mon Dieu, soufflai-je.

Mes mains se mirent à trembler en prenant le pendentif ainsi que sa chaîne entre mes doigts.

Il s'agissait du talisman que Mac m'avait offert, mais celui-ci était sensiblement... différent.

— J'ai demandé au prince Nick d'essayer de le retrouver dans le camp des rebelles, expliqua Hudson d'une voix rauque. Malheureusement, il n'a retrouvé que le dragon. La chaîne, la perle ainsi que les pierres de ses yeux avaient disparu. Je l'ai donc fait restaurer du mieux que j'ai pu. J'aurais préféré le retrouver intact, mais au moins le dragon provient bien du pendentif original.

J'examinai le bijou en le manipulant avec précaution. J'étais sans voix.

Le pendentif ressemblait à s'y méprendre à l'original, mais les ajouts le rendaient encore plus beau qu'il ne l'était auparavant.

Les yeux du dragon, qui étaient à l'origine fait de verre coloré en vert, avaient été remplacés par de petites émeraudes d'excellente qualité qui brillaient de mille feux contre l'or blanc du dragon.

Et la nouvelle perle enveloppée par la queue du dragon était magnifique.

Je me déplaçai un peu afin d'être directement sous la lumière, puis j'examinai la perle de plus près.

Bon Dieu ! Celle-ci était éclatante et sa forme parfaitement ronde. Sa qualité était indéniable au premier coup d'œil, et sa taille était conséquente.

Cette perle constituait probablement l'amélioration la plus notable puisque celle d'origine était synthétique. Celle-ci... ne l'était pas.

— Est-ce une perle des mers du sud ? demandai-je sans quitter le bijou des yeux.

— Oui, répondit-il. Il nous a fallu du temps pour en trouver une aussi grosse et de cette qualité. Honnêtement, je ne savais pas trop si tu serais ravie que le pendentif ait été restauré, ou bien dévastée qu'il ait été si endommagé.

Je glissai mes doigts sur la chaîne délicate qui arborait un poinçon 14 carats, comme l'or blanc du pendentif.

— J'aurais aimé pouvoir retrouver la perle d'origine ainsi que les yeux du dragon, reprit Hudson. Mais ça n'a pas été possible. Nick et ses hommes ont passé le camp au peigne fin, Taylor.

La chaîne était assez longue, si bien que je pus la passer autour de ma tête, puis autour de mon cou, après quoi j'enroulai mes doigts autour du pendentif.

C'était si bon de retrouver ce bijou.

Les larmes jaillirent subitement de mes yeux, et cette fois, je ne pus les contenir.

Mon cœur se serra rien qu'en pensant au temps et à l'énergie déployés par Hudson pour retrouver un objet qui m'était si cher, après quoi il s'était donné la peine de le reconstituer.

Rien que pour *me* faire plaisir.

Pour moi, cela n'avait pas de prix.

J'essayai de déglutir pour me débarrasser de l'énorme boule qui venait de se former dans ma gorge, mais en vain.

Je mourrais pourtant d'envie de lui dire ce que je ressentais.

De lui dire combien je l'aimais.

De lui dire ce que cela signifiait pour moi.

Mais j'étais dans l'incapacité de parler pour l'instant, et ma frustration coulait abondamment sur mon visage.

— Je suis désolé, Taylor. Je ne voulais pas te faire pleurer, dit-il d'une voix douce. J'aurais peut-être dû m'abstenir de te faire cette surprise.

J'étais désormais en colère qu'il remette en question sa décision.

Ainsi, je lui donnai un petit coup de poing dans l'épaule.

— Je ne suis *pas* triste, dis-je avec agacement avant de frapper son épaule opposée. Tu m'as rendu quelque chose que je n'aurais jamais cru revoir un jour. Et maintenant, ce bijou est encore plus unique à mes yeux parce que c'est une partie de toi et une partie de Mac, les deux hommes les plus importants de ma vie, pleurai-je.

Les larmes affluèrent de plus belle jusqu'à ce que je sois presque aveuglée.

— Tu n'as donc pas la moindre idée de ce que cela représente pour moi ?

Ses bras puissants s'enroulèrent autour de mon corps, puis il me serra vigoureusement contre lui.

— Est-ce que tu frappes toujours les hommes de ta vie ? demanda-t-il avec humour.

— Non ! m'écriai-je. Juste toi.

J'étais un peu hors de contrôle, mais au moins ma colère m'empêchait de lui dire les deux petits mots qu'il n'était assurément pas prêt à entendre. Hudson n'avait jamais fait allusion à ces émotions, et il n'était pas habitué à recevoir de l'amour en dehors de sa famille.

Si je lui dis trop tôt, cela pourrait détruire notre relation avant même que celle-ci n'ait eu le temps de se développer.

Hudson glissa une main apaisante dans mon dos.

— Sans vouloir te vexer, ma chérie, tu n'as pas l'air très heureuse.

— Je le suis, soufflai-je contre son épaule. Tu refuses simplement de le voir.

Je relevai la tête pour essuyer mes joues.

— Tu viens juste de faire la chose la plus extraordinaire que quelqu'un ait jamais faite pour moi, Hudson Montgomery.

Je m'affairai alors à déboutonner sa chemise. Si je ne parvenais pas à *verbaliser* ce que je ressentais, alors je pouvais le lui *montrer*.

Une fois la chemise au sol, je tâtonnai avec la boucle de sa ceinture jusqu'à ce que son pantalon soit autour de ses chevilles.

— Puis-je savoir ce que tu fabriques ? demanda-t-il d'une voix serrée en se débarrassant complètement de son pantalon d'un coup de pied.

Je retirai ma propre chemise, puis je la jetai par terre, le tout avant de glisser mon jean ainsi que ma culotte le long de mes jambes. Une fois entièrement nue, je répondis :

— Je nous déshabille. J'ai envie de toi, Hudson.

J'enroulai mes bras autour de son cou, puis je l'embrassai.

Hudson

J'embrassai la femme glorieusement nue dans mes bras comme un homme possédé.

J'avais envie de Taylor à longueur de journée.

Je poussai un grognement contre ses lèvres en sentant la chaleur de sa peau contre la mienne.

Taylor me rendait complètement dingue. Et le fait de l'avoir dans mon lit tous les soirs depuis des semaines ne suffisait pas à apaiser mon obsession pour elle. Au contraire, ce sentiment se faisait de plus en plus intense.

Maintenant, je ne voulais pas seulement son corps. Je voulais absolument tout ce qu'elle avait à offrir.

Je voulais même ses larmes si elle avait besoin de pleurer, bien que je préférais la voir heureuse. La voir pleurer me brisait le cœur.

J'arrachai enfin ma bouche de la sienne. Mon cœur battait si vite que j'éprouvais des difficultés à reprendre mon souffle.

Voilà l'effet que Taylor avait sur moi.

Chaque fois qu'elle faisait quelque chose de gentil pour moi, comme ce soir, comme tous les jours, j'avais le sentiment d'être l'homme le plus chanceux de l'univers.

Mon problème ? Je souhaitais désormais faire tout ce qui était en mon pouvoir pour qu'elle *reste* avec moi.

Bon sang ! Je savais pourtant qu'elle tenait à moi... mais cela ne me suffisait plus.

J'avais besoin de savoir qu'elle était à moi, rien qu'à moi, pour l'éternité.

Était-ce complètement fou ?

Oui, probablement. Au lieu de cela, je devrais plutôt profiter de chaque instant passé avec elle.

Je devais bien l'admettre. J'étais terrifié à l'idée de faire quelque chose qui gâcherait la meilleure chose qui me soit jamais arrivée.

J'avais donc vraiment besoin de savoir ce qui se passait dans sa tête.

— Dis-moi ce qui vient de se passer, Taylor, dis-je en essayant de paraître calme.

Je lui avais offert un pendentif réparé, puis elle s'était effondrée.

J'avais besoin de comprendre... pourquoi.

Pourquoi était-elle en colère ?

Pourquoi pleurait-elle ?

Si elle aimait vraiment le travail de restauration effectué sur le pendentif, alors rien de tout cela n'avait de sens.

Taylor n'était pas du genre lunatique. Son humeur était toujours très stable. Elle ne passait pas de la joie à la colère en l'espace de quelques minutes.

Quelque chose n'allait pas, et je voulais savoir précisément de quoi il s'agissait afin de la débarrasser de ce qui la rendait malheureuse.

Correction : Je souhaitais l'en débarrasser tant qu'il ne s'agissait pas de... moi.

Ces dernières semaines, avec Taylor dans mon lit, à voir son joli sourire tous les soirs quand je rentrais à la maison, à être intime avec elle...tout cela m'avait rendu plus heureux que je ne l'avais jamais été de toute ma vie.

Je m'étais complètement trompé en disant que Taylor n'était pas mon amie. En réalité, je voulais simplement dire que je ne pouvais pas *juste* être son ami.

Bon sang ! J'avais enfin trouvé tout ce dont j'avais toujours rêvé aux côtés de Taylor et je refusais de la perdre. *C'est hors de question.*

Je comprenais enfin ce que Seth a essayé de m'expliquer.

Je serais une âme en peine si Taylor n'était pas dans ma vie.

J'avais *besoin* d'elle, et je n'avais pas honte de l'admettre.

— Prends-moi, Hudson. S'il te plaît. J'ai besoin de toi, dit-elle d'une voix sensuelle et sexy.

Doux Jésus ! Je voulais lui donner tout ce dont elle avait besoin, mais je ne pouvais pas ignorer ce qui venait de se passer.

Je la soulevai dans mes bras, puis je m'assis sur le canapé en cuir en gardant Taylor sur mes genoux.

— Quelque chose ne va pas, ma chérie. Je peux le sentir. Parle-moi.

Elle s'empressa alors de se lever pour aller ramasser ses vêtements.

— Si tu n'as pas envie de moi, il te suffit de le dire, s'indigna-t-elle. Je ne vais pas continuer à me jeter sur toi. Je me sens un peu ridicule.

Elle me tourna le dos, se dirigea vers l'escalier, et ses jolies fesses dénudées disparurent à l'étage.

Mais que diable venait-il de se passer ?

Je me levai pour la suivre. Je ne pouvais pas la laisser fuir cette situation.

C'est hors de question.

Je me précipitai à l'étage, jusqu'à ma chambre.

Taylor n'était pas là, mais la porte de la salle de bain était fermée et la lumière y était allumée. Je m'assis sur le lit, déterminé à attendre qu'elle sorte de la salle de bain, même si cela devait prendre toute la nuit.

Je retirai mes chaussettes pour me mettre à l'aise en l'attendant. Au même instant, la porte de la salle de bain s'ouvrit. Taylor semblait beaucoup plus calme.

Elle avait enfilé un short ainsi qu'un débardeur qu'elle portait habituellement pour dormir.

Je la regardai traverser la chambre et venir s'asseoir sur le lit, à côté de moi, mais pas assez près pour que je puisse la toucher. Je ne voyais aucun inconvénient à respecter son espace vital, tant qu'elle acceptait de me parler.

— Je suis désolée, dit-elle d'un ton plein de remords. Je n'avais absolument aucune raison d'être en colère contre toi, et tu ne mérites pas la façon dont j'ai agi. Tu viens de rentrer du travail. Tu n'étais peut-être tout simplement pas d'humeur sexuelle, ce qui ne devrait pas me mettre en colère. Je crois que j'avais simplement peur à l'idée que tu puisses t'ennuyer avec moi.

Mon estomac se noua lorsque je tournai la tête vers elle et qu'elle refusa de croiser mon regard.

— Tu es sérieuse, Taylor ? J'aurai toujours envie d'être nu et couvert de sueur avec toi, mais notre relation ne s'arrête pas là. Et je sais que quelque chose te tracasse, dis-je.

Je m'interrompis un instant avant de reprendre, juste le temps de trouver les bons mots. Après quelques secondes de réflexion, je décidai d'être honnête avec elle, comme nous l'étions toujours l'un envers l'autre.

— Tu sais, j'avais tort de dire que nous ne pourrions jamais être amis. Je pense que nous sommes déjà les meilleurs amis, et bien qu'il ne s'agisse que d'un aspect de notre relation, c'est important. Je ne peux pas te faire l'amour tout en ignorant que tu es contrariée. J'en suis incapable. Alors dis-moi ce qui se passe dans cette jolie tête. Je veux t'aider.

Taylor secoua la tête.

— Tu ne peux pas m'aider cette fois, Hudson. C'est mon problème, pas le tien. Le problème ne vient donc pas de toi, mais de moi.

— C'est faux, et tu le sais. Tes problèmes sont aussi les miens, Taylor, insistai-je. Tu ne me feras pas croire que tu resterais sans rien faire si quelque chose me préoccupait.

— J'essaierais probablement de t'aider, avoua-t-elle avec un faible sourire.

— Et tu y parviendrais, tout comme je prévois de le faire dans le cas présent. Je vais insister jusqu'à ce que tu en aies marre de m'entendre te demander ce qui ne va pas et que tu finisses par me parler. Je ne comprends pas. Tu n'as jamais hésité à me parler de tes problèmes auparavant. Alors pourquoi refuses-tu de me dire ce qui ne va pas ?

Bon Dieu ! J'avais le cœur brisé à l'idée qu'elle ne me fasse pas assez confiance pour tout me dire.

Taylor secoua la tête et dit avec frustration :

— Le problème ne vient pas d'un manque de confiance. Le problème vient de moi. Le problème vient de mes peurs.

— Bon sang ! Je donnerais volontiers ma vie pour te protéger, Taylor. En as-tu conscience ?

— Ce n'est pas de ce genre de peur dont il s'agit, Hudson. Oh, et puis ça suffit. Je n'ai vraiment aucune envie de continuer à me disputer avec toi. Veux-tu vraiment savoir ce qui ne va pas ? demanda-t-elle en me regardant enfin dans les yeux.

Elle ajusta sa positon et je pus voir sa détermination dans sa posture.

Je regardai droit dans ses beaux yeux verts. La vulnérabilité que j'y vis me déchira le cœur.

— Seulement si tu veux vraiment te confier à moi, ma chérie, dis-je en essayant de me calmer.

Peut-être étais-je allé trop loin, peut-être avais-je trop insisté.

— Bien, lâcha-t-elle sans cesser de me regarder dans les yeux. J'ai un très gros problème. Je t'aime, Hudson. Je suis follement, complètement et totalement amoureuse de toi. Je sais que c'est beaucoup trop tôt, et tu penses probablement que je suis folle, mais je ne peux pas contenir ces sentiments. Et quand tu te montres aussi attentionné avec moi, comme tu viens de le faire avec ce pendentif, j'ai envie de me jeter dans tes bras pour te dire combien je t'aime. Je veux que tu saches que je n'ai jamais ressenti cela auparavant, et je sais au plus profond de mon âme que je ne ressentirai plus jamais cela. Je ne voulais pas te faire fuir, mais je ne peux plus réprimer ces sentiments. Tu n'as pas seulement conquis mon corps et mon esprit. Mon cœur et mon âme sont également à toi.

Doux Jésus ! Je pouvais clairement le voir dans ses yeux.

J'étais tellement abasourdi que j'étais dans l'incapacité de m'exprimer ou de réagir.

Manifestement mal à l'aise, Taylor rompit le silence :

— Alors voilà, c'est tout ce que j'avais à dire. Je t'aime. J'avais envie de te le dire, mais je ne voulais pas te faire peur. C'est tout.

Elle se leva, vraisemblablement toujours aussi mal à l'aise.

Oh, non !

Je l'attrapai par la taille pour la tirer sur le lit. Elle tomba sur le dos et je plaquai ses poignets contre le matelas.

— Est-ce que, d'une manière ou d'une autre, je t'ai déjà donné l'impression que je n'étais pas prêt à entendre ces mots ? grognai-je.

Elle écarquilla les yeux.

— Pas vraiment, dit-elle d'un ton hésitant. Je ne savais pas comment tu réagirais, mais je devais te le dire, Hudson. Tu devais savoir que je suis folle de toi. Je voulais être honnête avec toi, mais j'essayais simplement d'attendre. Je sais que tu me veux vraiment, et je sais que tu tiens à moi–

Je l'interrompis en posant mes lèvres sur les siennes.

Je l'embrassai alors comme si je voulais inhaler tout l'amour qu'elle souhaitait me donner, et je ne pus m'empêcher de grogner de plaisir lorsqu'elle me rendit mon baiser.

Ma respiration était chaotique lorsque je relevai la tête, mais cela ne m'empêcha pas de parler.

— Ne dis rien, Taylor. Pas maintenant. Contente-toi de m'écouter, dis-je comme si je venais de courir un sprint.

De toute évidence, je lui avais envoyé des signaux ambigus. L'évidence semblait lui avoir échappé, et j'étais déterminé à mettre immédiatement les choses au clair.

J'inspirai profondément.

— J'ai probablement commencé à tomber amoureux de toi le jour où je t'ai secourue. Tu étais tellement courageuse, intelligente et résiliente que tu m'as immédiatement plu. Le temps de rentrer aux États-Unis, et j'étais complètement obsédé par ton état de santé. Je voulais veiller à ce que personne ne te fasse plus jamais de mal. Est-ce que je me sentais coupable de ce qui venait de t'arriver ? Oui. Est-ce que c'était ma principale motivation ? Non. Tu es et tu seras toujours la femme la plus fascinante que j'ai jamais connue. Quand tu étais affaiblie, je ne voulais que personne ne te touche sauf moi, et je tenais absolument à ce que tu me fasses confiance. Quand j'ai commencé à ressentir de l'attirance sexuelle pour toi, j'ai compris que j'étais foutu. J'étais déjà fou amoureux de toi. Je t'aime, Taylor. Je t'aime depuis le début. Je n'ai jamais ressenti cela et je ne ressentirai plus jamais cela non plus, et j'avais probablement bien plus peur de te perdre que tu n'avais peur de me perdre. Bon sang ! Je croyais pourtant que mes sentiments à ton égard étaient assez évidents. Si j'avais su que tu étais prête à entendre ces mots, alors je les aurais prononcés plus tôt. Beaucoup plus tôt. Alors non, ce n'est pas prématuré. J'attendais simplement que tu me rattrapes en termes d'amour obsessionnel, dis-je.

Je sondai son regard pour essayer de jauger sa réaction, mais elle semblait juste très attentive à ce que je lui disais.

— Je suis peut-être un peu gourmand, mais je veux absolument tout, Taylor. Ton cœur. Ton âme. Ton corps. Ton esprit. Je veux que tu sois à moi, et je veux être à toi. Et tout cela, je le veux pour l'éternité. Dis-moi que c'est également ce que tu veux.

Elle hocha la tête et des larmes se mirent à couler sur ses tempes.

— C'est aussi ce dont j'ai envie. J'en ai terriblement envie.

Je poussai subitement un énorme soupir. Je ne m'étais même pas rendu compte que je retenais mon souffle.

— Dieu merci ! Je te garantis que je vais commettre des erreurs à l'avenir, et ce que je ressens pour toi est assez extrême, mais je ferai toujours tout ce qui est en mon pouvoir pour te rendre heureuse, Taylor.

Pour se libérer, elle agita ses poignets que je lâchai aussitôt.

Lorsqu'elle enroula ses bras autour de mon cou pour me donner un baiser torride, tout ce qui n'allait pas jusqu'à présent devint absolument parfait.

Chapitre 28

Taylor

Je cessai enfin de serrer le cou d'Hudson et je mis fin à notre baiser pour le laisser respirer.

Je le regardai droit dans les yeux pendant un long moment avant de dire :

— Mac m'a dit un jour que lorsque je trouverais la bonne personne, je le sentirais au plus profond de mon âme, et je verrais la même chose dans ses yeux.

Son regard gris devint plus intense.

— Est-ce que tu vois la même chose dans mes yeux ?

— Oui, répondis-je. Et cela fait longtemps que je le vois. Je n'aurais pas dû douter de–

Hudson posa son doigt sur mes lèvres.

— Non, Taylor, dit-il d'un ton ferme. C'était aussi de ma faute. Tout cela est très nouveau pour nous deux. Nous naviguons à vue. Nous devons simplement continuer à nous parler.

J'enroulai mes jambes autour de sa taille.

— J'ai envie de faire autre chose que parler pour l'instant. J'ai envie de toi, Hudson.

Maintenant que je connaissais ses sentiments pour moi, j'avais tellement envie de lui que tout mon corps me faisait souffrir.

Il me regarda avec un désir affamé.

Hudson m'aida à me redresser en position assise, après quoi il me débarrassa de mon débardeur.

— Je ne sais pas pourquoi tu as pris la peine de t'habiller. Nous savions déjà comment cette conversation allait se finir, gronda-t-il.

Je ne portais pas de culotte, alors je soulevai simplement mon bassin pour lui permettre de glisser mon short le long de mes jambes.

Nous ne nous disputions pas très souvent, mais à l'avenir, j'espérais que chacune de nos disputes se terminerait comme cela.

Il ôta ensuite son boxer, puis j'écartai les cuisses en espérant qu'il me pénètre immédiatement.

Je voulais sentir sa peau contre la mienne et le poids de son corps sur moi.

Je poussai un soupir de soulagement lorsqu'il se positionna entre mes cuisses.

Je savourai la sensation de sa peau douce et de ses muscles durs contre moi. Je glissai mes mains sur ses épaules et dans son dos.

— C'est tellement bon, murmurai-je en m'enivrant de son odeur masculine. Prends-moi, Hudson. Je ne peux pas attendre plus longtemps.

Hudson ajusta alors sa position, prêt à s'allonger sur le dos pour que je le chevauche.

— Non ! insistai-je en m'agrippant à son corps. Pénètre-moi comme ça. S'il te plaît.

Pour une raison qui m'échappait encore, il ne voulait jamais être au-dessus de moi. Il craignait probablement que cela me mette mal à l'aise et éveille mes traumatismes, mais actuellement, j'avais besoin qu'il me prenne dans cette position.

Il me regarda dans les yeux.

— T'es sûre ?

— Je n'ai pas peur de ta force, Hudson. Je l'accueille bien volontiers parce que je sais que tu ne me ferais jamais de mal, répondis-je.

— Je t'aime, Taylor, grogna-t-il en enfouissant son visage dans mon cou.

J'inclinai légèrement la tête pour lui offrir autant de peau nue qu'il le désirait.

J'enroulai mes jambes autour de sa taille et me tortillai contre lui.

— Je t'aime aussi, Hudson. Maintenant, pénètre-moi avant que je ne perde la tête.

Il glissa une de ses mains entre nos corps pour agripper son sexe qu'il glissa d'abord sur mon clitoris.

— C'est ce que tu veux ? demanda-t-il d'un ton diabolique.

— Ne me taquine pas, gémis-je. Je veux te sentir en moi, tout de suite.

— Bon sang ! Tu es tellement mouillée, ma chérie, souffla-t-il.

Je glissai mes doigts dans ses cheveux en me délectant de la sensation entre mes doigts.

— C'est à cause de toi, murmurai-je près de son oreille.

— Moi non plus je ne peux pas attendre plus longtemps, lâcha-t-il avant de me pénétrer en un seul mouvement puissant de son bassin.

— Oh, mon Dieu, oui ! gémis-je.

Il se retira avant de s'enfouir à nouveau en moi.

— Tu es à moi. Rien qu'à moi, Taylor. Dis-le, exigea-t-il.

— Je suis à toi, Hudson. Je le serai toujours.

Je n'hésiterai plus jamais à le lui dire. Je savais désormais qu'il avait besoin d'entendre ces mots chaque fois qu'il avait besoin d'être rassuré, et je le ferais bien volontiers.

De toutes les manières possibles.

Désireuse de le sentir en moi aussi profondément que possible, j'accueillis chacun de ses coups de rein vigoureux.

L'intensité entre nous était telle que je sentais déjà un orgasme croître en moi.

Je resserrai mes jambes autour de sa taille.

— Plus fort, Hudson. Plus fort, le suppliai-je.

Il agrippa mes cheveux, inclina ma tête et m'embrassa avec une passion effrénée.

Je gémis contre ses lèvres, m'abandonnant à la folie que je ressentais à chaque fois qu'il était en moi, avec moi, près de moi.

J'agrippai ses cheveux avec force tandis que mon corps se perdait dans le rythme de notre union.

Lorsqu'il releva enfin la tête, j'essayai tant bien que mal de reprendre mon souffle.

— Je t'aime, Hudson. Je t'aime tellement, pantelai-je.

Mon cœur était léger et mon corps était brûlant.

Je pouvais dire exactement ce que je ressentais à Hudson, alors je me sentais... libre.

Il ajusta légèrement sa position et agrippa mes fesses en me tirant littéralement contre lui à chaque fois qu'il me pénétrait.

— Oh mon Dieu, oui. C'est incroyable, Hudson, balbutiai-je.

— Jouis pour moi, bébé, dit-il d'une voix gutturale.

J'étais déjà sur le point de jouir.

— Hudson ! hurlai-je en sentant l'orgasme prendre le contrôle de mon corps.

Mon dos se cambra et le regard intense d'Hudson ne fit qu'intensifier mon plaisir.

— Taylor ! Je ne peux plus attendre, lâcha-t-il.

— Alors n'attends pas, dis-je. Je ne voulais pas qu'il se retienne.

Je voulais qu'il jouisse avec moi.

Je voulais qu'il se sente libre de se laisser aller.

Mon regard se posa sur son visage lorsqu'il trouva sa propre libération. Je fus alors transpercée par la myriade d'émotions que je pouvais voir dans ses yeux expressifs.

Un plaisir intense.

Un désir insatiable.

Un besoin charnel.

De l'adoration.

De la joie.

Et un amour infini.

Une fois la vague passée, il appuya son front contre mon épaule.

— Je t'aime, Taylor. J'espère que tu n'auras jamais un seul instant de doute à ce sujet.

Je pouvais sentir son souffle chaud dans mon cou tandis que nous reprenions tous les deux notre souffle.

Sa voix était rauque lorsqu'il s'exprima enfin.

— Reste avec moi et aime moi pour toujours, Taylor. Je serais l'homme le plus heureux du monde.

Mon cœur se serra dans ma poitrine.

— Je n'ai pas l'intention d'aller où que ce soit, Hudson. Pourquoi le ferais-je alors que tu es tout ce dont j'ai besoin ?

J'avais parfois du mal à croire qu'un homme comme Hudson puisse craindre qu'une femme, n'importe quelle femme, songe à s'éloigner de lui.

Mais cette crainte était bien réelle.

Comme tout le monde, Hudson avait ses propres incertitudes.

Et aussi surprenant que cela puisse me paraître, ses craintes semblaient principalement me concerner.

Je ne savais pas trop si j'étais émerveillée ou complètement terrifiée d'être son talon d'Achille.

À vrai dire, Hudson était aussi ma plus grande vulnérabilité.

Tant que j'avais conscience d'être sa faiblesse, je pouvais faire tout ce qui était en mon pouvoir pour être également sa plus grande force.

Hudson s'allongea sur le dos avant de me serrer contre lui, comme s'il ne supportait pas que quelques centimètres de distance nous séparent.

— Tu finiras probablement par me tuer un jour, bébé, mais je connaîtrais au moins une mort heureuse.

— Cela n'arrivera jamais, lui assurai-je. Je surveillerai toujours tes arrières, mon beau, lui dis-je dans son jargon militaire.

— Et je surveillerai toujours tes arrières, rit-il. Surtout que regarder ton magnifique derrière est l'une de mes activités préférées.

— Pervers, dis-je en lui donnant un petit coup dans le bras.

— Seulement avec toi, ma chérie, se défendit-il. Est-ce que tu as des objections à ce sujet ?

— Juste une, songeai-je.

— Et quelle est cette objection ? demanda-t-il avec humour.

— Si tu regardes mes fesses, cela signifie que je ne peux pas regarder les tiennes simultanément. Et pour ta gouverne, sache que je bavais déjà sur ton derrière avant même que tu ne commences à t'intéresser au mien.

— J'en doute, dit-il avec scepticisme.

— Pourquoi crois-tu que je voulais toujours être assise dans la cuisine quand tu préparais à manger ? soupirai-je. J'avais une vue imprenable sur tes fesses.

— Oh, s'il te plaît, n'essaie pas de me faire croire que tu bavais sur moi quand tu ne pouvais même pas marcher, dit-il.

J'enroulai mes bras autour de son corps.

— Tu peux croire ce que tu veux, c'est pourtant la vérité. C'est difficile à expliquer, mais je ressentais déjà de l'attirance pour toi avant cela, probablement dès le jour où tu m'as sortie de l'enfer à Lania. Je te faisais déjà entièrement confiance alors que je n'aurais probablement pas dû faire confiance à qui que ce soit à ce moment-là.

Hudson passa délicatement sa main dans mes cheveux.

— Sans vouloir te vexer, bébé, j'étais ta seule chance de survie à ce moment-là.

Je secouai la tête.

— Ce n'est pas pour cela que je te faisais confiance, lui assurai-je. Le fait que tu m'aies secourue n'est pas la seule explication.

— Je crois que je comprends ce que tu veux dire, dit-il. J'ai compris que j'étais fou de toi en découvrant ta photo. Je n'ai presque pas réussi à dormir avant notre arrivée à Lania. Je ne faisais que penser à toi. Je priais pour que tu tiennes un peu plus longtemps. Ce n'était probablement pas rationnel d'espérer te retrouver vivante, et je ne sais toujours pas comment tu as survécu aussi longtemps, mais je refusais de perdre espoir.

Je glissai mes doigts sur son torse, puis sur son ventre.

— J'attendais peut-être que tu voles à mon secours, beau gosse.

— Bon Dieu ! J'ai mis beaucoup trop de temps à arriver. Si Jax et moi avions été mis au courant plus tôt de ce qui se passait, alors nous aurions mobilisé une équipe en moins de vingt-quatre heures. Nous aurions pu libérer Harlow nous-même. Peut-être que rien ni personne n'aurait pu sauver Mark, mais la situation aurait été beaucoup moins traumatisante pour toi et Harlow.

— Hé, dis-je en l'incitant à me regarder dans les yeux. C'est fini, Hudson. Tu es venu me sauver et j'étais vivante. Aujourd'hui, je suis là, et j'ai retrouvé la santé. Sais-tu quel miracle cela représente à mes yeux ?

Hudson me regarda attentivement.

— Je viendrai toujours te sauver, Taylor. Tu peux compter là-dessus. Si jamais tu as des ennuis, ou si tu as besoin de moi, je ferais n'importe quoi pour t'aider.

Je déposai un doux baiser sur ses lèvres avant de répondre :

— Je le sais. J'espère qu'un jour tu comprendras que je ferais la même chose pour toi.

— Je le sais déjà, dit-il. Et ça me fait peur. Tu es beaucoup trop courageuse, femme. Ne t'avise jamais de mettre ta vie en danger pour sauver la mienne.

Sourire aux lèvres, je me positionnai sur lui à califourchon.

— Oh, alors tu peux risquer ta vie mais je n'ai pas le droit de risquer la mienne.

— Exactement, dit-il avec humour. Si quelque chose devait t'arriver, Taylor, je ne m'en remettrais jamais. Je t'ai vue frôler la mort. Je ne supporterais pas de revivre une chose pareille.

Cette fois, il était totalement sérieux.

Je cessai de le taquiner en voyant la tension sur son beau visage. Il était manifestement toujours traumatisé par la façon dont mon enlèvement aurait pu se terminer.

— Rien ne va m'arriver, Hudson. Je suis là. Je t'aime. Et nous allons avoir une vie merveilleuse ensemble, murmurai-je en m'allongeant sur lui.

Il roula soudainement sur lui-même pour me piéger sous son corps.

— Et tu es enfin à moi, Taylor, grogna-t-il. Tu me tiens par les testicules depuis le début. Je suis à toi depuis le premier jour.

J'enroulai mes bras autour de lui.

— Dans ce cas, je souhaite jouir de ce qui m'appartient, dis-je en sentant mon corps se tendre d'impatience.

— Cette fois, nous allons prendre notre temps, dit-il. Nous avons toute la nuit devant nous.

Avec Hudson, je savais que rien ne se faisait lentement.

Nous étions fous l'un de l'autre, si bien que nos ébats ne duraient jamais bien longtemps.

Mais je ne voyais aucun inconvénient à ce qu'il continu à tenter l'impossible, parce que nos ébats torrides, rapides et vigoureux étaient de plus en plus merveilleux.

Taylor

— Chérie, crois-tu vraiment pouvoir porter *cette* robe sans nous retarder pour notre dîner ce soir ?

Je me tournai vers Hudson et remarquai immédiatement son regard de prédateur alors qu'il venait d'entrer dans la cuisine.

— Pas cette fois, lui dis-je d'un ton catégorique.

Certes, Hudson était à croquer dans son pantalon kaki et son polo bordeaux, mais cette fois, je refusais de me laisser distraire.

Au cours des dix derniers jours de ses vacances forcées, il était plus détendu que jamais.

Il ne prenait même plus la peine d'aller dans son bureau pour travailler un peu. Ses frères lui avaient promis de le prévenir si son intervention était nécessaire, et Hudson s'en tenait à cela.

Nous ne sortions pas tous les soirs. Nous avions passé quelques jours à profiter de la plage, à nager et à nous amuser à l'extérieur.

Cependant, comme promis, Hudson faisait de son mieux pour me séduire lors de nos soirées en amoureux, et c'était un franc succès.

Notre dîner-croisière romantique était probablement ma sortie préférée jusqu'à présent. Il s'agissait d'une belle soirée d'été, ce qui avait rendu l'expérience tout bonnement magique.

J'étais on ne peut plus reconnaissante vis-à-vis de Riley de m'avoir convaincue d'acheter autant de tenues différentes quand nous sommes allées faire du shopping ensemble.

Je portais cette robe noire confortable pour la première fois. Mes cheveux étaient relevés dans un style sexy laissant quelques boucles tomber autour de mon visage.

J'avais sorti le grand jeu ce soir avec un maquillage très soigné ainsi qu'une paire de sandales noires à lanières.

— Taylor, tu es à couper le souffle, observa Hudson d'une voix serrée. J'ai toujours l'impression que tu ne peux pas être plus belle que tu ne l'es déjà, mais tu parviens toujours à me surprendre.

Je m'approchai de lui et poussai un soupir.

— Quand tu dis des choses comme ça, je sais précisément pourquoi je t'aime tant, murmurai-je avant de l'embrasser délicatement en essayant de ne pas étaler mon rouge à lèvres sur sa bouche.

Une grande part de moi ne sera jamais du genre sophistiquée, mais je devais bien admettre que je prenais du plaisir à voir les réactions d'Hudson quand j'étais d'humeur à explorer le côte ultra-féminin de ma personnalité. Avant de rencontrer Hudson, je ne savais même pas que cette facette de ma personnalité existait.

Il embrassa mes épaules nues ainsi que mon cou, tout en laissant ses mains se balader sur le tissu soyeux de ma robe.

— Bon Dieu, Taylor, tu ne portes pas de soutien-gorge. Normalement, je ne m'en plaindrais pas, mais il suffirait d'un seul faux mouvement pour que tous les mecs du restaurant découvrent ta merveilleuse poitrine.

Je ne pus m'empêcher de rire. Dieu que j'aimais parfois son côté possessif et dominant. Je glissai tendrement mes doigts sur sa joue.

— Premièrement, aucun faux mouvement ne pourrait révéler mes petits seins.

Bon, d'accord, peut-être que j'étais allée un peu trop loin avec cette robe. Mon décolleté pourrait révéler le renflement de ma petite poitrine, mais il n'y avait pas de risque que cela se produise une fois que je serai assise à table.

— Deuxièmement, ajoutai-je. Tu es le seul homme qui regardera en direction de mes seins.

— J'en doute fortement, grommela-t-il en enroulant ses bras autour de ma taille. Je remarque tous les mecs qui regardent un peu trop longtemps dans ta direction. Bon sang, Taylor. Tu ne vois vraiment jamais comment les hommes te regardent ? Et ce soir, je peux t'affirmer qu'ils te regarderont.

Selon moi, Hudson était en plein délire, mais s'il me croyait irrésistible aux yeux de tous les hommes de la planète, alors je ne pourrais jamais le convaincre du contraire. Je passai mes bras à son cou.

— As-tu déjà songé que je me fiche complètement des autres hommes ? Que les seuls yeux que je vois me regarder sont les tiens ?

— Oh, mes yeux sont assurément tournés vers toi, dit-il d'un air partiellement apaisé.

Je frémis à la note de prédation dans sa voix.

J'avais parfois du mal à croire que cet homme, beau comme un Dieu, attentionné, intense et brillant était réellement amoureux de moi.

Je ne doutais pas du tout de son amour, mais je ne m'habituerais jamais à ses preuves d'amour quotidiennes.

Néanmoins, pour une femme qui n'avait jamais été aimée avec autant de dévotion, de passion et d'adoration, j'avais encore besoin de temps pour m'y faire.

— Je me dis parfois qu'il n'est pas possible d'être plus amoureuse de toi que je ne le suis déjà, Hudson. Pourtant, je me rends compte que je t'aime tous les jours un peu plus, lui dis-je avec un sourire hébété. Que se passera-t-il le jour où je t'aimerais tout simplement un peu trop ?

Ses yeux gris et intenses fixèrent gravement les miens.

— Tu ne pourras jamais trop m'aimer, ma chérie. Je pense que c'est impossible.

En effet, Hudson ne pourra jamais *trop* m'aimer non plus. Plus il manifestait son amour, plus je m'y complaisais.

Incapable de rester plus longtemps sans sentir sa bouche contre la mienne, je tirai sa tête vers moi pour l'embrasser.

Tant pis pour le rouge à lèvres.

J'avais tout le nécessaire dans mon sac à main pour faire quelques retouches.

Hudson prit immédiatement le contrôle de notre baiser. Il plaça sa main derrière ma tête et savoura ma bouche jusqu'à ce que ma fréquence cardiaque et respiratoire s'envole.

Quand il releva la tête, il approcha ses lèvres de mon oreille et grogna :

— Sais-tu à quel point j'ai envie de te prendre et de te faire jouir actuellement ?

Bon, d'accord, peut-être que ma détermination à ne rien faire avant de partir commençait un peu à s'affaiblir.

— Notre réservation, lui rappelai-je.

Il releva la tête et me lança un sourire satisfait.

— Bébé, ton homme est Hudson Montgomery. Crois-tu vraiment que quelqu'un annulera notre réservation si nous sommes en retard alors que j'ai toujours été un très bon client ?

Non. Je savais pertinemment que personne n'oserait se heurter à un homme comme Hudson.

Pour n'importe quelle entreprise, ce serait une erreur de ne pas le traiter comme un client privilégié.

J'essuyai les traces de rouge à lèvres de son visage tout en lui demandant :

— Alors vous obtenez toujours tout ce que vous voulez, monsieur Montgomery ?

Il hocha la tête avec arrogance.

— Oui, de la part de tout le monde, sauf de toi.

— En effet. Tu n'obtiens pas vraiment ce que tu veux de moi actuellement. Je meurs de faim et tu m'as promis les meilleurs fruits de mer de la ville. C'est un restaurant chic et je ne veux pas arriver là-bas avec un maquillage catastrophique et un corps dégoulinant de sueur, insistai-je en m'éloignant de lui.

En réalité, son attitude de mâle dominant qui arrive toujours à ses fins était douloureusement sexy à mes yeux, mais nous étions déjà en retard.

Peut-être qu'être en retard ne le dérangeait pas.

Mais cela me mettait plutôt mal à l'aise.

— Oh non ! Je suis désolé, Taylor. Si tu as faim, alors allons-y tout de suite, s'empressa-t-il de dire avec remords.

Je ne pus m'empêcher de sourire de toutes mes dents.

J'étais émerveillée par sa capacité à être exigeant, puis à s'excuser l'instant d'après.

Si j'avais besoin de quelque chose, alors Hudson mettait ses propres besoins et désirs en attente pour veiller à ma satisfaction.

À vrai dire, je savais très bien que c'était aussi pour cela que je l'aimais tant.

Oui, il avait un côté prétentieux, orgueilleux et exigeant.

Mais Hudson était aussi l'homme le plus gentil du monde.

Et honnêtement, j'étais l'une des rares personnes à connaître cet aspect doux et attentionné de sa personnalité. Un aspect de sa personnalité que je veillerai toujours à apprécier.

Alors que nous marchions vers la porte du garage, je dis :

— J'espère que ta proposition de me prendre et de me faire jouir tient toujours. Parce que mon maquillage n'aura plus aucune importance une fois de retour à la maison.

Hudson haussa un sourcil.

— J'espère que tu peux manger rapidement.

— Je croyais qu'on devait commencer à prendre notre temps, le taquinai-je.

— À ce stade, nous savons tous les deux que cela n'arrivera jamais, mais je ne précipiterai pas notre repas, dit-il. Pendant que nous mangeons, je pourrais néanmoins te parler de mon fantasme en détail.

Mon cœur battait déjà beaucoup trop vite avant même notre départ pour le restaurant.

Une fois sur place, je mangeai probablement un peu trop vite.

Nous avions demandé à ce que nos desserts soient emballés pour les emporter, mais une fois rentrés à la maison, nous n'avons pas eu le temps de les manger avant le lendemain.

Nous étions beaucoup trop occupés à nous donner mutuellement du plaisir.

Jax

Ne me claque pas la porte au nez, Harlow. Je pense que nous avons besoin de parler, dis-je. Je m'efforçais de trouver un équilibre dans le ton de ma voix, quelque part entre l'intransigeance et la supplication, sans néanmoins trop savoir où je me situais réellement.

Avec un peu de chance, je ne donnais pas l'impression d'être une ordure, car Harlow avait bien besoin d'un ami.

Après de nombreuses tentatives pour contacter Harlow par téléphone et SMS, j'avais décidé de me rendre directement à son appartement maintenant qu'elle était revenue de chez sa mère.

Je vis son hésitation et, l'espace d'un instant, je crus qu'elle allait me dire d'aller me faire voir avant de me claquer la porte au nez.

— Je ne vais pas te déranger bien longtemps, la persuadai-je. Allez, Harlow, tu nous as raccroché au nez au moins une dizaine de fois, aussi bien à moi qu'à mon service juridique.

— Je ne comprends pas, dit-elle avec une frustration manifeste. J'ai déjà refusé tout ce que tu me proposes. Que diable veux-tu de moi, Montgomery ?

— Si tu ne veux pas d'argent, pas de problème, lui dis-je calmement.

— En tant qu'employeur, Montgomery Mining a déjà payé une petite fortune pour ma libération. C'est plus que suffisant. Je n'ai pas besoin d'un dédommagement, et pour une raison qui m'échappe encore, je suis toujours payée par ton entreprise, et cela doit cesser. J'ai démissionné, monsieur Montgomery.

Je lui adressai un sourire.

— Oui, et nous avons refusé ta démission. Techniquement, tu es donc en congé payé. Tu as beaucoup trop de projets importants en cours au laboratoire pour simplement...partir.

— Cela fait des semaines que j'ai donné ma démission au directeur du laboratoire. Je ne souhaite pas retourner chez Montgomery Mining, répliqua-t-elle d'un ton catégorique.

— Écoute, je sais que tu as vécu un véritable enfer, mais peut-être que tu ne seras pas dans le même état d'esprit dans quelques mois. En attendant, continuer à toucher ton salaire ne t'engage à rien, dis-je de la manière la plus convaincante possible.

Honnêtement, Harlow n'était pas vraiment en mesure de décider de quoi que ce soit, et cela me dérangeait profondément.

Je connaissais à peine le Dr Harlow Lewis, mais je l'avais déjà vue à l'œuvre dans notre laboratoire. Je savais donc qu'elle n'était pas elle-même en ce moment.

Bon, d'accord, je l'avais aussi invitée à dîner il y a deux ans de cela, invitation qu'elle avait fermement décliné, mais je n'en gardais aucune rancune.

Pas vraiment.

Bon, peut-être un petit peu.

En réalité, c'était la première fois de ma vie qu'une femme refusait mes avances.

Je suis Jaxton Montgomery, milliardaire et co-dirigeant de *Montgomery Mining*, la plus grande société minière du monde. Ainsi, il était rare qu'une femme me repousse avec autant d'aisance.

À vrai dire, Harlow était la seule à l'avoir jamais fait.

Harlow m'intriguait depuis notre toute première rencontre, il y a quelques années de cela. Il s'agissait d'une superbe blonde qui se trouvait également être une scientifique brillante.

Je devais bien admettre qu'elle avait eu raison de décliner mon invitation en disant qu'elle ne souhaitait pas être une aventure d'un soir et se faire ensuite harceler par la presse pendant plusieurs semaines.

Non, merci.

Bonne journée.

Au revoir, monsieur Montgomery.

Après tout, j'étais le roi des coureurs de jupons.

J'avais la réputation de ne jamais sortir plus d'une fois avec la même femme.

Malheureusement, le prix à payer pour ce mode de vie était d'être harcelé par les journalistes chaque fois que j'avais une nouvelle femme à mon bras.

— Le problème, c'est que je suis payée pour un poste que je ne reprendrai jamais. Ma mauvaise prise de décision a entraîné la mort d'un collègue - une personne à qui je tenais personnellement - et la prise d'otage a bien failli tuer la stagiaire qui était sous ma responsabilité.

— Harlow, ce n'était pas de ta–

— Ne me dis pas ça ! m'interrompit-elle. Crois-tu vraiment que je ne sais pas ce qui est arrivé à Taylor, monsieur Montgomery ? Comment suis-je censée vivre avec ça ?

Taylor Delaney, stagiaire et amie d'Harlow, était désormais la compagne de mon frère aîné, Hudson.

— As-tu au moins demandé à Taylor ce qui s'est passé ? Elle va bien, Harlow. Elle a retrouvé la santé, elle a tourné la page et elle est profondément heureuse avec Hudson.

— Elle refuse de me parler de sa captivité ou d'admettre qu'elle a subi des agressions sexuelles quotidiennes, mais je ne suis pas idiote. Comment suis-je censée vivre avec ça sur la conscience, ou avec la mort de Mark ?

Harlow était manifestement accablée par la culpabilité. Elle était toujours très belle et tirée à quatre épingles, mais les cernes sous ses yeux étaient indéniables. Peut-être me paraissait-elle différente aujourd'hui parce que je ne l'avais encore jamais vue habillée de façon si décontractée. Elle portait un short en jean ainsi qu'un t-shirt, mais ce que je ressentais en la regardant n'était pas lié à sa tenue vestimentaire. Il s'agissait plutôt du chagrin et de la culpabilité qui semblaient planer au-dessus de sa tête comme un nuage sombre. Physiquement, elle était rétablie, mais émotionnellement, elle luttait manifestement toujours.

— Dernier Espoir a mobilisé un psychologue pour toi, lui rappelai-je.

— Dernier Espoir ne m'a pas secourue. Vous avez payé ma rançon et j'ai été libérée, tu te souviens ? dit-elle sèchement. Je vois mon propre psychologue. Et oui, je sais que je ne peux pas parler de Dernier Espoir. Marshall et moi avons eu cette *conversation*, dit-elle en faisant des guillemets avec ses doigts.

— Non, nous avons seulement secouru Taylor, mais tu as été prise en charge par Dernier Espoir pour ta convalescence jusqu'à ce que tu sois rétablie physiquement et psychologiquement, prête à affronter le monde par toi-même. C'est l'une des raisons de ma présence ici, Harlow. Marshall m'a désigné pour être ton conseiller attitré. Je veux donc veiller à ce que tu ailles bien, et j'aimerais prendre de tes nouvelles une fois par semaine, voire plus souvent si nécessaire, dis-je.

Je n'avais pas l'intention de lui révéler que je m'étais en réalité porté volontaire pour assurer son suivi. Peut-être parce que je ne comprenais moi-même pas vraiment pourquoi je l'avais fait.

Harlow laissa échapper un ricanement totalement dénué d'humour.

— Oh, vraiment ? Mon *conseiller* est donc le gars qui ne sort jamais plus d'une fois avec la même femme ? Sans vouloir te manquer de respect, j'ai du mal à te voir comme l'homme de confiance à qui m'adresser. Je suis sûre que tu es beaucoup trop occupé à multiplier tes conquêtes. Trouver une nouvelle femme chaque soir doit être épuisant et chronophage. Mais ne t'inquiète pas. Il te suffit de dire à Marshall que je n'ai pas besoin d'un conseiller.

— Si tu as besoin de moi, alors je suis là, dis-je en me sentant quelque peu offensé. Tu peux compter sur moi, ajoutai-je avec insistance.

Harlow roula des yeux.

— Oui, je suis sûre que tu es quelqu'un de très fiable, mais ça ne sera pas nécessaire. Je pense que cette conversation est terminée.

— Non, Harlow, dis-je avec prudence tout en posant ma main sur la porte pour l'empêcher de me la claquer au nez.

Harlow avait besoin de quelqu'un pour veiller sur elle, et elle avait manifestement vraiment besoin de parler. Je ne savais pas quel psychologue elle consultait, mais de toute évidence, sa culpabilité la rongeait toujours de l'intérieur. Et honnêtement, rien de tout ce qui était arrivé à Lania n'était de sa faute. Harlow était une victime. C'est tout.

— Je n'ai rien à ajouter, dit-elle avec obstination.

— Ce n'est pas mon cas, répliquai-je fermement. Je te propose un accord.

Harlow croisa les bras sur sa poitrine.

— Quel genre d'accord ? demanda-t-elle avec impatience.

— Laisse-moi être ton conseiller. Laisse-moi prendre de tes nouvelles une fois par semaine. Au moins deux heures par semaine. Et si jamais tu as besoin de moi, tu n'as qu'à m'appeler, dis-je en plongeant ma main dans la poche de ma veste. Voici mes coordonnées. Il y a tout ce dont tu as besoin, dont mon numéro de téléphone portable personnel ainsi que mon adresse. C'est peut-être un peu trop tard, mais tu as désormais une ligne directe avec un Montgomery. Si tu acceptes cet accord, alors je ne fréquenterai aucune femme tant que je serai ton conseiller. Je serai donc disponible à tout moment, conclus-je.

Elle secoua la tête avec un sourire ironique.

— Sans vouloir te vexer, tu ne tiendras pas cette promesse plus d'une semaine, et encore moins un mois ou deux, monsieur Montgomery. Tes dernières conquêtes sont dans les journaux à potins chaque semaine.

Je lui adressai mon sourire le plus charmant.

— Dans ce cas, les journalistes devront trouver quelqu'un d'autre à suivre. Parce que je vais faire preuve d'abstinence pendant un bon moment.

Harlow haussa un sourcil.

— Je suis presque tentée d'accepter pour me faciliter la tâche. Tu ne tiendras pas.

— Bien sûr que si. Mais tu devras aussi accepter de continuer à toucher ton salaire pendant ton absence et de réfléchir à ta décision de quitter Montgomery Mining, dis-je calmement. Alors si tu es si sûre que je ne tiendrai pas mes engagements, le moyen le plus simple de quitter l'entreprise et de te débarrasser de moi est d'accepter ma proposition et d'attendre que je sois photographié en compagnie d'une femme – une autre femme que toi, bien sûr.

Harlow s'empara immédiatement de ma carte de visite.

— Marché conclu, dit-elle. Mais notre prochain rendez-vous n'aura lieu que dans deux semaines. Si tu n'es pas photographié avec une de tes conquêtes d'ici là, alors j'honorerai notre rendez-vous. Ceci est donc un au revoir, monsieur Montgomery.

— J'attends d'avoir de tes nouvelles dans deux semaines à compter d'aujourd'hui, dis-je avec un petit sourire satisfait. Je m'attends également à ce que tu m'appelles Jax, et non monsieur Montgomery. Je suis désormais ton conseiller Dernier Espoir, et non ton employeur.

— D'accord. J'accepte de t'appeler par le nom que tu souhaites puisque je n'aurai pas à t'appeler du tout. Amuse-toi bien à ton prochain rencard, dit-elle comme si elle avait hâte de fermer cette satanée porte.

J'examinai son visage une dernière fois avant d'ôter ma main de la porte.

— Nous nous reparlerons bientôt, Harlow.

Elle s'empressa de fermer la porte. Je ne pus m'empêcher de sourire en me dirigeant vers le parking.

Harlow Lewis ne savait pas à quel point il était dangereux de me défier.

J'étais un très mauvais perdant.

Je m'assurais donc toujours d'être en position de gagner.

Harlow ne se débarrasserait pas de moi aussi facilement.

Épilogue

Taylor

Trois semaines plus tard...

Tu n'es pas obligé de la porter maintenant, dis-je tandis qu'Hudson s'affairait à glisser la montre que je venais de lui offrir sur son poignet. Tu possèdes déjà quelques montres qui coûtent plus cher que la voiture de la plupart des gens, ajoutai-je.

Mon objectif de gâter Hudson se déroulait si bien que je pouvais désormais lui offrir un cadeau sans que cela soit gênant.

La plupart du temps, il s'agissait de petits cadeaux, comme un stylo, des chocolats ou quelque chose de totalement ridicule.

Comme je venais de toucher mon premier salaire, dont une prime de bienvenue offerte par les ressources humaines, je lui avais acheté une montre de plongée.

Il y a une ou deux semaines de cela, Hudson m'avait dit avoir perdu sa montre de plongée et qu'il souhaitait en acheter une autre puisqu'il m'avait proposé de m'apprendre à plonger.

Certes, je ne lui avais pas acheté une Rolex, mais cette montre était dans mes moyens et possédait toutes les caractéristiques dont Hudson avait besoin.

— Je veux la porter, insista-t-il. Elle est magnifique, Taylor. Je l'adore. Et merci pour le dîner.

J'avais eu le temps de préparer des lasagnes avant le retour d'Hudson.

— Tu es rentré tard. J'avais donc le temps de faire à manger.

Hudson rentrait généralement assez tôt du travail, mais aujourd'hui, une réunion l'avait retenu au siège social plus longtemps que prévu.

— Tu travailles toute la journée aussi, ma chérie, dit-il avant de refermer le lave-vaisselle et de le mettre en marche.

— J'ai fait la cuisine, tu as nettoyé, le taquinai-je en l'observant depuis ma chaise. J'aime tellement mon travail, ajoutai-je d'un ton plus sérieux.

Je suis dans une équipe incroyable et je m'y sens à ma place. Je pense que j'ai beaucoup à apporter. Je suis si heureuse que tu m'aies encouragée à accepter ce poste.

— Tu as l'air vraiment heureuse, alors je suis content que tu aies accepté, sourit-il tout en s'approchant de moi pour me tendre la main. Est-ce que tu veux aller te balader et admirer le coucher de soleil ?

Hudson avait enfilé un jean ainsi qu'un t-shirt après être arrivé à la maison, et je portais actuellement un short et un débardeur.

— Bonne idée, répondis-je en acceptant sa main.

En réalité, je serais heureuse de faire n'importe quoi avec Hudson.

J'avais l'impression de trouver quotidiennement une nouvelle chose à aimer chez lui.

Ma vie me semblait actuellement si parfaite que c'en était effrayant.

Harlow était ma seule source d'inquiétude. Nous nous parlions tous les jours, et maintenant qu'elle était de retour chez elle, nous avions prévu de nous voir. Mais Harlow n'était pas encore totalement elle-même.

Hudson et moi marchions désormais sur la plage, face à un magnifique coucher de soleil.

— Bon, je suis sur le point de te demander d'exaucer mon troisième vœu, dit-il d'un air un peu tendu.

Je cessai de marcher.

— Quelque chose ne va pas ?

Il secoua la tête tout en fouillant dans les poches de son pantalon.

— Non, bébé, tout va bien, j'ai juste quelque chose à te demander.

Je poussai un soupir de soulagement.

— Je t'écoute. Je ferai tout ce que tu veux.

Hudson haussa un sourcil tout en sortant une petite boîte noire de sa poche.

— Cette fois, c'est une grosse demande, me prévint-il.

— Je suis prête, souris-je. Je suis sûre de pouvoir exaucer ton vœu.

— Tu vas surtout devoir me supporter pendant un bon bout de temps, dit-il d'une voix rauque avant d'ouvrir le petit écrin. Pour l'éternité, à vrai dire, ajouta-t-il.

Mon souffle se coupa en découvrant ce qui était dans sa main.

— Épouse-moi, Taylor. Abrège mes souffrances. S'il te plaît, dis oui.

La bague était somptueuse et entièrement sertie de diamants, ce qui faisait vivement briller le bijou dans son écrin en velours noir. Il y avait une grosse pierre centrale, entourée de petits cercles de pierres précieuses. La bague était faite d'or blanc, ou bien de platine.

— Oh, mon Dieu, Hudson. Cette bague est magnifique. Je pense que tu sais déjà que ma réponse est oui. Oui, oui, oui !

Avec un sourire radieux, Hudson sortit la bague de son écrin et la glissa à mon doigt.

— Je t'aime, Taylor.

Sitôt que la bague fut à mon doigt, je me jetai dans ses bras.

— Je t'aime aussi, Hudson, dis-je avant de l'embrasser.

Le baiser fut long, plein d'émotion et de tendresse.

— Pouvons-nous bientôt commencer les préparatifs ? demanda-t-il.

— Bientôt comment ? demandai-je avec enthousiasme.

— Le mois prochain ? suggéra-t-il avec espoir.

— Seulement si tu veux un mariage à Las Vegas, plaisantai-je.

— Je te laisse choisir la date, dit-il en déposant un baiser au sommet de ma tête. Je suis juste tellement heureux que tu aies dit oui.

— Comme si tu en doutais, dis-je en lui souriant tendrement.

Hudson me fit pivoter sur moi-même, puis il enroula ses bras autour de moi par-derrière afin que nous puissions finir de contempler le coucher de soleil ensemble.

J'appuyai mon dos contre lui tout en poussant un soupir de bonheur et de satisfaction.

Comme d'habitude, Mac avait vu juste.

La bonne personne valait vraiment la peine d'attendre.

Fin

À propos de l'auteur

J.S «Jan» Scott est une écrivaine à succès de romans torrides dans le domaine de la littérature sentimentale. Aux États-Unis, elle figure sur les listes des auteurs à bestsellers établies par le New York Times, le Wall Street Journal et USA Today. Elle est elle-même une grande lectrice de tous types d'ouvrages et de littérature variée. J.S écrit dans le genre de la romance contemporaine ainsi que de la romance paranormale. Ses histoires se caractérisent par la présence quasi systématique d'un mâle dominant et par une fin toujours heureuse, parce qu'elle refuse d'écrire ses livres autrement ! Elle vit dans la magnifique région des montagnes Rocheuses américaines aux côtés de son mari et de deux bergers allemands un peu trop gâtés.

Retrouvez-moi sur http://www.authorjsscott.com

http://www.facebook.com/authorjsscott
Vous pouvez également m'écrire à l'adresse suivante
jsscott_author@hotmail.com

Ou bien sur mon Tweeter @AuthorJSScott

www.ingramcontent.com/pod-product-compliance
Lightning Source LLC
Chambersburg PA
CBHW061336160726
47995CB00001B/48